Se o dia não estiver sorrindo

TATIELLE KATLURYN

Se o dia não estiver sorrindo

날이 밝지 않으면

Edição
Camila Antunes
Daniel Faria

Revisão
Ana Luiza Ferreira

Produção
Felipe Marques

Diagramação
Gabrielli Casseta

Colaboração
Guilherme H. Lorenzetti

Ilustração
Davi Augusto

Capa
Jonatas Belan

CIP-Brasil. Catalogação na publicação
Sindicato Nacional dos Editores de Livros, RJ

K31h

    Katluryn, Tatielle
      Se o dia não estiver sorrindo / Tatielle Katluryn. - 1. ed. -
São Paulo : Mundo Cristão, 2025.
      288 p.

    ISBN 978-65-5988-413-1

    1. Ficção cristã. 2. Ficção brasileira. I. Título.

25-95809   CDD: 869.3
                            CDU: 82-97(81):27

Gabriela Faray Ferreira Lopes - Bibliotecária - CRB-7/6643

Publicado no Brasil com todos os direitos reservados por:

Editora Mundo Cristão
Rua Antônio Carlos Tacconi, 69
São Paulo, SP, Brasil
CEP 04810-020
Telefone: (11) 2127-4147
www.mundocristao.com.br

Categoria: Literatura
1ª edição: março de 2025

Para aqueles que, assim como eu, já pensaram que o amor é para os outros, mas nunca para eles, pois não se sentem dignos de amor por simplesmente serem quem são. Ei, Jesus morreu na cruz para que você e eu fôssemos suficientes nele. Não há nada escuro em nós que a luz do Espírito Santo não possa tocar.

Mesmo se o nosso dia não estiver sorrindo, ele não nos abandonará nem nos rejeitará, pois a alegria dele é a nossa força.

Nota da autora

Tive medo de que esta história nunca visse a luz do dia. Os primeiros rascunhos nasceram em janeiro de 2023, mas tantas coisas aconteceram ao longo dos meses seguintes: períodos de adoecimento, batalhas internas e externas, o último semestre na faculdade e a sensação de que este livro nunca seria bom o suficiente. A verdade é que eu não estava bem comigo mesma e experimentei dias escuros e angustiantes como nunca tinha vivido. Porém, andar pelo vale me mostrou uma coisa: a presença de Deus não vai embora.

Foi somente através dele e da força do Espírito Santo que me permiti sonhar outra vez e voltar a acreditar neste livro. Debrucei-me sobre ele em meados de 2024 e meus olhos brilharam com a profundidade que encontrei nestas páginas. Eu me vi nas inseguranças e nos complexos de inferioridade da Mackenzie Jones. Também me enxerguei nos traumas e na relação paterna não resolvida de Baek Fletcher. Quando dei por mim, esses personagens carregavam tanto da minha alma que não eu conseguia parar de amá-los. Sim, eles são reais dentro do meu coração, e a jornada de restauração de cada um trouxe cura para mim também!

Oro para que *Se o dia não estiver sorrindo* seja a resposta que você procura, principalmente se o seu coração acredita que não merece ser amado. Jesus nos fez suficientes nele, e este livro mostrará que nenhuma de nossas noites mais escuras pode assustar o

Deus que nos criou segundo a sua imagem e semelhança. Lembre-se de que Jesus continua aqui, ao nosso lado, segurando nossa mão, olhando no fundo de nossos olhos e nos dizendo: *"Eu aceito você e te amo profundamente!"*.

Se o dia não estiver sorrindo

날이 밝지 않으면

1

O dono dos olhos brilhantes que iluminam buracos negros

O que você perguntaria a Deus ao contemplar o pôr do sol da praia de Santa Mônica?

Mackenzie Jones tinha pelo menos meia dúzia de questionamentos em mente. Mas resolveu que, por ora, apenas contemplaria a bela vista à sua frente enquanto pedalava. Naquela tarde, o Senhor parecia ter usado um pincel divino para colorir o horizonte com a mais esplendorosa mistura de tintas de sua imensa coleção na *eternidade*. Era um verdadeiro show de nuvens rosadas e alaranjadas, que cortavam um céu lavanda.

A garota fechou os olhos por um segundo e se concentrou no som das ondas quebrando na praia. A mesma brisa fresca que soprava as águas empurrava os cachos dourados de seu cabelo. Ela abriu as pálpebras e observou as pessoas indo e vindo pelo tablado de madeira. Algumas faziam o trajeto de forma automática, sem prestar atenção na maravilha que as cercava, mas outras, mais atentas, como ela, deslumbravam-se com o entardecer. A menina reduziu a velocidade. Não tinha planejado demorar muito, porém como já estava ali mesmo, poderia se dar ao luxo de passear pelo menos um pouquinho. Uma voltinha.

Estacionou a bicicleta lilás no começo do píer que se estendia para o mar e vagueou pelo lugar. A cada passo que dava, o celular vibrava no bolso de suas calças jeans, com um intervalo de cerca de cinco segundos entre uma notificação e outra. Mas dizia a si mesma que aquilo não era nada, porque, no fundo, sabia que a mensagem que esperava não chegaria.

Havia tantas pessoas a parabenizando e expressando orgulho por quem ela estava se tornando. Mas, ainda assim, nem sequer um "parabéns" vindo *dele*. Do cara que desapareceu de sua vida sem deixar qualquer pista.

Por que a falta de apoio de uma única pessoa doía tanto, se milhares de outras se alegravam por ela?

Mackenzie suspirou, olhando ao redor. Fechou os olhos por um minuto e inspirou o ar levemente salgado pelo oceano. Quando os abriu, foi tomada outra vez pela beleza da vista.

Ela só queria uma palavrinha. Só uma. Por mais humilhante que fosse pensar assim, sinceramente, era pedir demais? Quando se tratava dele, qualquer nota malfeita em uma canção sem melodia seria capaz de compor uma bela canção.

— Deus... — Ela estreitou os olhos e levantou a cabeça para encarar o céu outra vez, conforme andava pelo píer. — Por que meu coração gosta de ficar insistindo em coisas que eu já deveria ter superado?

Macky demorava séculos para desapegar de qualquer coisa, principalmente daquela amizade fracassada, com um cara dois anos mais novo do que ela. Ainda que seu maior desejo fosse o de que ele se tornasse, definitivamente, uma mera lembrança, como outros já tinham sido.

A verdade é que ela era boa em se apegar às pessoas, e em casos de amores platônicos, ficava ainda melhor. E se ainda por cima se tratasse de um garoto bonitinho e com o mínimo de simpatia, que demonstrasse todos aqueles pequenos sinais que ela, sempre e sempre, entendia — erroneamente — como interesse...

Nesses raros momentos, Mackenzie sentia que talvez a sua aparência nem importasse tanto, embora por dentro se corroesse em autocrítica — porque, não, ela nunca foi nada gentil consigo mesma. Havia sido justamente por isso que se tornara especialista em ter o coração partido e em viver se enganando com falsas expectativas.

Na verdade, segundo a própria Mackenzie, ela nem se apaixonou tantas vezes assim. Só havia tido uns três amores platônicos... ou quatro. Pois já dera muitos tiros no escuro antes, e era boa em errar o alvo. Mesmo sendo cristã desde criança, seu coração era facilmente iludido e tinha certa dificuldade em enxergar que, em quase todas aquelas vezes, teria se envolvido em um jugo desigual.

Para se esquecer das paixões, costumava fazer uma famosa oração que toda jovem cristã já deve ter proferido ao menos uma vez na vida:

— *Oh, Deus, se não for para ser, tira do meu coração!*

E, na maior parte das vezes, estava na cara que não era para ser coisa nenhuma e que seu maior erro era confiar no próprio coração, em vez de confiar *naquele* que o criou.

O problema era que, quando se apaixonava, Mackenzie ficava tão cega que não enxergava as ciladas em que estava se metendo, e já havia um bom tempo aguardava pelo dia em que o amor platônico do momento cairia em si e se daria conta de que tudo de que sempre precisou estava bem à sua frente o tempo todo — ela, é claro —, mas era lerdo demais para notar.

É estranho que a mera compreensão do abismo entre esses devaneios e a realidade nunca tivesse passado pela cabeça de Mackenzie, mas seu melhor amigo, diferentemente dela, percebia tudo.

E nele doía. Doía muito.

Ela sabia disso porque foi o que ele disse na última discussão que tiveram. Mackenzie ficara chateada e se recusara a aceitar que ele estivesse certo.

Com essa lembrança, ela suspirou e andou até o final do píer. Só parou quando uma multidão a impediu de continuar. Centenas de pessoas rodeavam dois homens de pé sobre caixotes de madeira. Estavam mais altos do que a plateia, que os contemplava atentamente enquanto falavam alguma coisa para o público com entusiasmo e paixão.

O que estavam fazendo?

Ela fitou um dos rapazes à sua frente. Ele tinha o cabelo comprido, na altura do pescoço, e os olhos meia-lua eram mais brilhantes do que estrelas explodindo para dar vida a novas constelações. A garota levou uma mão aos lábios, surpresa.

Não pode ser!, ela pensou. *Será possível?*

Chegou mais perto. Seu coração se contraiu. O *coreano*, aquele verdadeiro fantasma, falava apaixonadamente para o público, como se todo o ser dele dependesse disso. O cérebro de Macky paralisou.

Mas o que está acontecendo?

A garota sentiu um leve tremor no olho direito e levou a mão até ele, perguntando-se se não estaria prestes a ter um treco.

O que teria trazido aquele garoto, que era tão *tímido*, agora com braços *tatuados,* de volta à Califórnia?

Ela se aproximou rapidamente, como se um ímã invisível a tivesse puxado com força, e engoliu em seco ao mirar as mangas da jaqueta laranja arregaçadas, o zíper aberto exibindo uma camisa branca, a gola preta ressaltando os fios de seu cabelo. Contudo, o que mais chamou a atenção dela foram os desenhos: uma mulher segurando uma criança no antebraço esquerdo e um ramo de lavandas no pulso direito.

Àquela altura o corpo dela tremia inteiro. Ela sentia falta dele, mas não sabia explicar o motivo. Pensava que o laço que um dia os unira havia se quebrado. Talvez fossem aqueles olhos angulares que carregavam um brilho capaz de iluminar um buraco negro. Ou talvez as mechas de seus cabelos compridos dançando com o vento frio do entardecer. Quem sabe fossem as conversas que tiveram na adolescência, quando falavam sobre *As Crônicas de Nárnia* e teciam centenas de teorias a respeito do que fariam se tivessem um guarda-roupa mágico no sótão, quando ele queria tanto fugir de sua dura realidade.

Mackenzie não compreendia no momento, mas a questão é que sempre haverá uma pessoa cuja ausência pesará a ponto de sufocar, como se o próprio ar fugisse dos pulmões. Resta a sensação de falta de escolha, uma sensação que, ainda que consideremos irracional, idiota ou imerecida, simplesmente absorve o coração. Para isso não existem barreiras, nem o lugar onde se vive. Ninguém nunca pode parecer tão *perfeito* ou *inquebrável* a ponto de não ter o coração partido por alguém que não o mereça.

O problema é que, nesse jogo da saudade, o rapaz ganhara todas as partidas e estava louco para dizer a ela o que havia guardado dentro de si desde que sumira.

— *Baek Fletcher?* — murmurou ela, e naquele segundo os olhares dos dois se encontraram. Mais uma estrela havia nascido daquela explosão.

Mesmo assim, Mackenzie não entendia. Por que ele estava falando para a multidão sobre um nome do qual prometera manter distância? Por que estava falando de *Jesus*?

2

O sorriso capaz de clarear o lado mais escuro da lua

Mackenzie Jones encarou Baek Fletcher totalmente petrificada e boquiaberta. Ele a mirava de volta do mesmo modo.

Baek tinha ido embora de sua vida havia exatos três verões. Ela achou que aquele seria o quarto sem vê-lo, já que nunca tivera notícias dele e, depois de um tempo de intenso sofrimento pela partida abrupta do melhor amigo, não fizera mais questão de procurá-lo. Era sua maneira de tentar proteger o pobre coração, mesmo que seu corpo e sua alma quisessem desesperadamente saber onde ele havia se metido.

O que teria feito durante o sumiço? Será que havia se apaixonado por alguém? Assim como ela, Baek nunca estivera em um relacionamento. Ele sempre foi mais reservado e não era dado a flertes, mesmo não tendo vindo de uma família cristã. Aquele era o tipo de coisa que ela vivia se perguntando, embora não soubesse exatamente por que ficava tão afetada com a mera possibilidade de que ele tivesse alguém.

Mas lá estava Baek sobre um caixote como se fosse uma aparição do além. Ela foi obrigada a piscar os olhos para acordar do torpor, quando o celular vibrou no bolso de suas calças jeans tamanho quarenta.

— Vou desligar isso! — Macky resmungou ao pegar o celular, e depois desligou o aparelho.

Desde o dia anterior não parara de receber parabenizações por ter sido aprovada em primeiro lugar na Escola de Medicina da Universidade Stanford, uma das instituições mais disputadas dos Estados Unidos. Faria, finalmente, o tão sonhado doutorado em Medicina, após ter cursado as disciplinas obrigatórias do bacharelado que escolheu em sua *Pre-Med*, o programa preparatório para sua pós-graduação. Foram os anos mais exaustivos de sua vida. Fazia de tudo para tirar notas máximas, além de participar de trabalhos voluntários, acompanhar residentes no hospital universitário e tornar seu nome conhecido ao desenvolver pesquisas científicas na área de oncologia infantil. Ela precisava ser vista e se destacar para ser admitida.

O homem que mais a incentivou a perseguir seu sonho estava ali, sobre aquele caixote, em carne, osso e uma beleza incontestável, ainda que ela nunca ousasse dizer isso em voz alta. Macky engoliu em seco e não teve tempo de pensar em mais nada, pois Baek Fletcher falou com sua voz potente, que dava para ouvir de longe:

— Agradecemos muito pela atenção de vocês nesta tarde! O fato de terem parado para nos escutar alegrou muito o coração de Deus, podem ter certeza disso. Ah, e antes que eu me esqueça, convidamos a todos para estarem conosco no culto de domingo da nossa igreja! Serão muito bem recebidos, e o missionário Ryu estará lá conosco! — O rapaz distribuiu alguns panfletos para a multidão, com um sorriso simpático.

Os convites esgotaram em segundos. Baek deu um pulo do caixote, ajeitou os cabelos lisos e andou na direção de Mackenzie.

— Com licença, senhoras! — pediu ao passar entre algumas mulheres que estavam no grupo de ouvintes.

As pessoas foram se afastando para dar passagem, e o tempo

parou naqueles segundos em que ele andava até a garota cacheada, cujo coração se agitou como se desse três mortais carpados no cume do Monte Everest.

Nenhum dos dois ousava piscar. A menina, na verdade, nem sequer se movia, a não ser pelo olho direito que tremia involuntariamente. Ela estava tão nervosa! E se morresse bem ali de infarto fulminante?

Seria possível?

Seu coração dizia que sim. Macky estava se sentindo sufocada, e um embrulho tomou seu estômago. Ela não sabia se era uma de suas típicas crises de gastrite ou alguma outra coisa.

— *Mackenzie?* — O nome dela dito pelos lábios finos de Baek Fletcher era mais uma contraindicação.

Espera aí.

Havia um *piercing* no lábio inferior do rapaz? E uma argola em cada orelha dele? *Santo Deus!* Ele havia mudado tanto. Como era possível?

Bem, só o fato de ele falar em nome de Jesus já era chocante o suficiente.

As pessoas ao redor estavam hipnotizadas pelo casal que se olhava fixamente, até que o missionário que acompanhava Baek, um senhor também coreano, as atraiu de novo para si e começou a orar por algumas delas. Seu inglês não era perfeito, mas elas não se importavam. Só queriam que ele as tocasse nos ombros e ministrasse algumas palavras de bênção em suas vidas.

— *Baek?* — Sem se dar conta, Mackenzie desaprendeu a respirar.

— Como você está, *Macky?* — O apelido era tão comum e costumava ser dito por todos que fossem íntimos dela ou de sua família, mas quando falado por ele se assemelhava à turbina de um foguete antes do lançamento.

Ela mal podia acreditar que ele estava à sua frente. Bem mais alto que ela, os ombros largos, as tatuagens nunca vistas emoldurando os braços fortes... Porém, ainda com os mesmos olhinhos brilhantes, reservados, e os dentes branquinhos que lhe davam um aspecto de coelho fujão, o que ele de fato era.

— E-e-eu... — a garota gaguejou, nervosa. — Preciso ir! A minha vizinha está me esperando. — Deu três passos para trás e se afastou.

— *Espere!* — Ele estendeu a mão e a tocou no pulso, o que a deteve.

Faíscas pareciam sair daqueles dedos calejados. Será que ele ainda pintava aquarelas? Como sentiu falta dele a segurando carinhosamente!

— Podemos nos ver depois? Seria bom se pudéssemos conversar antes de... — Ele deu de ombros e deixou a frase no ar.

Naquele momento, Mackenzie Jones esqueceu como se conversava. Em inglês ou português. O pior era que não sabia absolutamente nada de coreano. Só assentiu com a cabeça, o que logo a fez se arrepender, porque notou que ele sorrira animado. Tudo culpa *daquele bendito sorriso* capaz de clarear o lado mais escuro da lua.

— Isso é um sim? — Baek inquiriu mantendo o sorriso frouxo. — Posso ir à sua casa mais tarde? Queria tanto ver os tios e os seus irmãos.

Mackenzie nem teve coragem de responder. Virou-se de costas e o deixou falando sozinho. Acelerou o passo e tentou andar o mais rápido possível, mas sem parecer que estava fugindo de um bandido — afinal, ele também havia cometido um crime: *prometera que nunca a deixaria e foi embora.* E, depois disso, o que restara de seu coração?

Apenas frangalhos que aceleraram quando ouviu a voz rouca de Baek a chamando pelo nome outra vez.

3

7 de julho

Quinze anos antes

A garotinha de olhos verde-água segurava uma lata de refrigerante com a pequena mão rechonchuda. A bebida, uma verdadeira raridade, talvez fosse uma das únicas naquele país. De embalagem rosa com detalhes azuis, o *Guaraná Jesus* fora levado para a Califórnia escondido no fundo de uma mala como um presente para o menino que a encarava desejoso, umedecendo os lábios finos enquanto almejava experimentar o sabor de canela e tutti-frutti do qual ela tanto falava.

Só havia um problema: a menininha, cujos longos cabelos loiros caíam pelas costas em uma cascata de ondas douradas, também amava aquele refrigerante. Na verdade, era a sua bebida preferida e trocaria qualquer coisa por ela. Por isso, acabou por consumir em menos de uma semana todo o estoque que tinha em casa. Agora a única lata que restava era a de seu amigo. Assim, ela se viu dividida entre ser fiel à amizade do rapazinho de olhos angulares, escuros como jabuticabas, e mentir descaradamente, afirmando que a latinha lhe pertencia e que a dele se perdera durante o trajeto do Brasil para os Estados Unidos.

— Esse é o último! — exclamou de súbito.

Não era exatamente uma mentira, mas omitiu a informação de que havia trazido para ele.

— Lembra que você me prometeu que traria o Guaraná Jesus

para eu provar? Como pode ser o último? Você bebeu tudo sozinha e não deixou nenhum?

O coreaninho bateu os pés com raiva na madeira gasta da ponte suspensa sobre o canal Howland, e cruzou os braços magros inconformado com a situação. Atrás dele, uma família de patos descia pelas águas turvas do riacho, enquanto a menina deu dois passos para trás, encarando a bicicleta lilás jogada no chão e começando a pensar em uma rota de fuga.

— Não é da sua conta — esbravejou ela. — Os refrigerantes eram meus! — E mostrou a língua para o garoto.

— Você é uma amiga da onça, isso sim. Eu nunca mais quero brincar com você. Me esquece *para sempre!* — Ele foi mais rápido e correu até sua bicicleta preta.

— E você é um bebezão chorão! *Bebezão chorão! Bebezão chorão!* — ela gritou repetidas vezes a ofensa que ele mais odiava na vida.

Ela o chamava assim desde que o menino chorara durante a aula de artes, só porque não conseguira fazer uma raposinha de biscuit e quisera desistir da atividade. Como era dois anos mais velha, achara por bem apelidá-lo assim, pois se sentia mais *adulta* que ele.

— Ei, vocês dois. Já estão brigando? Passaram um mês sem se ver e quando se encontram é assim? Vou colocar os dois de castigo! — o pai da mocinha gritou por cima do muro que separava o jardim de casa da rua estreita em frente ao canal fluvial.

— Tio, ela não quer me dar nem um pouquinho do Guaraná Jesus — ele falou com a voz embargada, sinal de que o choro realmente estava vindo. — Ela me prometeu que traria um para mim quando voltasse das férias.

— Filha, não acredito nisso. Não foi isso que a sua mãe e eu lhe ensinamos.

O homem abriu a porteira, andou apressado até as crianças e massageou o cabelo do menino para consolá-lo.

— Essa daí não é a latinha que você trouxe para ele? Pelo que sei, você bebeu todas as suas em cinco dias!

Nessa hora, o garotinho arregalou os olhos e, boquiaberto, assumiu uma expressão de completa incredulidade.

— É minha? Minha, mesmo? — Saindo debaixo das asas de seu protetor, foi para junto da menina e, sem pedir licença, agarrou a latinha cor-de-rosa.

A brasileirinha não encontrou desculpas para protestar. Foi a vez dela de cruzar os braços e assistir ao amigo abrir a lata. Ouviu o barulho do gás comprimido sendo liberto do metal, e viu de camarote as bolhinhas subindo e exalando um aroma deliciosamente adocicado. O menino fechou os olhos e bebeu um gole lento. Parte do líquido rosa escorreu pelo pescoço. Ele lambeu os lábios e olhou para ela com cara de satisfação.

— Toma! Pode beber o restante. — E estendeu a lata.

— Tem certeza? — ela perguntou, surpresa, mas foi rápida e pegou o recipiente antes que ele mudasse de ideia.

— Claro! Amigos dividem as coisas. Não é, tio? — Virou-se para encarar o pai da menina, que o fitava com olhar orgulhoso.

— Isso mesmo, meu garoto —parabenizou o homem. Depois fez um *joinha* com o dedo indicador.

— Por que você está sendo tão bonzinho? Quer casar comigo quando a gente crescer, é? Porque não vou aceitar. Eu amo o *Nick Jonas!*

— Ele sabe disso, por acaso? — O menininho deu de ombros, enquanto o pai da menina caiu na gargalhada.

Ela sorveu o refrigerante para engolir a frustração.

Enquanto isso, o garoto pensava que não seria má ideia ter o tio como sogro no futuro. Afinal de contas, quem mais nesta vida seria capaz de amá-la tanto quanto seu melhor amigo?

4

Quando as palavras faltarem

Dias de hoje

Mackenzie só queria chegar em casa sã e salva, mas estava tremendo feito um chiuaua. Subiu na bicicleta de cestinha de palha sintética e pedalou de volta pela orla asfaltada de Santa Mônica. Em menos de quinze minutos chegou a Venice, onde morava com sua família. Apenas durante as férias, é claro, pois a garota se mudara para Stanford havia quatro anos e, na maior parte do tempo, residia em um alojamento no campus universitário.

Ao se aproximar da sua rua, estendeu a mão para sinalizar que entraria na viela estreita e logo chegou a seu paraíso na terra: a *Veneza* norte-americana, como era conhecido o distrito. A agitação dos carros ficou para trás, e Macky pedalou velozmente pela ponte branca suspensa sobre um dos canais fluviais que perpassavam as ruas daquela área de Los Angeles.

De repente, as luzes apagadas do arco acima de sua cabeça se acenderam, e o susto de ver os pontinhos amarelados em meio à penumbra do início de noite fez que ela se desequilibrasse. O veículo de duas rodas dançou de forma desengonçada. Ela parou bruscamente e bateu o peito no guidão, os cabelos loiros lançando-se para a frente com o impacto.

— *Christian!* — berrou a plenos pulmões, sentindo o rosto arder de raiva.

— De nada — disse uma voz de dentro da casa.

Todas as noites, o irmão dela era incumbido da nobre missão de ir até o jardim da entrada e apertar o interruptor para ligar o pisca-pisca da ponte. Tecnicamente, o quintal ficava de frente para o riacho que dividia a rua ao meio. Os visitantes consideravam o afluente encantador: a água era límpida e, além dos patinhos que sempre passeavam por ali com seus filhotes, também ostentava canoas, caiaques e ocasionalmente outras pequenas embarcações. O colorido das casas antigas, revitalizadas algumas décadas atrás, refletia-se nas águas calmas. Macky e Baek tinham centenas de histórias de infância protagonizadas às margens do canal Howland, especialmente na propriedade dos pais dela, que se destacava das demais por ser graciosamente rodeada por uma cerca coberta de trepadeiras.

— *Argh!* — Mackenzie bufou.

Sabendo que não adiantaria discutir com nenhum dos gêmeos, desceu da bicicleta e empurrou o portão, mas ao colocar apenas o primeiro pneu para dentro da propriedade sentiu um pano despencando sobre ela e tudo em volta ficou completamente escuro.

— *Sebastian!* — gritou, chamando pelo nome do outro irmão.

Sabia que aquela arte deveria ser obra dele.

— Chris, *eles* chegaram! Os alienígenas *realmente* estão entre nós — anunciou o rapazinho, cobrindo a boca com as mãos para simular surpresa.

Era mesmo a voz de Seb, como sua família o chamava nos poucos momentos em que não estava aprontando. Mackenzie puxou o lençol para descobrir a cabeça, e o tecido escorregou e se acomodou ao redor dos seus pés. Depois ela cruzou os braços e olhou para ele. Respirou fundo. Os irmãos tinham sete anos e cabelos louros acobreados tão lisos quanto os do pai, e não cacheados como os fios dela e de sua mãe. Ambos eram completamente fissurados por *Star Wars* e qualquer história que tivesse estrelas, alienígenas e confusões de outros planetas.

— Um pequeno passo para o mundo, mas um grande salto para *homens* como nós, Seb. — Molinari Jones, o pai das crianças e da garota, foi caminhando até um dos meninos e deu um tapinha em seu ombro. — Eu só não sabia que eles viriam em uma bicicleta tão velha.

— Tudo para não chamar a atenção, cara! — respondeu Sebastian ao pegar a ponta do lençol branco aos pés da irmã e puxá-lo em sua direção, fazendo-o dançar no ar. Chris, que havia corrido para fora, ria da cena. — Você veio em paz, ó *grandiosa-aparição-dos-céus-intergalácticos*?

— *Paz?* — Macky semicerrou os olhos. — Vocês vão ver só o que vou fazer com vocês, *terráqueos-de-meia-tigela!*

— Garotos, parem de perturbar a irmã de vocês — disse o pai, olhando sobre os ombros enquanto caminhava na direção do portão de entrada do jardim. — Daqui a pouco ela se zanga e não vai querer papo, e vocês vão ficar por aí choramingando pelos cantos.

— Nossa irmã? Não seja facilmente enganado, papai! — disse o garoto com o lençol na mão. — Isso aí é um E.T., igual àqueles que a gente vê no Discovery Channel. O mundo hoje vai saber que Sebastian Jones capturou um deles!

— *Ha-ha!* — A risada forçada de Macky se ouviu dos quatro cantos da casa.

Em um piscar de olhos, a garota se livrou da bicicleta lilás, deixando-a despencar na grama macia, deu um *grito-de-guerra* e agarrou o primeiro gêmeo que conseguiu alcançar.

— Agora você vai ver do que um E.T. é capaz. Ainda mais uma alienígena que está com muita fome. — Apertou Chris em um abraço e fez cócegas na barriga do menino.

— Por favor, dona alienígena, pare! *Pare, pare, pare em nome de Jesus!* — berrava o menino entre gargalhadas altíssimas.

— Largue ele agora, sua *sem-terra* — implorou Sebastian ao jogar-se em cima da irmã para tentar livrar a barriga de Chris.

— Como queira, meu querido terráqueo... — falou Macky ao colocar sobre a grama o menino que chorava de rir. — Acho que chegou a sua vez.

— O quê, minha senhora? — Seb deu um pulo e arregalou os olhos tão esverdeados quanto os dela.

Ele fugiu em ziguezague pelo jardim, e Macky quase o alcançou, mas antes que o pegasse ouviu a voz de seu pai:

— Mackenzie, assim seus irmãos vão ficar com dor de barriga.

— É uma vingança boa o suficiente por terem quase me derrubado na ponte.

— Foi o Chris! Não tenho nada a ver com isso! — gritou Sebastian ao se esconder atrás de uma palmeira.

— Deixe disso, menina! — ralhou o mais velho. — Venha me ajudar a organizar a mesa para o jantar. Sua mãe está quase chegando e se não tivermos ajeitado nada ainda... Aí *sim* vocês vão ver uma terráquea soltando fogo pelos olhos!

O homem realmente tinha medo da senhora Jones, ainda mais porque ela havia deixado um recado pedindo que organizassem tudo. E ele tinha razão de se preocupar com o cenário que se formaria caso a mulher chegasse e encontrasse tudo desarrumado, porque, como bem se sabe, nunca se deve mexer com uma mãe brasileira.

— Assim não é justo! O Seb tem que sentir a *fúria* da senhora E.T. também, papai. — Christian bateu os pés a contragosto no chão.

— Mais tarde vocês continuam a batalha alienígena, tá bom? — prometeu Molinari ao se dirigir para o interior da casa.

Mais tarde. Essas duas palavras ecoaram na cabeça de Macky e então se lembrou de quem ela havia encontrado minutos antes. A pessoa que disse que iria até a sua casa naquela noite. Mais um susto como aquele e seu coração iria pelos ares.

— Ah, não! Não acredito — choramingou sozinha ao entrar.

Começou a organizar talheres, pratos e guardanapos sobre a mesa retangular comprida que ficava no centro da sala de jantar, a poucos metros da cozinha aberta. Estava agitada a ponto de deixar um garfo cair três vezes. O pai parou o que estava fazendo e ficou de braços cruzados observando a filha, sem entender o motivo de toda aquela inquietação.

— Você levou realmente a sério o fogo nos olhos de sua mãe? Ele inclinou a cabeça. Os cabelos levemente grisalhos contrastavam com a pele bronzeada. Depois de quase um minuto de silêncio, estalou a língua nos dentes.

— Ou você vai encontrar alguém depois do jantar e por isso está tão apressada? — concluiu com desconfiança.

— Eu? Encontrar alguém? — Mais uma risada nervosa subiu pela garganta da garota. — *Nunquinha!* Eu só quero subir e descansar um pouco, está bem? Só vou jantar mais tarde! *Bem tarde!* — E arregalou os grandes olhos cor de oliva para enfatizar.

— Bem tarde, né? Entendi. — Ele coçou a barba rala.

— Se alguém, por um acaso, aparecer aqui perguntando por mim, diz que estou muito, *muito* cansada. — Balançou os cachos e mirou o pai. — Preciso de algumas horas de total solidão e silêncio no meu quarto! Não posso ser perturbada por tudo que é mais sagrado! *Okay?* Afinal, sou uma universitária de Stanford!

— Okay, senhorita universitária de Stanford... — Molinari assentiu. — Por tudo que é mais sagrado, né?

— Isso aí — retrucou ela, já a caminho da escada. — Diz para os meninos que o grande combate fica para outra hora... Que o fuso horário da Terra difere do meu planeta e tudo mais.

— Claro, eles sabem como funcionam essas coisas.

Ele piscou para a menina e abriu a geladeira. Encarou a filha com um sorrisinho no canto dos lábios. Naquele momento ela parecia ser tão criança quanto os irmãos. Então, antes que ela se trancasse no quarto, disse:

— Ah, Mackenzie! Esqueci de dizer...

— Diga, papai. — Ela se segurou no corrimão de madeira e o encarou.

— Vi um rapaz muito parecido com o Baek hoje. Não é estranho?

Os olhos da menina ficaram ainda maiores e só faltaram saltar das órbitas. Molinari se segurou para não desatar em uma gargalhada. Afinal, quem ela queria enganar? O pai a conhecia bem demais para saber que apenas uma pessoa a afetaria daquele modo. A vermelhidão tomou conta do rosto de Macky, mas nada disso o abalou.

— Você acha que devo conferir se ele realmente voltou e convidá-lo para comer aqui? Você sabe como eu gosto daquele garoto! — Ele finalmente tirou uma garrafinha de água de dentro da geladeira, rolou a tampa para abri-la e voltou a fitar a filha, que parecia paralisada aos pés da escada.

— E-e-eu preciso *descansar*. — Foi a única resposta que o cérebro dela conseguiu desenvolver naquele momento.

Molinari levou a garrafa à boca e, sorridente, tomou um longo gole de água, enquanto ela subia os degraus. A jovem chegou ao segundo andar e depois ao quarto — aos trancos e barrancos. Sentia que podia morrer a cada passo. Se sobrevivesse àquele dia, certamente viveria para sempre. Foram emoções em excesso naquele espaço de tempo, e o pior era que sentia que logo viriam mais.

E, a respeito disso, estava coberta de razão.

5

Uma saudade compartilhada e verbalizada

Já passava das oito da noite quando Macky trocou o conjuntinho jeans por um pijama quadriculado com botões e gola-v. Ela nem se importava com o horário: se escurecia vestia sua roupa de dormir mais confortável e, somente assim, conseguia se sentir mais produtiva.

Mas naquela hora não tinha ânimo para fazer nada. Seu estômago se revirava de fome. Ela já tinha comido um pacote de amendoins e duas barrinhas de cereal que encontrou perdidas na mochila, porém nada conseguia preenchê-la. Precisava de um alimento que fosse capaz de alimentar também sua alma — mais precisamente, o sushi que sua mãe havia prometido levar para comemorar a entrada de mais um patrocinador na instituição filantrópica em que trabalhava. Na família Jones, toda e qualquer comemoração era regada com muito temaki e sushi hot-roll.

Porém, temia descer e dar de cara com a pessoa que mais queria evitar. Ninguém menos que seu vizinho. Porque, sim, Baek morava na casa da frente, do outro lado do canal Howland. De modo que não daria para evitá-lo por tanto tempo.

A única ideia que veio à mente de Macky para resolver aquele problema foi a de ir até seu esconderijo: o telhado. Pois é, tão discreto quanto um elefante na praia.

A garota apagou as luzes, ajoelhou-se sobre o assento acolchoado que ficava abaixo da janela entre duas estantes abarrotadas de livros, e com cuidado colocou a cabeça para fora. Olhou atentamente em volta e constatou que não tinha ninguém passando — ou seja, não havia sinal de seu vizinho em lugar nenhum. Assim iniciou a sua empreitada: colocou os joelhos no parapeito, desceu um pé descalço e depois o outro. Sentou-se rapidamente na borda e usou a escadinha colada na janela para escalar, depois agachou-se e, apalpando as telhas, foi subindo, cada vez mais, para o topo.

Como o telhado era reclinado, não tinha dificuldades em andar por ele. Também era um lugar distante de todo o barulho. Já chegou a ficar horas ali observando a vida das pessoas em volta, e talvez ninguém nunca a tivesse percebido. Pelo menos era o que achava. Quando finalmente chegou ao local desejado, deitou-se de barriga para cima e ficou uns quinze minutos encarando o céu noturno. Não havia muitas estrelas no céu. A lua cheia parecia tão sozinha naquela imensidão quanto Macky deitada nas telhas. Ela suspirou, inspirando o ar fresco da noite, e sentiu-se disposta a fazer uma única coisa: uma ligação de emergência para uma de suas melhores amigas.

— Você viu alguém *estranho* pela vizinhança esses dias, Liz? — Macky perguntou de imediato, como quem não quer nada.

— Achei que a primeira coisa que as pessoas diziam numa chamada era *alô* — brincou Liz Meirelles, em uma demonstração do seu típico humor irônico.

— Vamos, Liz, me diga logo *pelo amor de Deus!* — implorou Macky ao choramingar como os irmãos fariam. — Viu ou não?

— Tá! Mas antes de qualquer coisa, eu preciso me justificar: eu só soube disso por acaso! Nem tinha como te avisar na hora. Meu celular estava perdido pela casa e essas crianças de quem eu cuido não me deram trégua. Só tive tempo de respirar quando fui ao mercado do senhor Fletcher agora à tarde.

— Já entendi, Liz, pode falar! Estava quase ficando doida

porque você não respondia às minhas mensagens. Achei que teria que ir até aí para perguntar.

A amiga tinha esse problema: era uma boa pessoa para se conhecer pessoalmente, mas se fosse para depender de suas respostas às mensagens, continuaria desconhecida.

— É que hoje, como eu disse, fui até a loja do senhor Fletcher e encontrei... adivinha quem? Fiquei tão espantada! — Aquele ar de fofoqueira ressoava de cada parte do timbre de Liz Meirelles.

— Na hora eu só consegui...

— *Mackenzie!* — A voz de Suellen, mãe da garota, ressoou do jardim. — Desça para jantar! Seus irmãos estão aqui tentando encontrar uma maneira de roubar o sushi que guardei para você na geladeira.

— *Argh!* — bufou Macky. — Liz, minha mãe está me chamando. Tenho que ir.

— É, eu ouvi daqui de casa. Vá jantar, depois te conto tudo com *todos* os detalhes possíveis. Prometo não sumir.

Macky desligou a chamada e, nos minutos seguintes, tentou criar coragem para refazer toda a escalada. Até poderia ser paranoica e infantil, mas não poderia perder os sushis por causa disso. Ergueu o tronco e sentou-se de pernas cruzadas sobre o telhado. Era uma cena cômica: uma garota usando um pijama roxo de mangas compridas e calça de algodão, o cabelo preso em um coque bagunçado e o olhar solitário de quem viu ir embora a pessoa que tanto amou.

— Oh, Senhor, que nenhum dos meus sushis se perca — orou com o drama que só ela sabia fazer.

Até que ouviu um barulho, e ele vinha da janela. Um farfalhar de pés se arrastando e o barulho de alguém se esforçando para... *subir?*

— Quem está aí?! — perguntou com um berro.

De repente, uma brisa marítima veio sobre o telhado e trouxe até suas narinas o aroma suave e refrescante de um perfume que nunca havia esquecido. O cheiro *dele* seria conhecido em meio à multidão de fragrâncias de uma perfumaria.

— Sou eu, Macky! — Ela reconheceria aquela voz mesmo se ele falasse em meio a uma plateia de um show de heavy metal.

— Preciso de uma ajudinha aqui... A menos que queira me ver despencando com os seus sushis!

O rapaz estava por um fio e Macky correu para junto dele, mas pegou primeiro o que era sua prioridade: a comida. Após colocar a caixinha branca sobre o telhado, sã e salva, voltou e estendeu a mão para o jovem, dizendo a si mesma que aquilo não era nada. Só precisava ser ágil, como uma médica seria. Mas ter a mão dele, cálida e macia, tocando a dela fez um choque elétrico percorrer cada célula de seu corpo.

— Obrigado... — Baek Fletcher agradeceu com um sorriso tímido.

Com os olhinhos brilhando, segurou-se a ela para ser conduzido à parte mais alta do telhado. Quando Macky notou que ele estava seguro e não tinha mais risco de cair coisa nenhuma, largou a mão do rapaz rapidamente e sentou-se com sua comida. O moço fez o mesmo e ficou parado junto dela. Baek não usava mais o casaco laranja, somente a calça jeans e uma camisa branca que a fazia se perguntar quantos quilos ele andava levantando na academia, porque estava com *muitos músculos*.

— Acho que é a segunda vez que faço uma entrega no seu telhado — disse Baek para quebrar o clima que começava a pesar.

— Os seus serviços de delivery continuam *inesperados* — ela afirmou. — Tão inesperados quanto sua aparição sem anúncio algum.

Baek Fletcher suspirou e enfiou os dedos da mão direita nos cabelos lisos. Jogou-os para trás e mordeu o lábio inferior, quase pressionando os dentes na argolinha de sua boca, o que a desconcertou outra vez. A garota virou o rosto na mesma hora, o coração batendo forte contra o peito, enquanto Baek olhou em sua direção, desejando secretamente alguma palavra de Mackenzie, qualquer que fosse.

Ela, para disfarçar o nervosismo, pegou o par de hashis amadeirados e os enfiou no recipiente de papelão estampado com caracteres japoneses.

— Tenho tanta coisa para dizer, até ensaiei em frente ao espelho por semanas, escrevi várias coisas naquele caderno que você me deu, mas... — Outro suspiro. — A verdade é que, no fim, não faço ideia. Realmente não sei o que dizer, Macky.

O peito dele murchou com a sensação de frustração. Enquanto isso, a garota mastigava e fingia que não estava acontecendo um terremoto em sua cabeça.

— Tudo bem. — Ela deu de ombros. — Não precisa dizer nada. Você nunca foi de falar muito mesmo... Especialmente quando é necessário.

— M-me desculpe! — gaguejou. — *Bogo sip-eoyo...* — sussurrou como se fosse um segredo.

— Você sabe que não entendo nada de coreano — afirmou Maky, levantando a cabeça para encará-lo.

Seus olhos começavam a ficar úmidos. Uma moldura avermelhada se formava ao redor do verde das íris.

— Falei que senti muito a sua falta, *agassi*. — Nessa hora, outra vez, ele desejou tocá-la e confessou a si mesmo que um dos motivos de ter voltado à Califórnia estava bem ali, na sua frente, comendo sushi.

Não fazia ideia de quanto tempo ficaria, talvez só tivesse aquele verão, mas estava certo de uma coisa: como nunca tivera coragem, agora lutaria para conquistar aquela garota.

6

Como se nada tivesse acontecido

As palavras sussurradas pelos lábios finos de Baek Fletcher provocaram uma verdadeira tempestade nos olhos verde-oliva de Mackenzie. A garota segurou o par de hashis entre os dedos enquanto o peito tremia ao colocar para fora um pranto guardado por três anos, desde o dia em que soube que ele havia ido embora sem lhe dar nenhuma explicação. Simplesmente sumiu com uma mala e o luto não curado.

Mil e uma coisas passaram pela mente turbulenta de Macky nessa constante espera, ainda que nunca admitiria que vez ou outra olhava em direção à casa de Baek, com a esperança de que ele tivesse voltado. Chegou a pensar que algo trágico tivesse acontecido. E se ele tivesse morrido e decidiram não lhe contar? Foi difícil conviver com a sua ausência, quando ele era tudo o que ela tinha.

— D-desculpe... — ela gaguejou. — Por, por... — Um soluço a sacudiu. — Por chorar assim na sua frente.

— Você sabe que não precisa ficar me pedindo desculpas. Sou eu que preciso do seu perdão, Mackenzie, não o contrário. — Tentou tranquilizá-la — Ei, vem cá! — disse ao estender os braços em sua direção.

Tomou a liberdade de retirar os palitos de madeira de sua mão e depositá-los na caixinha. Repousou a cabeça dela em seu peito e a envolveu pelos ombros. Segurou-a bem firme junto de si como havia muito tempo não fazia. Abraçá-la fez os olhos redondos de Baek marejarem. Ele comprimiu os lábios. Era como voltar a segurar todo um universo que havia perdido com sua partida, mas que desejava ter desesperadamente de volta, nem que isso lhe custasse o resto de seu orgulho e o medo de ser rejeitado.

Ficaram alguns minutos em silêncio encarando as residências ao redor e observando as luzes acesas. O telhado nunca pareceu tão pequeno como naquela noite fresca em Venice, com dois mundos colidindo. Nenhum deles ousou falar, era como se uma palavra pudesse quebrar o encanto. O único som ouvido foi dos carros passando na avenida ao longe e do coração acelerado de Baek batucando nos ouvidos de Mackenzie. Ela tinha medo de se mexer e que, com isso, ele desaparecesse tal qual a névoa da madrugada, que vai sumindo conforme amanhece. Até que Luke Skywalker, o cachorrinho de Christian e Sebastian, latiu alto e sem parar, de modo que quem escutasse de longe não imaginaria que se tratava de um poodle de pernas curtas. Mackenzie respirou fundo e, lentamente, foi se afastando do rapaz.

— A última coisa que imaginei que faria durante minhas férias de verão seria chorar em seus braços — ela falou, rouca, e esfregou com os dedos a área embaixo dos olhos vermelhos. — Olha que tenho sonhos loucos, mas isso não se passou em nenhum.

— Também não imaginei que minha volta para casa faria você chorar assim.

Ele estava tão desconcertado que nem sabia o que fazer com as mãos. Por fim, as apoiou sobre os joelhos cruzados. Baek abaixou a cabeça envergonhado, os cabelos compridos tampando parte do rosto.

Macky notou que ele mordeu novamente o lábio inferior, do modo como fazia quando se sentia muito nervoso.

Definitivamente, estar ao lado de Mackenzie Jones, sentir seu perfume suave e abraçá-la era uma das coisas nesta vida que mais o deixavam ansioso e vulnerável.

— Meu pai já deve estar se perguntando o que estamos fazendo. É melhor a gente descer... — Quando o que ela queria dizer era: "É melhor você ir embora".

— Acho que sou do tipo que se preocupa muito com situações como essa — ele disse, mas logo se corrigiu: — Não que eu tenha me envolvido em outras... — Deu de ombros e soltou uma risadinha. — Mas seu pai é uma das últimas pessoas que poderia se perguntar isso.

— Agora você vai se gabar por ele confiar mais em você do que em mim?

Ela simulou um soco de punho fechado na barriga dele. Riu e se sentiu estranha, como se de repente os velhos tempos tivessem retornado. Como se nada tivesse mudado. Baek Fletcher tinha essa facilidade de fazê-la se sentir no último dia de verão, pelo simples fato de que o garoto carregava um sorriso brilhante demais.

Depois que desceram do telhado, o pai da garota contou ao rapaz, orgulhoso e animado, que Macky havia sido aprovada com louvor para a Escola de Medicina de Stanford. Baek também sentiu orgulho e sorriu para ela, parabenizando-a pelo incrível feito.

A menina ficou retraída e nada disse, ainda envergonhada pela cena do choro no telhado. Uma vergonha que a fez desaparecer da vista de Baek pelos próximos três dias. Ele não conseguiu avistá-la nem de longe, apesar de serem vizinhos. Encarava o quarto dela no segundo andar e sentia falta da época em que eram dois adolescentes que se comunicavam por mensagens escritas em cartazes feitos de papel A4.

Ela na própria janela e ele na dele, a poucos metros de distância, separados apenas pelo canal Howland. Será que as plaquinhas de papel ainda funcionariam? Como não tinha mais o que perder, ele pegou um papel branco e um pincel preto, e rapidamente escreveu: *"Quer ir ao culto comigo?"*.

Gritou o nome de Mackenzie e ficou parado, esperando por ela enquanto segurava o papel. Aguardou por longos minutos, mas nada de a janela dela se abrir. Então, grudou quatro pedacinhos de fita adesiva transparente nas extremidades do pequeno cartaz e o pendurou no vidro. Foi se arrumar e se concentrar no que faria: traduzir a ministração do missionário Ryu no culto da Moriah Church.

Quando terminou de se aprontar, desceu até a sala e deu de cara com seu pai, o senhor Fletcher, que acabara de chegar trazendo consigo o outro morador da casa: um cachorro enorme chamado Aslam. O animal veio correndo e deu um pulo em cima dele, lambendo-o no rosto. O golden retriever de pelagem amarelada era muito carinhoso e recebeu esse nome da irmã do rapaz. Yoona era tão apaixonada por Nárnia quanto ele e costumava dizer que o animalzinho se parecia com o leão.

— Para onde você vai? — perguntou Charlie Fletcher, com o boné chamativo de uma liga de beisebol. Encarou o filho da cabeça aos pés, analisando-o ao massagear o bigode.

— Estou indo para a igreja, aquela que eu ia antes com a família Jones. Estava esperando o senhor chegar para avisar — falou em tom baixo, receoso.

— *Igreja?* — perguntou o homem.

Baek assentiu.

— Então você se tornou cristão mesmo? Sua avó me falou, mas custei a acreditar.

— Sim, pai. E eu também falei, o senhor não se lembra?

Em uma mensagem para a qual nunca recebi resposta, gostaria de ter acrescentado.

— Hum... — o homem murmurou ao analisar novamente o braço do rapaz. — Lá eles falam alguma coisa contra as suas tatuagens? — Levantou o olhar e o encarou — E do seu brinco e desse negócio na sua boca? — concluiu, apontando.

Baek estremeceu e engoliu em seco. Desde a manhã de quinta-feira, o dia em que retornou à Califórnia, esperava que seu pai tocasse nesse assunto.

— Na época em que coloquei as argolas e fiz as tatuagens eu não era cristão, e a única pessoa que chegou a falar alguma coisa foi a vovó, que me deu umas boas chineladas quando as viu pela primeira vez — riu de nervoso ao lembrar-se da cena.

Quando fez as tatuagens, Baek as escondeu por vários dias. Sua avó, a senhora Choi, estranhou o fato de o neto usar camisas de manga comprida em pleno verão. Por duas semanas se perguntou por que ele se vestia daquele modo em dias tão quentes, até que deduziu que o jovem devia ter se machucado feio em alguma briga de bar. Um dia, não se aguentou e levantou à força as mangas do moletom.

Foi gritaria e chinelada para todo lado.

— Você por acaso entrou em alguma gangue? — perguntou, raivosa.

Bateu o chinelo bem em cima da tatuagem, o que provocou uma dor imensa no menino, já que a pele ainda estava cicatrizando após o procedimento.

— *Halmeoni*, só porque fiz algumas tatuagens, a senhora está pensando isso de mim? — O garoto contorcia-se de dor.

— Você acha certo fazer isso com os seus avós, Baek? O que os vizinhos vão pensar quando o virem assim? E quando você for atrás de um emprego melhor, acha mesmo que vão contratar você?! — ela perguntava aos gritos.

O chinelo apontado para o menino, ele bem na sua mira.

— Eu sei que por aqui não é comum vermos pessoas tatuadas pela rua, *halmeoni*, mas eu não me tornei alguém ruim por isso. Acredite em mim.

— Então me diz por que você fez isso. — A mulher abaixou o chinelo e o encarou com olhos arregalados. — Um dia chegou com brincos, no outro com uma argola na boca... Você por acaso virou um peixe e foi fisgado?

O garoto suspirou fundo e naquela hora se sentiu arrependido por ter se tatuado sem consultá-la. Fazia poucos meses que tinha se mudado da Califórnia para morar com os avós maternos em Seul. Já se sentia uma decepção para o pai, e não queria entristecer os avós também. Bastavam as madrugadas em que chegava tão bêbado que mal conseguia se lembrar de como voltara para casa.

— A senhora sabe que amo desenhar, não sabe? Acabei fazendo um rabisco da mamãe com a Yoona e só quis eternizá-las em mim. Não sabia que ficaria tão chateada comigo, *halmoni*, me perdoe!

A mulher ficou em silêncio pela primeira vez, mas não desfez o olhar severo.

— Só não faça mais nenhuma, está bem? — pediu ao jogar o chinelo no chão. — Me perdoe por eu ter batido em você... — sussurrou arrependida.

— Está tudo bem, *halmeoni* — disse com a voz embargada e um sorriso para tranquilizá-la, enquanto o local que recebeu o golpe ainda ardia.

A senhora agachou-se na frente do garoto e passou as mãos em volta do desenho em seu antebraço. Uma lágrima e outra escaparam dos olhos arredondados de Baek.

— Pobrezinho! Você já passou por tanta coisa, por isso me preocupo tanto com você. Quero que seja feliz, sabe? Desde que essa busca pela felicidade não seja uma ilusão. Não corra atrás do vento, filho. Oro tanto por você e sei que no tempo certo entenderá que nada do que você viveu foi em vão.

O culto daquela tarde de fato mostrou que não. Sempre houve uma razão.

7

O turbilhão de lágrimas e o peito em combustão

A conversa que tivera com o pai não saía de sua mente. Teve medo de que isso o atrapalhasse na hora de traduzir a ministração do missionário Ryu. Talvez, se outra pessoa tivesse lhe dito tudo aquilo, não teria se importado. Talvez não doeria tanto, mas ouvir de Charlie Fletcher era como receber uma facada. Não queria ser aprovado ou aceito por muita gente, mas um dos seus maiores desejos era sentir que o pai o amava incondicionalmente.

— Podemos começar? — perguntou o missionário Ryu com um sorriso.

Baek estava tão distraído que nem se deu conta de que a música havia acabado e que era hora de subir ao palco com o pregador. A vontade era de pedir que outra pessoa cuidasse da tradução, mas não queria fazer essa desfeita. Afinal de contas, esse havia sido um dos motivos que o trouxera de volta aos Estados Unidos.

— Sim, senhor — levantou-se do banco e o seguiu até o púlpito.

No templo da Moriah Church cabiam umas duzentas pessoas. Ficava no centro de Venice e tinha uma arquitetura clássica, tendo sido construído no início do século 20. A estrutura interna era mais moderna. A parede ao fundo era preta, os instrumentos musicais ficavam na extremidade do palco e o púlpito minimalista, no centro, e havia um telão suspenso na parede.

Baek subiu os degraus e pegou dois microfones: um para si e outro para o missionário, ainda sem encarar nenhuma das pessoas que o olhavam atentamente, em especial as jovens solteiras da igreja. Desde que o rapaz entrara naquele lugar, o burburinho das garotas parecia mais o som de uma revoada de gaivotas.

— Uau! Eu já senti tanto a presença de Deus. A atmosfera daqui é *sobrenatural* — o missionário anunciou em coreano, sendo em seguida traduzido por Baek. — É uma honra estar ao lado dos irmãos neste lugar tomado da presença do Aba.

Então, o rapaz mirou o fundo do templo. Foi quando a viu: sentada no canto do último banco, distante da sua família, que se acomodara mais à frente. Ao analisá-la por dois segundos, sabia que Mackenzie tinha chorado durante a ministração do louvor.

A canção "Oceans", da Hillsong United, havia sido interpretada pela banda, e aquela era a música preferida dela. Se pudesse, queria estar ao lado de Macky e dizer que *pela fé* tudo ficaria bem.

Baek piscou os olhos, apertou o microfone e encarou o homem ao seu lado, concentrando-se no que precisava fazer.

— Para começarmos a ministração, tenho uma pergunta: vocês acreditam que, embora aquilo que Deus nos entregou pareça pequeno, se formos verdadeiramente fiéis ele nos colocará em lugares mais altos? — ele disse, com Baek traduzindo ao público em seguida. — Porque o hoje é o que irá nos preparar para aquilo que receberemos no futuro, quando formos filhos maduros e obedientes.

Baek estava a postos ao lado dele e tentava ser mais como uma sombra que copiava seus movimentos. Tudo estaria perfeitamente dentro do esperado, se a palavra ministrada não estivesse tocando Baek de forma tão profunda. Conforme os minutos passavam, o nó crescia em sua garganta. O senhor Ryu não tinha dó! As dúvidas que o jovem tinha a respeito do seu futuro, sobre o que Deus gostaria que ele fizesse, saltavam em seu interior como ondas bravias de um oceano. Ele nem se sentia digno de estar ali. A sua vontade de ir embora se intensificava a cada minuto. Mas o senso de compromisso o detinha.

— Em Zacarias capítulo quatro e versículo dez, o Senhor nos pede para não desprezarmos os pequenos começos. Eu sei que agora podemos ser frágeis e sem nenhuma importância, mas o Senhor não nos olha como as pessoas nos veem. Você pode até estar se perguntando como Deus cumprirá as promessas que fez a seu respeito. Logo você, que se sente a pior pessoa deste mundo e vive se comparando com quem aparenta ser melhor, mais bonito e mais capaz do que *você* — enfatizou.

A mente de Baek era um verdadeiro turbilhão. Por que, afinal, Deus o havia chamado para fazer aquilo? Ele estava quebrado demais. Para que serviria um vaso de barro tão despedaçado assim? Sabia que tinha amadurecido em muitos pontos, várias feridas haviam sido curadas, mas alguns machucados ainda doíam e sempre apareciam situações para aumentar o tamanho deles.

— Deus vê você como viu José, que embora tenha sido vendido por seus irmãos e experimentado a dor da traição, da rejeição e das falsas acusações, foi capacitado por Deus na prisão para administrar um reino. Ele salvou uma geração porque foi fiel às promessas que recebeu ainda jovem e não desistiu apesar da dureza da jornada.

Aquelas palavras foram o golpe final. Baek lutou bravamente contra a enxurrada que queria inundar seu coração. Precisava continuar falando, mas sua voz começou a falhar e não via a hora de o missionário encerrar.

— O Espírito Santo acredita que você chegará ao fim. Apenas não desista! Porque o Oleiro vai forjando você durante as batalhas do dia a dia. É lá que você matará o leão e o urso, é lá que você aprenderá a enfrentar um gigante. E, se nada do que está acontecendo fizer sentido com as promessas que recebeu, fique tranquilo. Tudo coopera para o bem daqueles que esperam no Senhor, e cada luta vai prepará-lo para o seu propósito. Porque a sua missão não acaba em você, ela apenas começou aí. Deus quer usar a sua vida para tocar outras vidas.

Nessa hora, o coração de Baek foi incendiado e o céu desceu bem ali, naquela igreja em Venice. Nada mais parecia importar.

— E se essa palavra fez *muito* sentido para você, venha até aqui na frente que vou orar por sua vida.

Assim o missionário encerrou e tirou o microfone da boca para orar em uma linguagem desconhecida. Baek acabou a tradução envergonhado porque uma lágrima lhe escapou, mas ele não era o único comovido, pois várias pessoas se levantaram chorando e andaram até o altar. Um quebrantamento invadiu o lugar, e o Espírito Santo as estava convencendo de algo básico: o quão eram profundamente amadas e aceitas por Deus antes mesmo de se darem conta disso. Se ele as escolheu não havia sido um erro. Foi de *propósito*.

Entretanto, Mackenzie não aguentou o peso da glória daquele lugar. A garota levantou-se e saiu correndo. Sem pensar duas vezes, Baek deixou o microfone, saltou do palco e andou apressadamente no corredor entre o mar de pessoas que se dirigiam para o altar. Queria abraçá-la. Ao atravessar a porta, olhou para os lados e enxergou apenas um vulto da bicicleta lilás desaparecendo na avenida movimentada. Nessa hora, não fazia ideia de que mais tarde, à noite, *resgataria* a garota de uma tempestade bem maior do que aquela que caía de seus olhos verde-oliva.

8

Nem que minha vida dependa disso

Puxou o celular do bolso e digitou o número de Macky. Lembrava do telefone dela de cor, só esperava que continuasse o mesmo. Enviou uma mensagem perguntando se estava tudo bem. Guardou o aparelho, subiu em sua bicicleta e saiu do jardim da igreja. Chegando em casa, notou que não recebeu nenhuma resposta. Encontrou apenas Charlie jogado no sofá, assistindo a uma partida de beisebol. Houve uma época em que Baek também era fissurado naquele esporte. Chegou até a competir na liga de sua escola e diziam que isso o ajudaria a entrar em Stanford. Quando ainda era bom em corridas de atletismo, a maior fera dos cem metros rasos da Brown High School.

— Voltou cedo — disse Charlie sem nenhuma emoção na voz.

O homem sequer tirou os olhos da enorme tevê pendurada na parede.

— Sim, o culto aqui não dura mais que uma hora e meia, pai. — Sentiu vontade de convidá-lo para aparecer em um próximo.

— Pelo menos você chegou antes da chuva. A previsão do tempo no jornal disse que hoje à noite vai haver uma tempestade com ventania.

Uma expressão que Baek aprendera com a brasileira Suellen Jones, mãe de Mackenzie, é que um dia muito quente e abafado durante o verão, sem um ventinho para refrescar, pode significar uma única coisa:

— É, esse calor só deve ser chuva. — O rapaz falou essa frase com a mesma naturalidade de um maranhense, mas se estivesse traduzida no maranhês de Suellen Jones, ele teria dito *"um verdadeiro torô"*.

— Pedi uma pizza para o jantar — o pai disse. — Comi metade e deixei o restante no balcão da cozinha para você. Tem Coca-Cola na geladeira. Tem cerveja também, mas você não bebe mais coisa alcoólica, né?

O jovem sentiu o sarcasmo no comentário. O pai voltou a concentrar-se no jogo, sem olhar na direção de Baek. Com tristeza, Baek desejou que o homem o tivesse esperado para comer. Fazia anos que não sabia o que era se sentar à mesa com ele. Um costume na casa de seus avós maternos, que levavam bem a sério o ato de comer rodeados pelos membros da família. Mais uma coisa de que aprendeu a gostar. Dizia para si mesmo que aquela era uma rotina que gostaria de manter com sua futura esposa.

— Tudo bem, *pai*.

Disse com ênfase. Gostava de poder falar com ele, chamá-lo assim, depois de tanto tempo distantes.

Baek pegou a metade da pizza fria de pepperoni e foi sentar-se ao lado dele. Será que Charlie lembrava que Baek sabia preparar uma de quatro queijos melhor do que aquela? Com todo respeito ao fabricante da pizza, é claro.

— Aslam, você já comeu também?

O golden retriever dormia no canto da sala, o pelo dourado espalhado pelo piso branco. Então, o primeiro pingo de chuva começou a cair e depois dele vieram mais trocentos milhões de outros. Cada um deles provocava uma vibração no telhado. Se não fosse o barulho da televisão e da chuva, nenhum som se ouviria no recinto. Como não acompanhava mais a liga de beisebol e não conhecia mais nenhum jogador, Baek permaneceu calado, observando o pai murmurar baixinho dez palavrões a cada minuto e contorcer o bigode escuro. Quem os olhasse, logo deduziria que não se pareciam em nada.

Quando a partida terminou, Charlie levantou-se e desligou a tevê, pegou uma latinha de cerveja na geladeira e subiu para o quarto sem nada dizer. Várias vezes na vida Baek se perguntou se o pai realmente o amava, e aquele foi um desses nada raros momentos de dúvidas.

Deveria ter continuado distante? Enganou-se ao acreditar que Deus pediu que voltasse para casa porque ele *precisava* estar ali por alguma razão? Ele ainda não sabia, mas de fato havia um motivo. As *manchas vermelhas no chão* provariam que sim.

Inesperadamente, o silêncio no andar de baixo deu lugar ao som de vozes estridentes que vinham da rua, o que logo chamou sua atenção.

— Que barulheira é essa?

Caminhou até a enorme porta de correr transparente que ficava de frente para o canal. A movimentação estranha vinha da residência da família Jones. Deixou seu cachorro latindo ruidosamente, pois o bichinho também se espantou com os gritos. Na pressa, nem se lembrou de pegar um guarda-chuva. Cruzou a ponte correndo, enquanto seus cabelos compridos e escuros como a noite voavam. Semicerrou os olhos angulares, tornando-os ainda menores, enquanto sua camisa cinza e os Vans pretos ficavam encharcados. Viu Molinari entrar na caminhonete de Mackenzie, enquanto ouvia Suellen gritar em português. A primeira coisa que saiu dos lábios molhados de Baek ao se aproximar foi:

— O que está acontecendo?

Suellen virou bruscamente e foi ali que o notou. A raiva também a tinha cegado.

— Falei para aquele... aquele *babacão* que a Liz ficaria com as crianças enquanto eu e ele iríamos em busca da Mackenzie. Mas me mandou ficar aqui caso ela volte. Como se a Liz não pudesse fazer isso. Seria muito melhor *eu* ajudar a procurá-la.

A mente de Baek deu um nó.

— A Macky *sumiu?*

— Sim. Eu já ia bater na sua porta. Você não a viu depois que saímos da igreja? Ela nem atende o celular. Para que ela quer aquilo se só vive descarregado ou no silencioso? — Ela berrou alto ao dar um pontapé no ar, o que sacudiu seus cabelos cacheados.

— Eu só a vi durante o culto... — Seu pobre coração foi tomado por nervosismo.

— Céus! Ninguém com quem falei sabe onde ela está.

O medo invadiu cada fibra do ser do rapaz. Não conseguia sequer imaginar alguma coisa ruim acontecendo com Macky. Ainda mais quando não tivera a chance de dizer o que vinha guardando em seu peito *por anos*.

— Aquela menina não aguenta ouvir um trovão que se treme todinha. Você sabe que ela tem pavor de tempestades.

Baek a fitou com o rosto sério.

— Vou procurá-la, senhora Jones.

— O quê? Você não vai sozinho! Deixe que eu vou com você. Vou pegar o meu carro. Odeio dirigir na chuva, mas é uma emergência. É a minha filha!

— Não se preocupe, senhora Jones, eu vou encontrar a Macky e trazê-la para casa nem que isso custe a minha vida.

Ele falara aquilo tão obstinado quanto um bombeiro comprometido em entrar numa casa em chamas para salvar uma criança de um incêndio. Mas Macky não era uma criança. Ela era a garota por quem orava mesmo nos dias em que sua fé estava enfraquecida, quase inexistente.

9

Um tremor tão violento quanto um terremoto

Os ventos fortes não eram suficientes para detê-lo, nem mesmo os clarões dos raios que cortavam o céu escuro, apesar de estar munido somente de uma capa de chuva e da bicicleta. Baek disse que encontraria Macky e daria tudo de si nessa busca.

Começou procurando no primeiro local que passou por sua mente: o píer de Santa Mônica. Aquele era, de longe, o lugar preferido dela. Ao chegar lá, percorreu cada metro quadrado, mas não a encontrou. Foi ao posto policial, contou o que havia acontecido e seu peito ardia ao descrever cada traço de Macky. Era como se, ao falar dela, dos fios enrolados de seu cabelo loiro, do verde de seus olhos, estivesse desenhando-a através das pesadas gotas de chuva que caíam. Contudo, os policiais não a viram. Era cedo demais para que fizessem qualquer intervenção e pareciam não acreditar que o caso era grave.

— Tenha calma, rapaz, logo ela aparece — disse um deles ao dar um tapinha em suas costas. — Poucas horas sem contato não é motivo para alarde.

Outro policial, um pouco mais humano, completou:

— Deixe seu contato e vamos avisar caso tenhamos notícias.

Ainda que hesitante, Baek acabou concordando e voltou para a avenida Ocean Front Walk, onde pedalou por mais alguns minutos rumo a um trecho da praia de Santa Mônica onde ficava um dos postos de salva-vidas da região.

Macky também adorava estar ali, era para onde gostava de ir quando queria um lugar tranquilo para reler *As Crônicas de Nárnia*. Quantas vezes eles fizeram companhia um ao outro? Inúmeras tardes somente eles dois, o mar e algumas centenas de páginas amareladas. Saindo do asfalto, Baek largou bruscamente a bicicleta na areia molhada e correu com dificuldade até a cabana suspensa pintada de azul-claro. Antes de pisar no primeiro degrau de madeira, porém, sabia que algo estava errado porque não via a bicicleta dela em canto nenhum.

— Caramba! Ela não está aqui. Será que voltou para casa e eu ainda não sei?

A angústia o consumia e sua capa de chuva pingava molhando o piso do lugar.

O teto sobre sua cabeça lhe deu um refúgio temporário, mas nada conseguia diminuir o frio que sentia. Ele vinha de dentro, do seu nervosismo.

— Se eu tivesse usado a cabeça por um único segundo, poderia ter pego o número da Su — lamentou.

Não havia muito o que fazer. Baek desceu do tablado de madeira azul, acelerou os passos pesados pela areia molhada, levantou a bicicleta e a arrastou até a avenida. Ponderou sobre qual rumo deveria tomar e sentiu intensamente em seu coração: *Volte pelo mesmo caminho*. Conhecia aquela sensação. Poderia ser apenas as emoções à flor da pele, mas quem sabe fosse o Espírito Santo, seu Amigo mais chegado, direcionando-o. Baek pedalou devagar pela Ocean Front Walk, olhando para os lados e mantendo sua atenção à procura de algum movimento humano. Mas, debaixo daquela chuva, parecia ser o único maluco a desbravar a noite usando algo que não fosse um carro.

Foi quando, de longe, avistou a silhueta de alguém saindo de uma rua estreita e mal iluminada, entre duas casas luxuosas em frente à praia. A pessoa mancava de uma perna ao empurrar uma bicicleta com pneu murcho. Havia algo se mexendo na cestinha. Na escuridão e debaixo da tempestade tudo parecia estar em uma escala de preto, cinza e branco. Mas como uma aparição tão sem cor fez seu mundo interior ser imediatamente colorido em tons de lilás, amarelo e vermelho?

— Mackenzie! — gritou o nome dela, o coração acelerado.

Freou bruscamente na avenida, jogou a bicicleta no meio-fio e desceu a ladeira de areia entre a avenida principal e a ruela em que ela se encontrava. O rapaz nem se deu conta de que um largo sorriso de alívio tomou todo o seu rosto e mais uma cor viva, pulsante e radiante iluminou a noite cinzenta.

— Macky! — chamou-a outra vez conforme se aproximava.

A menina ouviu, pois nenhuma tempestade era alta o bastante para impedi-la de escutar a voz que já lhe trouxera calmaria em seus dias mais turbulentos. Aquela voz fizera tanta falta que chegava a doer.

— Baek? — questionou, trêmula, e virou a cabeça para procurá-lo. — O que você está fazendo aqui?

A garota encostou a bicicleta pelo guidão em um coqueiro. Um gato miou baixinho. A cena seguinte pareceu ter se dado em câmera lenta. Ela parou na calçada e o encarou com um olhar de alívio por ter sido encontrada por *ele*. Não ousou se mexer. Baek se aproximou com um sorriso largo. A chuva encharcava os dois ainda mais, mesmo quando o rapaz a envolveu em um abraço e ela sentiu o plástico da capa de chuva tocando seu corpo, que tremia violentamente como um terremoto. Acalmou-se com o cheiro dele: era de chuva, terra molhada e do perfume de notas florais levemente amadeiradas que costumava usar. Quando mais um raio cortou o céu noturno, apertou os braços ao redor de Baek, cravando as unhas em suas costas.

Ele tinha tantas perguntas para fazer, mas primeiro precisava que Macky soubesse de uma coisa:

— Eu procurei você por toda parte e sabia que a encontraria, nem que passasse o resto da minha vida nessa busca, *agassi*.

10

Se você estiver me esperando do outro lado

— O quê? — perguntou, confusa, erguendo o queixo.

Mackenzie Jones e Baek Fletcher estavam tão próximos, poucos centímetros separando os seus rostos encharcados. Sem querer ela se inebriou com o hálito quente que saía da boca do rapaz. Espantou-se ao ver de tão perto aquele piercing. Ainda era estranho ver o metal nos lábios finos e delicados do rapaz, esculpidos no perfeito formato de um coração.

— Vamos nos sentar ali e esperar a chuva passar — ele propôs.

— Espere aí. Preciso pegar o meu gato.

— *Gato?* — Os olhos dele se arregalaram, como duas jabuticabas escurinhas. — Desde quando você tem um gato?

Realmente havia escutado um miado, não era coisa de sua imaginação. Macky tirou da cesta dourada, embalado em um casaco de moletom, um felino siamês de pelagem escura, mas com falhas no pelo úmido do pescoço e machucados nas pernas. Ao aninhar o animal no colo, cobriu-o um pouco mais com o casaco e andou com Baek para a varanda de uma cafeteria que estava fechada, onde havia um banco no qual se refugiaram como se tudo estivesse perfeitamente normal, esquecendo-se por alguns instantes de que os pais da garota estavam morrendo de preocupação.

— Eu o salvei, não foi, príncipe? — Ela massageou os pelos do gatinho ensopado, que miou baixinho. — Uma pessoa sem coração o jogou para fora do carro, acredita? Nem consegui enxergar a placa do *infeliz*. Fiquei com tanta raiva que corri, só para me machucar.

— Como assim? Você está *ferida*? — Ele arregalou os olhos de novo.

— Isso é tudo que você ouviu, Baek? Acabei de falar que salvei um ser vivo indefeso. Agora você vai ser titio, isso não é demais?

— O *q-quê*? — ele gaguejou nervosamente. — Quem está grávida? Não me diga que... — Engoliu em seco e um filete de suor brilhou em sua testa. — Por isso fugiu da igreja daquele jeito?

Nessa hora todo o sangue sumiu da cara do garoto. Ficou pálido feito um fantasma. Sentiu um forte calor e puxou o capuz de plástico que cobria a cabeça. Com os dedos trêmulos, sacudiu os cabelos, jogando água para os lados. Um milhão de coisas passaram pela cabeça do rapaz. *Claro!* Ele sumiu por quase quatro anos...

— Você não está cogitando o que acho que está cogitando, não é? — A menina deu um tapão no braço musculoso dele. O que deve ter sido uma cosquinha. — Ficou maluco, Baek? Sou *crente* e solteira desde o dia que nasci. Eu vou adotar o gatinho e por isso você será titio! — bradou visivelmente ofendida.

— Então o que aconteceu para você ter saído daquele jeito? E como você se feriu?

Começou a contar o que havia acontecido desde o momento em que saiu às pressas do culto. Mackenzie pedalou até Santa Mônica e ficou contemplando o entardecer no posto de salva-vidas da praia. Achou que as nuvens escuras que se aproximavam da costa eram passageiras. Porém, foi surpreendida pela tempestade e não teve como avisar aos seus pais porque o celular descarregou. Quando decidiu voltar para casa, pedalou poucos metros antes de deparar com um carro vermelho. Concentrou-se na pessoa abrindo a porta do veículo e, sem perceber para onde estava indo, acabou batendo em uma lata de lixo, chocando-se contra cacos de vidro, que furaram o pneu. Mas nada disso a impediu de gritar com o motorista. O sujeito acelerou e deixou para trás o animalzinho, largando-o no meio da rua. Mackenzie correu para pegar o gato e deu uma topada, mas nenhuma dor a fez se arrepender do resgate.

— Agora me diga: por que você estava procurando por mim?

Como explicaria a sua busca desesperada sem soar tão... bem, *desesperado*?

— É que... — Tentou pensar em uma resposta, mas tudo soava irracional demais.

Queria dizer que perder alguém que você ama lhe dá uma perspectiva totalmente diferente a respeito da vida. Agora, perder duas pessoas muda profundamente o jeito que você enxerga aqueles que ficaram. Um pequeno incidente pode suscitar outra vez o medo da perda. *E se for tarde demais? Como vou seguir com a vida?* Foi o que se questionou ao pedalar feito um louco na Ocean Front Walk naquela noite de julho. A mente dele não pensava em nada além de encontrá-la, custasse o que custasse.

Alguns poderiam julgá-lo como dramático ou *catastrofizador*, mas só quem viu partir quem tanto amava poderia entender como ele estava se sentindo durante a busca.

Uma vez, conversou sobre esses sentimentos com uma outra garota brasileira. Ela era noiva de um amigo de Seul e possuía manchas escuras no rosto. A menina, que se chamava Yarin Davies, contou que, certa vez, quando ela e o noivo ainda eram amigos, fizera tudo o que estava ao seu alcance para não perdê-lo e que, por causa disso, colocou a si mesma em perigo. Disse a ele que ninguém é um super-herói, mas as pessoas agiam como se fossem quando o assunto era socorrer quem amavam.

Mas o que ficou marcado mesmo no coração de Baek foi o conselho que ela deu: o de, nessas horas, parar para ouvir a voz do Senhor e procurar ajuda em vez de tentar fazer tudo com as próprias forças.

Curiosamente, o único momento em que Baek havia respirado fundo e se permitido ouvir a voz do Espírito Santo, foi o que o fez voltar com calma pelo mesmo caminho de onde veio. Se não tivesse feito isso, é provável que não a teria encontrado.

— Meu pai pediu para você me procurar? — Macky quis saber.

— *Ommo!* — Baek exclamou como se lembrasse de algo primordial. — O senhor Jones continua procurando você por aí. Vou ligar para ele. Você sabe o número do seu pai? — questionou sobressaltado.

— Você trouxe o celular e não disse nada, coisinha linda? — Ela estendeu a mão para receber o aparelho.

O rapaz ficou de pé e abriu os botões da capa de chuva transparente. Enfiou a mão no bolso e tirou de lá o telefone que parecia ter saído de uma geladeira. No mesmo instante, um trovão soou e um raio caiu por perto, estremecendo tudo. Mackenzie deu um grito que espantou até o gato. O garoto voltou a sentar-se ao lado dela e envolveu seus ombros, puxando-a para junto de si. Eles ficaram assim por vários minutos. Para ela, foi estranhamente reconfortante ser amparada por Baek Fletcher, quando tantas vezes naqueles últimos três anos fora ela a pessoa que o procurou incansavelmente.

Parece que o jogo virou, não é mesmo?

— Me desculpe por isso... A segunda coisa que nunca pensei que faria nas minhas férias de verão era ser resgatada por você no meio de um *toró*.

— Para mim seria uma honra até ser levado pela correnteza com você. Eu não me importaria, de verdade.

No fundo, ao falar aquilo, lembrou-se de uma passagem que havia lido em Cântico dos Cânticos durante o devocional: *As muitas águas não podem afogar esse amor...*

— Me diz uma coisa, senhor Fletcher... — Macky umedeceu os lábios e o encarou. — Pareço uma princesa em apuros para você?

— Por quê, senhorita Jones? Eu não fiz *nada*, só peguei minha bicicleta velha e vim atrás de você na chuva feito um louco, correndo o risco de ser atropelado pelo mesmo carro vermelho que abandonou esse gato e fugiu.

— Baek! — Ela desatou numa risada e deu mais um soco no braço dele.

— Macky, até as pessoas mais fortes precisam ser resgatadas quando a própria força não é o suficiente. Isso não é uma fraqueza, nunca foi.

— Mas você nem esteve aqui quando... — bufou ela, mas logo se interrompeu. — Desculpe, eu não quis...

Soar magoada demais. Era o que diria, mas desistiu.

— Sei que sumi por muito tempo... — Ele engoliu em seco. — Mas acredite em mim: agora estou aqui para toda e qualquer situação, como sempre estive antes de desaparecer no mundo, porque ficar era *insuportável demais*.

— Do que você está falando? — sussurrou, confusa, e notou que os olhos dele tinham um brilho triste.

Baek viu pequenas marcas de expressão surgirem quando tirou os cachos loiros da testa da garota e os colocou atrás da orelha. Macky transmitia empatia e se ele pudesse contaria *tudo* ali naquele banco gelado de uma cafeteria fechada.

— É melhor ligar para o seu pai, em um momento menos caótico podemos conversar sobre isso... Mas minha promessa continua de pé.

— Okay... — ela suspirou, dando-se por vencida.

Ela sabia que teria que esperar pelo tempo dele. Para uma pessoa tímida, aquela versão do Baek estava falante até demais. Mackenzie gostou disso.

— Talvez eu vá precisar de você uma ou duas vezes durante o verão, antes de voltar para Stanford. — Ela deu de ombros. — Infelizmente, aqui tem bastante risco de terremotos, incêndios, tsunami... Nunca se sabe — falou, séria, ao enumerar a lista com os dedos. — Mas você não tem medo de me prometer algo assim?

— Nada me assusta se eu souber que você está me esperando do outro lado.

11

Por você eu digo sim

Para disfarçar as bochechas vermelhas de constrangimento pela nova versão poética demais de Baek Fletcher, Mackenzie ligou para o pai. O homem chegou rapidamente. Os sermões que Mackenzie ouviu dele não a prepararam para o que encontraria ao chegar em casa. Primeiro, Baek desceu as duas bicicletas da carroceria da caminhonete vermelha e as guardou na garagem da família Jones. A chuva continuava intensa, e os trovões não cessaram. Mas o rapaz não queria ir embora antes de ter certeza de que Mackenzie sairia viva da conversa que teria com Suellen.

— *Passa!* — Suellen gritou assim que avistou a filha.

Parecia a imagem mais nova da avó de Baek: a mulher a esperava de pé na sala com um chinelo na mão.

— Mãe, por favor! Posso explicar! — falou ao se aproximar com cautela. Apertou ainda mais o gatinho nos braços para protegê-lo de qualquer golpe.

— Explicar o quanto você foi irresponsável e está se achando dona do próprio nariz para nos preocupar desse jeito?! — berrou a mãe enraivada.

Macky estremeceu.

— Mãe, eu...

— E o que é isso aí que você está segurando? — Apontou o chinelo na direção do animal. A filha deu um passo para a frente e abriu a boca, mas não conseguiu dizer nada. — Espere aí! Você está mancando? O que houve com a sua perna?

Suellen a avaliou de cima a baixo e constatou o que todos tinham notado: a garota estava com a aparência caótica. Os cabelos loiros grudados na cabeça de tão molhados, as roupas pingando feito uma torneira, o tênis marrom de tão sujo.

— Está tudo bem comigo, mãe. Não se preocupe. Só preciso que a senhora me escute com atenção, porque quero pedir...

— *Não.* Eu não vou deixar você trazer um gato para a minha casa. Você voltará para Stanford e quem ficará para cuidar dele, do cachorro, de mais duas crianças, desta casa e do *babacão* do seu pai? *Eu.* Deus me livre e guarde, Mackenzie. Você não tem pena mesmo da sua mãe, terminei de crer! — bradou, sem parecer preocupada em ser ouvida pelos vizinhos.

Ela havia passado os últimos vinte anos morando nos Estados Unidos e, ainda assim, quando estava brava, tinha a fúria de qualquer mãe brasileira.

— Suellen, você fala como se eu não fizesse nada nesta casa — bufou Molinari. — Posso ajudar a cuidar do gato.

— Viu, mãe? — Macky deu um sorriso amarelo. — Os meninos vão amar o gatinho. Certeza que eles aprenderão muito sobre...

— *Chega!* Não quero ouvir mais nenhum *pio* de vocês dois. Porque até calados estão errados. Eu não vou morar num zoológico. — Encarou o marido.

— Claro que vamos cuidar dele e a senhora não terá trabalho algum. Até o Baek vai me ajudar enquanto estiver aqui, não é?

— *Eu?* — O garoto apontou para si mesmo com o dedo no peito.

Mackenzie, Suellen e Molinari olharam ao mesmo tempo na direção de Baek. Como negaria tal pedido? Apesar de seu futuro incerto e de não fazer ideia de até quando ficaria na Califórnia, tudo o que possuía era aquele verão.

— Amanhã vamos levá-lo ao veterinário, não é, Baek? Ou se esqueceu da promessa que me fez agora há pouco?

O fim da picada foi quando ela piscou para ele. Mas havia alguma coisa que ele não faria por Mackenzie Jones? Principalmente levando em consideração seus anos de sumiço. Precisava correr atrás do prejuízo. Então, fosse pedalar na chuva feito um louco, fosse cuidar de um gato, por ela ele diria *sim*.

12

O amanhecer trouxe você para mim

Eram quase cinco e quarenta da manhã. Mackenzie estava agoniada pela demora de Liz. Olhou outra vez na direção do portão da casa dela, mas não viu nenhum sinal da vizinha. Elas marcaram de correr pontualmente às cinco e meia, antes de o dia clarear por completo e o sol "esquentar", mas a moça achou por bem não responder às mensagens.

— *Liz!* — Foi um grito capaz de acordar todos os cachorros do bairro. Até ouviu o latido de alguns deles e depois reclamou baixinho, para si mesma: — Não acredito que ela me enganou.

— O que você está resmungando aí? — perguntou a amiga quando enfim deu as caras.

— Olha só quem resolveu aparecer. Quase seis horas da manhã! Sabia que acordei às cinco para me arrumar e lhe enviei várias mensagens?

Mackenzie cruzou os braços sobre o moletom branco, que combinava perfeitamente com o short azul-claro. Liz chegou pulando com seu conjuntinho de legging e blusa cor-de-rosa, os cabelos castanhos presos em um coque. Apertou as bochechas rechonchudas de Macky e a encarou bem de perto.

— Você sabe que toda dupla de amigas é formada pela pessoa que sempre chega cedo e a outra que se atrasa, né? — falou com uma voz infantil.

— Quisera eu ser a pessoa menos pontual dessa relação.

— Agora precisamos ir logo, porque não quero desmaiar na corrida quando o dia esquentar. — Desgrudou-se de Macky, mas antes afagou a cabeça dela.

Andaram na direção da ponte suspensa sobre o canal Howland. Liz chegou primeiro e começou a se alongar, usando o corrimão da passarela como apoio.

— Eu nem ia achar ruim. Para ver se motiva você a acordar cedo amanhã.

— Deixa disso e vamos nos alongar. Da última vez fiquei com muitas câimbras — Liz falou, séria. — É o que ganho por ter essas pernas tão grossas.

Mackenzie olhou para as panturrilhas finas da amiga e riu porque sabia que ela estava sendo irônica.

— Ai, ai, Liz Meirelles. Um dia você alcançará suas sonhadas pernas grossas, tenha fé. — Mackenzie esticou-se também.

— Para você é fácil falar. Já nasceu com a genética e as pernas torneadas da sua mãe — respondeu Liz, desdenhosa.

Macky revirou os olhos.

— Em compensação, também nasci com a genética de quem engorda facilmente e precisa ter cuidado até com alface.

No passado, aquele assunto doeria profundamente na alma de Mackenzie. Conseguir falar sobre seu peso durante uma conversa era um verdadeiro gigante que fora vencido. Como elas se conheciam praticamente desde o berço, Macky também se sentia mais à vontade para desabafar sobre isso com a amiga. Quando se mudou para os Estados Unidos, Macky tinha quatro anos e Liz, apesar de ter apenas três, dizia lembrar-se da despedida quando sua amiguinha foi embora para outro país. Não sabiam que um dia se tornariam vizinhas de novo, agora em terras californianas.

Algo que aconteceu graças à ajuda da família Jones, que encontrou uma boa família para ela trabalhar como babá.

— Ei, você está indo bem e sabe disso — Liz disse e sinalizou um coração usando o dedo polegar e o indicador, o que fez Macky abrir um sorriso.

— Você também, senhorita Meirelles — disse Macky. — Agora vamos porque já estou sentindo o sol queimar a minha cara pálida. — Deslizou as pernas pequenas e grossas do suporte de madeira. — Está pronta?

— Sim, capitã!

A outra prestou continência.

— Então, se você conseguir me alcançar vou contar com *muitos detalhes* — Macky escolheu enfatizar essa parte — o que aconteceu ontem.

— O que você quer dizer com isso? — Liz arregalou os olhos e praticamente se jogou sobre a amiga. — Tem mais coisas além de você ter resgatado um gato e o Baek ter encontrado você no meio do toró?

Mackenzie colocou o capuz sobre os cabelos cacheados presos em duas tranças no estilo boxeadora. Clicou na superfície do seu AirPod e se agachou para apertar os cadarços do tênis de corrida branco da Fila.

— Me alcance se puder! — ela gritou e saiu em disparada.

— O quê? Você sabe que não consigo andar no seu ritmo! Você é praticamente um Usain Bolt maranhense! — Toda desengonçada, Liz acelerou os passos.

Mackenzie não se orgulhava de praticamente nada em sua vida, mas se alegrava consigo mesma quando o assunto era ter saído de um estado grave de sedentarismo para se tornar uma garota que conseguia correr alguns quilômetros sem sofrer um infarto fulminante.

Antigamente, ela mal subia escadas. Seu peito ardia e suas pernas só faltavam matá-la de tanta dor. Porém, sabia que tudo isso era possível apenas pela graça e misericórdia de Jesus. Uma pessoa tão falha quanto ela nunca conseguiria alçar voos tão altos sem o auxílio constante de seu Criador. Ainda assim, reconhecia o próprio esforço no processo. Sabia a importância de se posicionar e fazer o possível.

— Ei, Macky, espere! — Liz pediu, tentando alcançá-la.

Contudo, a outra já não conseguia ouvi-la, não porque a música em seus fones estava alta demais ("Look Up Child", de Lauren Daigle, tocava baixinho), mas porque seus sentidos foram fisgados por outra pessoa.

Avistou de longe alguém na orla da praia de Venice. Ela o reconheceria independentemente da distância. Contemplou o céu acima dele, uma mistura de trevas densas e um alaranjado se erguendo do mar. Era o amanhecer chegando.

Os primeiros raios de sol despontavam no oceano, que agora, após a forte chuva da noite anterior, estava calmo. De fato, uma tempestade, ainda que seja avassaladora, em algum momento passa. Nesse processo, cabia a ela não deixar de acreditar que o dia voltaria a sorrir.

Mackenzie foi atraída por aquela vista deslumbrante e acelerou o passo entre as ruelas para, finalmente, chegar à avenida litorânea. Pisou na grama, parou debaixo de uma palmeira e virou-se para esperar sua amiga.

— Você está bem? — perguntou para Liz.

A menina respondeu apenas com um aceno de cabeça e continuou a corrida desengonçada até alcançá-la. Jogou-se no chão estirada de braços abertos e respirando com dificuldade.

— Achei que estivesse bem! Você está tonta e enjoada? — Mackenzie incorporou a Dra. Jones e se ajoelhou ao lado da garota.

Colocou dois dedos no pulso dela e conferiu a cadência dos batimentos cardíacos. Aproximou o rosto do peito da menina para ver se ouvia algum chiado ou outro som estranho.

— Eu... só... estou... *morrendo...* — Liz disse com a voz entrecortada e fechou os olhos no mesmo instante. — *Deus, a ti entrego o meu espírito...* — suspirou.

Confiando em seu faro de futura médica, Mackenzie sabia que havia mais drama ali do que alguma doença, mas não poderia desconsiderar o mal-estar de sua amiga.

— Quer voltar para casa? Me desculpa fazer você correr assim! Era só uma história e você, como boa fofoqueira, estava muito empenhada em ouvir — murmurou ao colocar as costas da mão na testa da menina, que brilhava de suor.

Ela estava quente pelo esforço físico e permanecia inerte. Foi quando Mackenzie escutou passos atrás delas. Nem precisou olhar para saber quem era. O perfume suave o denunciava.

— O que aconteceu? Vi alguém caindo no chão e corri quando me dei conta de quem era — disse ninguém menos que Baek Fletcher.

O garoto tinha gotas salgadas descendo pela testa, as bochechas e o pescoço. Porém, o que mais chamou a atenção de Mackenzie foi uma parte do cabelo dele presa em um pequeno rabo de cavalo, deixando o restante dos fios soltos sobre os ombros. A jaqueta laranja que usava era a mesma do dia que se reencontraram no píer de Santa Mônica. Eles se encararam por alguns segundos, depois o olhar arregalado de Baek desviou de Mackenzie e focou a garota de pele negra estirada no gramado.

— Ela *desmaiou?* — questionou assustado, seu modo alerta ligado.

Nesse momento, Liz abriu somente o olho direito e rapidamente o fechou, para continuar se fingindo de morta. Ela era boa no teatro, não era à toa que seu sonho era estudar Artes Cênicas em Los Angeles.

— Acho que precisamos chamar uma ambulância! — propôs o coreano.

— Não, melhor eu ir ali ver se os salva-vidas chegaram. Alguns costumam vir cedinho. Talvez o *Vincent* esteja lá — Macky disse, enfatizando de propósito o nome do rapaz.

— *O quê?* — Liz abriu os olhos no mesmo instante e se sentou na grama. — Você está ficando maluca, *Mackenzie Victoria Jones?*

— Se falou o meu nome completo, quer dizer que a vida dela está fora de risco! Vamos, levanta! — Pegou na mão da garota e a puxou para cima.

— É tanta humilhação por um corpo sarado, meu Deus! — proferiu Liz. — Eu não quero correr mais, não.

— Vocês duas estavam *correndo?* — Baek perguntou espantado.

Liz se ergueu e botou a mão no ombro do jovem, enquanto Macky cruzou os braços em sua pose costumeira de puro deboche.

— Eu sei que antes de você *sumir* — falou Liz recuperando do fôlego —, a única corrida que a Macky e eu fazíamos era quando o entregador do delivery chegava na porta de nossas casas trazendo hambúrgueres com um litrão de Coca-Cola... Mas agora nos tornamos duas musas fitness com direito a inscrição na academia!

— *Daebak!* — exclamou em coreano — Isso é sério? Vocês *finalmente* entraram de cabeça no projeto verão?

— A nossa entrada foi tão triunfal que estou com enxaqueca até agora — Mackenzie proferiu sarcasticamente, o que fez Baek soltar uma gargalhada alta.

Aquele sorriso tão aberto que mostrava os dentes brancos e alinhados, e um piercing no canto do lábio inferior, continuava sendo *demais* para ela.

Como uma pessoa transmitia uma verdadeira explosão de luz em um único sorriso?

Então, ele perguntou ainda feliz da vida, já que a alegria de um *maromba* era encontrar outro:

— Posso ter a honra de malhar com vocês, senhoritas?

13

A tábua flutuante é sua

Mackenzie percebeu que correr na orla da praia de Venice ao lado de Baek e Liz era o tipo de coisa que precisava fazer pelo menos uma vez na vida. Ela ficou com dor de barriga de tanto rir dos dois. Enquanto o coreano continuava incrédulo a respeito da prática de exercícios físicos das garotas, Liz fazia de tudo para provar que não estava ali para brincadeira. Após a corrida intensa na avenida à beira-mar que quase matou a pobre senhorita Meirelles, foram para a Bodybuilder Gym, uma academia ao ar livre que possuía somente aparelhos de musculação, ou, como Liz gostava de pontuar, instrumentos que provocam dor e sofrimento no ser humano.

— Graças a Deus os marombas não vêm neste horário! — declarou Liz ao pressionar o polegar em um pequeno leitor de impressão digital que destravou a catraca da entrada.

— E eles se mostrariam para quem? Treinar de biquíni ou usando só um calçãozinho ridículo às seis horas da manhã não faz sentido — ironizou Mackenzie.

Em volta da academia, havia uma estrutura baixa e transparente para não impedir que as pessoas vissem quem estava se exercitando lá dentro.

— Liz, agora que temos um maromba com a gente, ele será o nosso *personal trainer!* Chega de seguir os treinos de um singelo aplicativo! — indicou com a cabeça, apontando o rapaz musculoso atrás delas.

Mackenzie colocou o dedo no leitor e teve a entrada destravada. Depois foi a vez de Baek, e logo todos estavam no interior da academia.

— O quê? Sou apenas um cara que gosta de malhar para se manter saudável — ele disse, e deu de ombros com humildade fingida.

Todo pomposo, dirigiu-se para um aparelho que Mackenzie odiava especialmente, mais do que todos os outros.

— Você vai começar o treino pela *morte-lenta* e ainda vem me dizer que não é um *marombeiro*? Faça-me o favor, Baek! Isso aí a gente deixa por último e faz se der tempo! — disse Macky quando viu o garoto ir na direção da flexora de pernas.

O aparelho consistia em uma espécie de maca, onde os pesos se encaixam sobre os calcanhares e fazem a pessoa sentir que está morrendo lentamente ao levantá-los em direção ao tronco. Baek, que se deitava de bruços, deu uma gargalhada altíssima, o que chamou a atenção de alguns idosos — os únicos além deles que se exercitavam naquele horário. Para piorar, Liz emendou um riso descontrolado que se juntou ao do garoto.

Baek notou que estava sendo observado e seu rosto ficou vermelho. Tentou disfarçar e prender o riso, mas não adiantou muito, pois o embaraço parecia divertir ainda mais as meninas.

— Acho que não vai dar muito certo treinarmos juntos enquanto eu estiver aqui em Venice — Macky ponderou sarcasticamente.

Ela se sentou na cadeira abdutora, um aparelho em que os pesos ficavam pressionando suas coxas, sendo necessário fazer bastante força no movimento de abri-las e fechá-las.

— Ei, perdoe a bagunça que fazemos quando estamos juntos e deixa eu te perseguir no treino todas as manhãs, Macky... Perseguir *vocês duas*, quero dizer!

Outra vez suas bochechas ficaram rubras. Aquele era o Baek Fletcher tímido e encabulado que Mackenzie conhecia desde sempre. Céus, como ela havia sentido falta dele! Por isso, temia se apegar e perdê-lo de novo. Pois que garantia tinha de que ele não desapareceria novamente? Ela não fazia ideia do que aconteceria, mas sabia de uma coisa: eles tinham aquele verão e, por ora, isso bastava.

Depois de mover a cabeça entre Macky e Baek e observá-los com desconfiança, Liz disse que iria se exercitar na única área coberta da academia, nos fundos, onde ficavam os halteres e os espelhos revestindo as paredes.

— O que você vai fazer quando terminar o treino, Baek? — Macky perguntou quando ficaram sozinhos.

— Vou acompanhar uma amiga em um compromisso. Por quê?

— Eu a conheço? Achei que iria comigo ao veterinário, mas tudo bem... Não tem problema. — Ela deu de ombros e fingiu não se importar.

Baek riu quase sem forças, ao sentir que realmente morria lentamente em cada levantada do peso nos calcanhares. Mas não poderia fazer feio na frente dela.

— Prometi apenas a uma garota que estaria ao lado dela em qualquer situação. Essa garota é você, *agassi*. Se for arrastada na correnteza, eu vou junto, lembra? E se a nossa vida fosse o *Titanic* afundando, eu colocaria você na tábua flutuante e morreria congelado. Porque eu não gostaria de sobreviver em um mundo sabendo que deixei você partir — declarou confiante.

— Por que você faria isso por mim, está maluco? — ela perguntou com o rosto queimando, e não era pelo exercício.

— Porque fiz uma promessa, Macky. Sei que vacilei feio antes, mas vou consertar o que quebrei.

— Onde você aprendeu essas coisas, garoto? Você não é assim! — Macky o encarou.

Se Mackenzie soubesse que resposta ele daria, teria ficado calada. Porque o impacto foi grande e a desestabilizou, quase derrubando-a da cadeira abdutora. Ele terminou sua série de exercícios, sentou-se na mesa flexora e a encarou enquanto respirava fundo. O rosto dele pegava fogo e pingava de suor, os olhos escuros brilhavam, os cabelos voavam, empurrados pela brisa.

— Na verdade, acho que sempre fui assim, talvez você não tenha notado. Antes de sumir, sempre estive ao seu lado, Macky. *Sempre*. Não foi da boca para fora quando disse que sinto muito. Talvez só tenhamos este verão, mas farei tudo que puder. Portanto, vou com você ao veterinário e, quando terminar a consulta, quero levá-la a um lugar para conversarmos. Você topa, *agassi*?

14

Nem por cima do meu cadáver

Baek Fletcher não cheirava mais a suor. Estava de banho tomado e havia caprichado no perfume. Subiu em sua scooter velha, a mesma que pilotava antigamente para entregar os pedidos feitos no serviço de delivery do mercado de seus pais. Para Charlie, o garoto deveria aprender desde cedo como funcionavam as coisas na empresa da família, para que um dia pudesse assumi-la. Para Baek, no entanto, aquele era um trabalho que jamais quisera fazer. Consumia muito de seu tempo livre, quando o que queria era poder se preparar para entrar no curso de Artes em Stanford. Um sonho que Charlie nunca apoiara.

Todavia, havia um sabor diferente em pegar a scooter naquela manhã. Era doce repetir aquele trajeto que fizera tantas vezes no passado. Adorava quando a garota aceitava dar uma volta pela cidade com ele. Ela segurava firme em sua cintura, ficavam tão próximos e nada faziam além de sentir o vento passar velozmente pelo corpo, com as luzes se acendendo ao entardecer. Com Macky, o céu pintado de lilás e a scooter, os problemas mais absurdos não significavam nada.

Bi-bi-bi... A buzina da moto soou pelo quarteirão.

— Espere aí! Estou indo! — gritou Mackenzie de dentro de casa.

Já havia planejado toda uma cena em sua cabeça para quando ela aparecesse. Queria causar uma ótima impressão. Usava jaqueta de couro e óculos de sol para combinar perfeitamente com o tipo de cara que queria parecer: um que poderia roubar o coração dela a qualquer momento. Então, ouviu passos no jardim, ajeitou a postura na moto, sentou-se do modo mais despojado que conhecia, com a panturrilha de uma perna sobre a coxa da outra, e aguardou o próximo passo. Até que ouviu o barulho do portãozinho sendo arrastado e nessa hora tirou o capacete, o segurou com uma mão e balançou os cabelos jogando a franja para trás.

— A gente vai nesse negócio aí? — perguntou Sebastian ao apontar para ele.

— Eu não ando nisso nem morto, imagina vivo! — falou o irmão gêmeo.

Nada de Mackenzie. Apenas as duas crianças que o encaravam com o semblante de confusão.

— Prefiro ir naquela lata velha que a Macky chama de carro! — Sebastian continuou sem medo de ferir os sentimentos de seu vizinho.

— Minha irmã disse que você jantou ontem aqui em casa e a gente ficou sem sopa por causa de vocês! Por acaso é namorado dela? — Christian se aproximou, olhando bem na cara dele.

— *E-eu...*

Sim, ele estava gaguejando por causa do inquérito de uma criança de sete anos.

— A Macky falou que vocês são só amigos, mas eu não acredito, não! — inquiriu Chris à sua frente. — Porque o papai e a mamãe disseram para eu não ficar chateado com você por ter comido a sopa inteirinha!

Ele era a miniatura de um ser humano mal-humorado ao lado de um homem alto e musculoso, mas não se amedrontou. Quem estava assustado de verdade era Baek. Suas mãos trêmulas não o deixavam esconder.

— Você é japonês? — questionou Sebastian, que também se aproximou e cruzou seus bracinhos magros. — Por acaso na sua casa vocês comem sushi todo dia?

— Ei, mas se a nossa irmã se casar com você, quer dizer que vai levá-la para o seu país? Eu não quero isso, não! — Chris continuava desgostoso com a situação. — Você só vai levar a Macky por cima do meu cadáver!

Baek tremeu na base e quase caiu da moto. Deu um pulo do veículo e ficou de pé segurando o capacete na frente do corpo.

— E-eu posso explicar... eu e sua irmã somos... — o rapaz voltou a gaguejar de nervoso, mas logo foi interrompido.

— Somos o quê? — Mackenzie apareceu com cara de desconfiada.

Ela trazia consigo uma caixa de transporte que carregava o Mestre Yoda, nome que deu ao gatinho marrom. A menina estranhou a proximidade dos irmãos com Baek. Achava que eles não iriam se lembrar do vizinho, pois quando ele sumiu as crianças eram pequenas, e na noite anterior, quando o coreano foi visitá-los, estavam dormindo. Ele saiu antes que acordassem famintos procurando pela sopa que o pobre Baek já havia comido — o que, a propósito, foi uma grande satisfação para Molinari. Por ele, o rapaz poderia devorar até as panelas.

— Ele é seu namorado e você nem nos apresentou? Tinha medo de a gente bater nele? — Chris continuou em tom autoritário.

Macky, compreendendo o que acontecia, pressionou os lábios e se virou para Baek.

— Eles estavam enchendo o seu saco, né? Me perdoe. Mas eu nem consegui te ligar e avisar que teremos companhia.

— Teremos?

Macky fez um aceno positivo com a cabeça e, em silêncio, apontou para os irmãos.

15

Ele era apenas um náufrago no oceano verde-oliva

— É que meus pais tiveram que fazer uma viagem *romântica* de emergência e me deixaram cuidando dos dois até amanhã. Espero sobreviver sem nenhuma sequela. *Deus é mais na minha vida!* — falou ao passar a mão livre nos cabelos loiros de Chris, o mais zangado dos gêmeos.

— Se precisar de uma força-tarefa, saiba que pode contar com os meus serviços — ofereceu Baek e colocou a mão sobre o peito, solícito.

— A sua promessa se estende aos meus irmãos também? Porque eu meio que disse ao meu pai que se eu precisasse de ajuda iria atrás de você, e a mamãe falou que podemos usar o carro dela para sairmos com as crianças!

— Olha, ainda bem — ele pontuou —, porque na minha *lata velha* não cabe todo mundo. Deixa que eu dirijo e as crianças escolhem onde vamos almoçar.

Baek sabia que seu plano de levar Mackenzie para um lugar para conversar a sós havia ido por água abaixo, pelo menos por ora. Mas se teve uma coisa que ele fez foi conversar com os gêmeos.

Os quatro foram ao veterinário para a consulta do Mestre Yoda e depois voltaram para a casa da família Jones para deixar o gato. Em seguida, voltaram para o carro a fim de darem um passeio.

No trajeto, Baek respondia tudo que as crianças perguntavam, até as questões mais complicadas, como qual dos gêmeos ele levaria para morar com eles caso se casasse com Mackenzie. Nem é preciso dizer que a garota repetiu inúmeras vezes que Baek era só um amigo de infância, mas nada era capaz de convencê-los disso.

— Estou *morrendo* de fome! — Seb dramatizou, deitando-se no banco de trás do carro como quem estava desfalecendo. — Acho que vou desmaiar!

— Aguente firme, carinha, estamos quase chegando! — anunciou Baek.

Em menos de quinze minutos estacionaram na frente do Oceanside, um restaurante com estilo imperial, de paredes azul-claras como o céu e janelas largas de vidro com molduras amarelas, com o letreiro acima da porta dupla da entrada. De longe, era um dos locais mais bonitos do píer de Santa Mônica. Logo uma das atendentes os levou pelas escadas até a mesa no andar superior do restaurante, sobre o tablado de madeira da área externa, e sentaram-se nas cadeiras listradas à sombra de um guarda-sol azul.

— Senhorita Thomas, eu quero o de sempre! — Sebastian pediu ao juntar as mãos sobre a mesa.

— Meu Deus, você falou igualzinho ao papai! — exclamou Mackenzie.

— Eu também quero o de sempre e com bastante batata frita. Obrigado. — Chris ergueu os bracinhos e os sacudiu no ar, tamanha era sua animação.

— A minha irmã com certeza vai pedir só salada — brincou Seb.

Mackenzie deu de ombros, abriu o cardápio e procurou pelos pratos que sempre pedia quando ia até lá.

— Hum... — resmungou com os olhos no menu. — Quero Chicken Caesar. E você, Baek? Lembro que você adorava os tacos daqui.

— Você não tem noção do quanto senti falta deles! Senhorita Thomas, quero a maior porção que vocês tiverem de Blackened Mahi Tacos. E um suquinho de laranja para equilibrar, por favor.

As crianças rapidamente devoraram os seus hambúrgueres de carne bovina com batata frita e suco de manga. O orgulho de Mackenzie era vê-los comendo toda a salada que tinha no pão, não desperdiçaram nada. No entanto, Baek estava com uma pulga atrás da orelha.

Na noite anterior, Mackenzie não comeu muito da sopa, disse que estava cheia. E no dia que levou sushi para ela no telhado, a garota não comeu quase nada. Agora ali, no almoço, parecia desconfortável. Ele teve certeza de que havia algo errado.

A garota comeu um pouco da salada Caesar, feita de peito de frango, alface, pedacinhos de pão crocantes, azeite e um molho especial de maionese com queijo. Contudo, tinha uma expressão de tristeza, que tentava disfarçar ao rir dos irmãos. Mas ele percebia que não havia alegria em seu semblante ao consumir a refeição. Preocupava-se de que era outra coisa, como *culpa*.

Como havia acabado de voltar para a Califórnia, tinha medo de tocar no assunto. Era notório que ela havia emagrecido bastante e sabia que Mackenzie tentou perder peso por anos porque acreditava que apenas assim se sentiria bonita. Baek sempre falava que, se fosse para ela entrar naquele processo, deveria ser motivada por motivos de saúde, não para alcançar um ideal de beleza. Mas ela não o ouvia e por vezes acabava se magoando, quando ele só queria ajudar.

Todavia, nada disso mudava o que sentia por ela. Ele se importava com seu caráter, mas de todo modo sempre a achou estonteantemente linda. Até mesmo antes, quando não conseguia amar a si mesma por não aceitar o próprio corpo, ele já a amava profundamente.

— Macky, está tudo bem? Quer pedir outra coisa? — Baek perguntou, preocupado.

Tirou os óculos escuros para vê-la melhor e os depositou sobre a mesa.

— Não, está tudo uma delícia, a comida daqui é ótima... É que faz tempo que não consigo comer direito, sabe... — murmurou ela.

— Quer conversar sobre isso?

Ele a fitou sem medo e sentiu seu olhar penetrante, quase o atravessando ao meio, um verdadeiro oceano verde-oliva. Seus cabelos cacheados sendo empurrados pela brisa marítima, que também balançava o tecido suave do seu vestido rosa. Atrás dela o oceano Pacífico se estendia por todo o horizonte. No mesmo instante, os olhos dela marejaram. Ele perdeu o ar dos pulmões. Mackenzie assentiu a cabeça confirmando que sim, queria falar sobre aquilo com ele. Seu melhor amigo voltou do *além* quando ela mais precisava, quando ele não fazia a menor ideia disso. Mas Deus sabia, ela havia pedido em oração.

— Tive uma grande ideia! — Sebastian gritou do nada.

Mackenzie botou a mão no peito e fechou os olhos. Baek deu um pulo da cadeira e quase caiu.

— Conta logo! — o gêmeo gritou de volta, com a boca suja de ketchup.

— Hoje será a noite do *karaokê!* Já sei até que música vou pedir primeiro — respondeu, animado.

— E por que você vai ser o primeiro? — Christian rebateu com um soco na mesa de madeira. Depois exigiu: — Vamos tirar no *pedra-papel-tesoura!*

— Meninos, se comportem! — Mackenzie falou ao se recuperar do susto.

— Tio *B*, você não acha uma grande ideia fazer uma noite do karaokê hoje lá em casa? A mamãe nem tá aqui para reclamar do barulho! — Seb desatou na gargalhada.

— Sei que ninguém me perguntou, mas por mim tudo bem! — falou Mackenzie um pouco mais animada, parecendo contagiada pela ideia do irmão.

O rapaz pensou que seria a oportunidade perfeita para finalmente conversar com ela.

— Vocês realmente puxaram a Macky e ao tio de vocês aqui! Porque se tem uma coisa que amamos é a noite do karaokê! — E passou a mão no cabelo de Sebastian, que estava sentado bem ao seu lado.

O loirinho o fitou com alegria, pensando em como era bom ter um adulto que concordasse com as grandes ideias que tinha e, naquele momento, pediu a Deus que Baek Fletcher ficasse para sempre na vida deles.

16

Em um acorde reencontrei o garotinho tímido

Fazia tempos que Mackenzie não via os irmãos tão empolgados com alguma coisa que não tivesse a ver com astronautas, *Star Wars* e invasões alienígenas. Porém, o mais impressionante foi como os meninos se apegaram a Baek Fletcher.

As crianças juravam de pés juntos que lembravam dele perfeitamente. Como se tivessem recuperado milhares de memórias perdidas no tempo. Durante o cochilo da tarde deles, Macky aproveitou para se jogar na sua cama tamanho queen, sobre a colcha de estampa colorida que imitava retalhos. Deitou a cabeça no tecido macio e ligou para a dona Su. Imaginou que, àquela hora, sua mãe estaria debaixo de um guarda-sol na praia de La Costa, em Malibu, a oeste de Venice.

— Achei que não fosse me ligar, bonitinha — falou Suellen.

— Eu estava colocando os meninos para tirar uma soneca. E aí, como está sendo a *viagem romântica de emergência*? — perguntou, curiosa.

— Seu pai está se esforçando para que eu o perdoe por ter agido como um *babacão* na noite em que você desapareceu na chuva! Gosto de vê-lo fazendo tudo que quero, por isso ainda não o deixei saber que não estou mais com raiva — ela disse em um sussurro.

Naquele momento, Molinari estava deitado de bruços sobre uma canga estampada com o desenho do Farol Preguiças, uma construção histórica que ficava no norte do Maranhão, terra natal de Suellen e o local onde Mackenzie nasceu, no Brasil. O sol das três horas da tarde castigava as costas brancas do homem, mas ele dormia profundamente.

— Ô, mãe, tenha dó! Amanhã ele fará uma cirurgia delicada em uma criança, mas tirou um tempinho para estar com a senhora em Malibu em plena segunda-feira! — ralhou Macky.

O pai havia mesmo errado ao gritar com sua mãe, mas sabia que todos estavam com os nervos exaltados e Mackenzie se sentia culpada por deixar a família tão preocupada a ponto de gerar uma briga entre os pais. Eles raramente discutiam.

— Bem lembrado, filha! Vou já tirá-lo do sol, senão ele vai virar um camarão torrado!

Suellen encarou o esposo no chão e inclinou o guarda-sol até projetar uma sombra sobre ele. Atrás do casal estava a luxuosa casa de madeira da família Jones, que pertencia aos pais de Molinari. A bela construção estava com os Jones havia três gerações e fora reformada recentemente por um famoso arquiteto coreano que se mudara para a Califórnia com a esposa brasileira, Dominic Kim, anos atrás. O trabalho do homem, Kim Jae-won, evidenciou ainda mais a beleza imponente da construção à beira da praia.

— Seu pai pegou aquela prancha velha na garagem e surfou até a hora do almoço, depois me levou para comer no melhor restaurante da cidade e ainda comprou flores no caminho — disse Suellen, orgulhosa.

— Como que alguém fica zangada com um *anjo* desses? Só a senhora mesmo!

— Você é uma puxa-saco do seu pai, isso sim!

— Olha, não vou negar esse fato, mas agora preciso desligar porque vou estudar um pouquinho antes de os meninos acordarem. Mais tarde teremos a noite do karaokê e o Baek prometeu que vem cantar com eles — anunciou, tentando não parecer tão empolgada quanto realmente estava.

— Não deixe os meninos quebrarem a minha tevê, pelo amor de Deus! E você, tome cuidado também. Sei que você e o Baek são tranquilos, mas a carne é fraca, minha filha! Melhor convidar a Liz para estar junto, okay? — sussurrou para que Molinari não ouvisse.

Ele nem podia sonhar que ela estava desconfiada de seu *querido* Baek.

— Do que a senhora está falando? *Cruzes!* Somos apenas amigos! E eu já vou fazer vinte e cinco anos no final de semana, lembra? Sei me cuidar muito bem. Na verdade, eu sempre soube.

A sugestão a deixou irritada a ponto de querer gritar com a mãe, mas se conteve.

— Hum, sei... agora que ele aceitou Jesus, seu pai não para de falar nisso um minuto sequer, só para quando está dormindo... igual agora. Tchau, vou acordá-lo.

Mackenzie virou-se na cama e ficou encarando o teto. Com os cabelos loiros e cacheados jogados ao redor da cabeça, usava o mesmo vestido cor-de-rosa e segurava frouxamente o celular entre os dedos.

Por que as pessoas insistem que o Baek e eu temos alguma coisa? Até parece que a nossa vida é um livro escrito por uma autora solteirona. Um friends-to-lovers? Sem chance! Ele não gosta de mim assim.

O pensamento era uma tentativa de consolar a si mesma daquilo que via como seu destino: acabar sozinha, esperando a volta de Jesus. Mas falar aquilo para si mesma acabou sendo mais angustiante do que gostaria de admitir. O que a deixou desanimada a ponto de desistir de estudar o sistema nervoso. Em vez disso, tomou um banho demorado, prendeu o cabelo em um coque alto, vestiu uma calça de moletom cinza, uma regata branca de algodão e ficou jogada no sofá da sala, assistindo a *Questão de tempo* pela milésima vez.

Só saiu dali depois que os meninos acordaram, pois precisava servir a eles um lanchinho da tarde saudável. Depois, levou-os junto com Liz, que acabara de ficar livre do seu serviço de babá, para assistir aos patos nadando no riacho. Isso os manteve distraídos até Baek chegar.

O coreano chegou todo sorridente, carregando duas sacolas enormes em cada braço que, a julgar pelos músculos aparentes, nem deveriam pesar nada para ele.

— Vocês estão prontos para a maior noite do karaokê de suas vidas?

— Estamos, sim, há horas! Por que o senhor demorou tanto, tio *B*? — Sebastian perguntou ao correr até ele.

Baek se abaixou na frente do menino para responder:

— Desculpa não ter vindo mais cedo, mas estava ajudando meu pai lá na nossa loja. Em compensação, eu trouxe bastante comida. Vamos?

O garoto abriu os braços e os envolveu no pescoço de Baek, apertando-o. A reação do rapaz foi soltar uma gargalhada e levantar-se com Seb grudado nele. Pegou-o no colo, o que deixou Chris com ciúmes.

— Ah, o senhor vai ter que me segurar também, tio *B*! Sou mais magro que ele! — choramingou Christian ao estender os braços para cima e fazer um beicinho.

— Me dê aqui essas sacolas e leve os dois antes que o Chris faça birra!

Mackenzie deu um passo para mais perto do jovem e tomou a iniciativa de tocar nas mãos de Baek para pegar as sacolas. Para lhe passar as alças de plástico, envolveu seus dedos nos dela. Apesar do toque ter sido rápido, foi quente e reconfortante. Então, ele pôde pegar o outro gêmeo no colo e se tornaram um grupo curioso descendo a ponte sobre o riacho: o rapaz carregando duas crianças, uma em cada braço, e a garota loira ao seu lado, quase morrendo com o peso das sacolas. E Liz Meirelles, que vinha logo atrás com as mãos desocupadas e que, obviamente, não deixaria a oportunidade passar. Assim, cutucou a amiga de leve e comentou:

— Quem não conhece vocês diria que são um jovem casal que teve filhos cedo demais. — E soltou uma risadinha, cobrindo a boca com a mão.

Macky virou a cabeça para ela. As bochechas estavam rosadas pelo esforço.

— Se você falar algo assim de novo, vai ser convidada a se retirar do karaokê!

— Não está mais aqui quem falou, Macky!

Ao chegarem na casa da família Jones, afastaram o sofá e a mesinha de centro, tiraram o tapete e decidiram no *pedra-papel-tesoura* quem escolheria a primeira música. Baek foi o premiado e Sebastian apagou as luzes da sala, ligando em seguida um pequeno globo que emitia luzes coloridas, como as de uma discoteca. Mackenzie deu a ele o microfone sem fio e o controle remoto.

— Crianças, me perdoem, mas o tio de vocês aqui vai escolher uma música da qual provavelmente nunca ouviram falar.

Mackenzie sentou-se no chão ao lado de Liz e ambas encostaram as costas no sofá. As luzes coloridas do globo giravam pela sala e a televisão se tornou uma miniatura perto de Baek. Ele usava uma camiseta listrada de botões e bermuda jeans, e estava descalço. Passou a mão livre nos fios do cabelo solto enquanto digitava na tela o nome da canção. Quando os primeiros acordes de "One Less Lonely Girl", de Justin Bieber, começaram a tocar, Macky riu porque se lembrou na mesma hora do pequeno Baek de nove anos participando de um concurso de talentos da escola.

Ele cantou essa música na frente de centenas de pessoas no enorme ginásio.

— Eu sabia que você começaria por essa! — exclamou a garota, sorrindo.

O rapaz virou-se para ela, lançando um de seus famosos sorrisos capazes de clarear a noite mais escura.

— Ofereço a você, *agassi* — finalizou com uma piscadela.

— Eu vou ter um troço, meu Pai amado! Me chamaram para segurar vela! — Liz sussurrou o mais baixo que conseguiu e deu um tapa no ombro de sua amiga, de tão eufórica que ficou.

Enquanto isso, Baek concentrou-se na tela e começou a cantar com a voz mais doce que Mackenzie ouvira na vida. Ela não sabia como, mas o mundo ao redor desapareceu. Apesar de estar cercada por seus irmãos e a melhor amiga, era como se, naquele momento, houvesse só os dois ali. Tinha se esquecido de como ele cantava incrivelmente bem. Seria capaz de ouvi-lo por horas sem nunca se cansar.

17

Uma voz melodiosa e tão doce quanto lavanda

Catorze anos antes

No dia da apresentação, as luzes do palco estavam focadas em Baek, e centenas de pessoas o fitavam. Atrás dele estava estendida a faixa: *Show de Talentos da Escola Brown*. Ele segurava uma rosa vermelha em uma mão e o microfone na outra. O menino precisou de altas doses de coragem para estar ali, ainda mais com a situação triste e delicada que sua família enfrentava na época. Mas sua mãe não o deixou desistir: ensaiou a música com ele milhares de vezes e escolheu cada peça do seu visual com dedicação. O menino usava um conjunto de moletom branco, tênis e boné de aba reta, ambos roxos, e o cabelo liso penteado para o lado, com uma franja na testa, o que fez algumas crianças emitirem comentários maldosos.

— Eu nunca vi um Justin Bieber japonês, é a primeira vez! — disse um menino da turma de Baek.

— Ele por acaso sabe cantar em inglês? Duvido! — ironizou outro garoto.

— Certeza que eu gritando no chuveiro canto melhor que ele!

Mackenzie virou-se para eles com os olhos flamejantes:

— Ele é coreano, seus idiotas, mas mora aqui desde pequeno! Parem de falar como se fossem superiores em alguma coisa! — exclamou, transtornada.

— B-boa n-noite... — Baek gaguejou nervosamente. Seu corpo tremia.

Macky ficou de pé e mexeu os braços para chamar a atenção dele.

— Ei, *Cookie*! — Era o apelido que a irmã do garoto deu a ele.

— Quer que eu suba aí e fique ao seu lado?

Os olhos redondinhos do rapaz miraram a amiga e ele negou com a cabeça. Se ela subisse ali, seu plano falharia. Precisava tentar e faria isso por ela.

— Vou cantar a música "One Less Lonely Girl" — sussurrou ao microfone.

Mackenzie suspirou aliviada e voltou a sentar-se, mas sem entender como um menino tão tímido tinha se aventurado a colocar o nome naquele evento. Era fato que eles precisavam escolher alguma atividade artística para desenvolver, fazia parte das notas do último semestre antes das férias de inverno. Porém, achara que ele iria para o clube de artes para pintar suas aquarelas. Desenhar para ele era fichinha, mas cantar e fazer passos de dança na frente de uma multidão?

Contudo, o menino decidiu que cantaria, e mal sabia ela que o motivo foi a vontade dele de se *declarar publicamente*. Porque, ao final da canção, surpreendeu todo mundo ao fazer como Justin Bieber em seus shows: escolher uma fã da imensa plateia e dar a ela rosas vermelhas. Baek andou para a extremidade do palco, desceu as escadas e caminhou na direção da primeira fileira. Um grande feixe de luz arredondado o enfocou, e cada passo seu pelo chão amadeirado foi iluminado. Mi-suk Fletcher, a mãe do garoto, estava sentada ao lado do marido no fundo do ginásio com a filha no colo. A mulher chorava orgulhosamente do filho, sabia que ele era capaz de fazer tudo que gostaria, mesmo quando os outros o julgavam incapaz.

— "Se você me deixar entrar no seu mundo, vai ter uma garota solitária a menos..." — emitiu a última estrofe da música.

Parou na frente de Mackenzie e estendeu a rosa vermelha. A menina arregalou os olhos por trás dos óculos, abriu a boca mostrando seu aparelho e mecanicamente pegou a flor com as mãos gorduchas. Com ousadia, Baek se aproximou, deu um beijo na testa dela e correu para a porta lateral do ginásio. Uma salva de palmas soou por todos os cantos e a menina teve que disfarçar a vergonha que sentia, quando seu maior desejo era cavar um buraco bem fundo para se enfiar.

Por que ele fez aquilo por ela? Foi o que se perguntou a noite inteira.

Muitos anos se passaram, e lá estava Mackenzie batendo palmas para seu amigo outra vez. Tão nervosa quanto na época, nada havia mudado. Como se ele tivesse entrado no guarda-roupa que levava à Nárnia, voltasse de lá e o mundo deste lado continuasse o mesmo. Baek foi audacioso como na época, sem se importar com a plateia de duas crianças e uma vizinha fofoqueira.

Ele se dirigiu até a sala de jantar, pegou um ramo de lavandas que ornamentava a mesa e andou decidido na direção de Mackenzie. A música já tinha acabado e repetiu a última estrofe apenas à capela, com a sua voz melodiosa arrepiando cada pelo dos braços da garota. Cantou olhando bem no fundo de seus olhos verde-oliva.

— Tio, o senhor está apaixonado? — perguntou Seb, chocado com a cena.

— O papai sabe disso, Macky? — inquiriu Christian, pois seu lado ciumento nunca descansava.

— Meninos, fiquem quietinhos! *Shhh!* — pediu Liz, ainda eufórica. Na cabeça dela aquilo nem era real, ela se sentia assistindo ao episódio quinze de um k-drama.

— Nada de beijo na testa — Mackenzie implorou ao receber a flor.

— Vou contar tudinho para o papai! — gritou Chris com o dedo apontado para os dois.

Depois correu até Baek e lhe deu um soco na barriga. Foi o local mais alto que alcançava. Baek se encolheu, mais em reflexo do que de dor, e Macky o repreendeu com um grito. Sebastian, por sua vez, disse apenas:

— Agora é a minha vez de cantar "Homenzinho torto"! Me passa o microfone, tio *B*! — Suellen fez questão de ensiná-los todos os clássicos infantis da Aline Barros.

Baek deu o objeto para Sebastian e pegou Christian no colo, rodopiando com ele pela sala até o menino gargalhar alto e ficar bem-humorado de novo. A partir disso, a noite do karaokê ficou muito barulhenta. Mackenzie e Liz fizeram um dueto desafinado da música "When You Look Me in the Eyes", dos Jonas Brothers, enquanto Baek cozinhava os pacotes de lámen não apimentados. Incrementou o macarrão com queijo, ovos e brotos de feijão. Ainda distribuiu refrigerantes e doces, produtos vindos especialmente da Coreia do Sul e que eram vendidos no mercado da família de Baek.

Os gêmeos adoraram cada parte daquela noite, e o problema foi justamente esse: não queriam ir dormir por nada. Já passava das dez e meia quando Mackenzie os levou para o quarto com a ajuda de Liz. Após prepará-los para dormir e finalmente vê-los pegar no sono, as garotas desceram. Mackenzie achou, inocentemente, que seu vizinho teria ido embora sem se despedir, mas ele continuava lá, mais fiel do que um cachorro.

— Ei, ele está cantando *aquela* música que você ama, não é? Daquele filme com a atriz que fez *Orgulho e preconceito!* — Liz anunciou num murmúrio e sentou-se na escada, como se não quisesse atrapalhá-lo.

Mackenzie fez o mesmo e encostou a cabeça no ombro da amiga. Se fosse um sonho, não queria acordar. Baek Fletcher estava cantando, lindamente, uma das músicas que ela mais amava na vida e adorava ainda mais na voz dele: "Lost Stars", que fazia parte da trilha sonora de um filme que eles viram centenas de vezes, *Mesmo se nada der certo*. Baek entrou no refrão e ela fechou os olhos para apreciá-lo com atenção. Aquela interpretação soava como a oitava maravilha do mundo.

— "Será que todos somos como estrelas perdidas? Tentando iluminar a escuridão?"

Sem aviso prévio, lágrimas se formaram nos olhos de Macky, cálidas e silenciosas. A única coisa que a consolou nos últimos três anos e meio havia sido orar por Baek Fletcher. Embora estivesse magoada, esperava que ele estivesse bem.

Porque, quando os recursos humanos se esgotam, Jesus entra em ação. Ele podia fazer o que ela não tinha condições de realizar, como cuidar de Baek onde quer que ele estivesse escondido. Porque foi Cristo quem amou o mundo de tal maneira que se entregou por inteiro em uma cruz, e Macky sabia que havia coisas das quais ela nunca conseguiria dar conta, por melhor que fosse a intenção.

O Espírito Santo era o único que enxergava cada ferida aberta no coração de Baek, machucados que o moço teimava em esconder.

Por isso, tê-lo ali outra vez, tão perto a ponto de seus olhos o enxergarem e de suas mãos poderem tocá-lo, era incrível. Passar preciosos e raros momentos junto com Baek era a sua linguagem de amor preferida e a fazia se sentir especial. Contudo, temeu que tudo aquilo se desfizesse e ela o perdesse outra vez. Baek poderia ir embora de novo, não poderia? Ainda mais quando ela nunca descobriu o que o fez partir e, muito menos, os motivos que o fizeram voltar.

18

Além do que os olhos podem ver

Mackenzie Jones se revirou na cama diversas vezes. Nem se contasse mil carneirinhos conseguiria dormir, pois o timbre adocicado da voz de Baek Fletcher foi mais forte que qualquer café espresso. Se estava com insônia, a culpa era totalmente dele. Pegou o celular e foi direto reler a última, e única, mensagem que o coreano enviara em três anos, quando ela sumiu após o culto de domingo. Apesar de o número ser novo, nem precisava confirmar nada, sabia que era ele o dono do contato. Ela se levantou brevemente da cama só para encarar a janela do outro lado da rua. A luz do quarto de Baek acesa foi o estopim necessário para encorajá-la a digitar:

"Está acordado?"

Ponderou se realmente seria uma boa ideia, mas antes que desistisse seu dedo, sem querer, escorregou na tela e apertou no ícone de envio. Em menos de cinco segundos, levou um grande susto: a resposta de Baek foi fazer uma chamada de vídeo. O aparelho vibrava na palma da mão da menina e ela engoliu em seco. Uma ligação? Àquela hora? Seu cérebro dizia que seria uma péssima ideia, mas resolveu ouvir o próprio, e enganoso, coração. Jogou-se entre os lençóis e aceitou a chamada.

— Também não consegue dormir, Macky? — sussurrou Baek com a voz rouca.

A garota nem sequer conseguiu responder. Apenas balançou a cabeça e se perdeu nos olhos escuros de Baek, depois mirou a boca dele, em específico a argolinha de seu lábio. Com a tela do celular tão próxima, era como se estivessem um de frente para o outro, cara a cara. Os dois ficaram em completo silêncio, a ponto de ela conseguir ouvir os grilos do jardim e o som da própria respiração. A garota tremia um pouco na penumbra do quarto, mas dizia a si mesma que era devido ao vento frio que entrava pela janela escancarada, quando as noites de julho, em pleno verão, não eram nada congelantes. Mas era mais fácil culpar o clima do que confessar que estava nervosa com o olhar penetrante de Baek. Mais especificamente, o jeito que ele mirou seus lábios.

Lábios esses que não foram beijados por nenhum rapaz. Ela faria vinte e cinco anos em breve, porém nunca havia sido beijada. Algo tão incomum na sociedade atual quanto um fenômeno raro da natureza, como nevar nas dunas brancas dos Lençóis Maranhenses. Embora dissesse a quem quer que perguntasse que não queria se relacionar com ninguém quando mal tinha tempo para si mesma, no fundo vivia numa luta constante contra a carência emocional e o desejo de ter um marido para dormir ao seu lado todas as noites.

Ela também já se sentiu atraída por rapazes da universidade e se imaginou sendo beijada por algum deles. Como uma estudante que morava longe dos pais pela maior parte do ano, oportunidades para *cair* não faltavam. A verdade é que não importa quão comprometida uma menina cristã pode ser, caso não tenha cuidado com suas vontades, quanto mais alto estiver, maior será a queda. Por isso, não guardar o coração é a maior das vulnerabilidades.

— Lembrei de você cantando "One Less Lonely Girl" na escola — disse Mackenzie para quebrar o silêncio constrangedor e calar seus pensamentos intrusivos, que de repente passaram a achar o amigo *muito* atraente.

— Sabe do que *eu* me lembrei? De você perdendo a voz de tanto gritar, quando o Four Seasons fez o cover de "When You Look Me in the Eyes" em Los Angeles — Baek balançou a cabeça e riu com a recordação.

— A melhor parte é que não sei como, mas consegui arrastar você e o meu pai para esse evento histórico!

— Como assim não sabe? Bastou você dizer ao senhor Jones que alguns dos membros do *4S* eram cristãos e não cantavam nada que ferisse seus princípios.

O Four Seasons, ou *4S*, como o *fandom* os apelidou, era o único grupo de k-pop que Mackenzie Jones se permitiu ouvir na vida, após muita insistência de seu melhor amigo, na época em que eram adolescentes. O *4S* era composto por quatro sul-coreanos, duas meninas e dois meninos, e seus membros se chamavam Winter, Sky, Bang Sun e Han Kyu. O jovem Bang Sun e sua irmã Sky eram cristãos assumidos, filhos de um pastor coreano.

— Ei, não se esqueça do detalhe mais importante que fez meu pai permitir.

Baek e Mackenzie se encararam através da tela para dizerem em uma só voz:

— A aliança da pureza dos irmãos Bang!

Ambos riram ao relembrar mais uma porção do passado que compartilhavam. Naquela manhã Baek havia dito que *sempre esteve ali*. Não havia quase nenhuma memória significativa do passado em que ele não estivesse. O garoto havia feito parte dos dias dela, assim como ela fizera parte dos dias dele, fossem dos bons, ruins ou catastróficos. Ela estivera lá por ele e ele sempre estivera lá por ela. Assim como dois mais dois são quatro, Baek Fletcher fazia parte da vida de Mackenzie Jones e ela fazia parte da dele.

Eles pertenciam à vida um do outro, mesmo antes de saberem o que significava a palavra *pertencer*.

— Eu sempre admirei o senhor Jones, mas depois daquele dia vi que ele era o tipo de homem que eu gostaria de ser quando crescesse. Porque viajar até Los Angeles levando dois adolescentes de carro era o tipo de coisa que meu pai nunca faria — Baek confidenciou com uma expressão melancólica.

— Meu pai sempre viu você como um filho, sabe? Quando você sumiu... — Ela suspirou pesadamente. — Parecia que alguém da nossa família tinha morrido. Uma vez, peguei ele chorando escondido, acredita? Segurando a foto que tiramos no show do Four Seasons. Uma recordação que ele mantém na mesa do escritório até hoje.

Mackenzie se lembrava de cada detalhe daquela apresentação do *4S*, pois estava bem na frente do palco, colada à enorme estrutura cheia de luzes, e chegou a estender a mão quando Bang Sun, seu membro favorito, se aproximou da plateia. Quando ele segurou brevemente em seus dedos, Macky quase desmaiou e deu o maior berro da história, a ponto de o cantor rir do susto que levou. Ela chorou quando Sky, *a cunhada de seus sonhos*, com os cabelos escuros e de pontinhas onduladas, tocou lindamente em um piano de cauda branco a introdução de "When You Look Me In The Eyes". Lembrava de Kyu subir no instrumento, cantando como se fosse o próprio Joe Jonas, enquanto Winter tocava o violão, fazendo a segunda voz no microfone sustentado por um tripé. A multidão de fãs segurava varetas coloridas, que tinham um coração na ponta e mudavam de cor conforme o ritmo da música.

Contudo, quando voltou para casa, seu coração ficou pesado. Ela orou a respeito e sentiu que estava quase beirando a idolatria, ao amar tão obcecadamente um grupo de pessoas que, embora fossem muito talentosas, eram de carne e osso como ela. Ela corria o risco iminente de dar a eles o lugar de Jesus no trono de seu coração.

Assim, aprendeu o limite entre admiração e obsessão, e notou que não era justo com os artistas colocá-los em um pedestal tão alto, como se eles nunca errassem e fossem perfeitos. A vida deles ia além do que mostravam aos fãs. Eles mereciam ser vistos como pessoas, não como bonecos de porcelana. Por isso, não perderia mais de vista o que realmente importava: amar somente ao Senhor com toda a sua força e entendimento.

— Acho que nunca agradeci você por ter me levado àquele show, Macky, mas realmente significou muito para mim — confessou Baek, acanhado.

— As coisas não estavam sendo fáceis na sua casa, por isso eu queria te ver bem e talvez, *só talvez*, eu tenha implorado aos meus pais para irmos ao show por sua causa... — falou envergonhada, virou o rosto na direção oposta à tela e mirou a janela aberta. — E você está tão diferente daquela época...

O menino calado e magro dera lugar a um rapaz musculoso com desenhos pelo corpo. Porém, não tinha tatuagem no mundo, argolas nas orelhas e piercing no lábio capazes de tirar a doçura dele. Baek Fletcher era como um ramo de lavanda, sua fragrância doce nunca mudaria. Se ele fosse uma aquarela, seria pintado em tons pastéis, com linhas suaves em lilás, amarelo e roxo. Os outros poderiam julgá-lo e dizer que se tornou alguém de índole ruim, porém ela sabia que aquilo que o levou a colocar tantas armaduras em volta de si fora a sua vontade de não parecer fraco. Ela também sabia que nada disso afastou Jesus. Sentia que o Senhor queria, na verdade, levá-lo a um lugar onde ele conseguisse se permitir ser vulnerável e ser apenas o Baek, sem armaduras e artifícios para esconder sua dor.

— Você também está diferente, *agassi* — ele disse, desviando o olhar da câmera. — Mas seu coração permanece o mesmo... — Baixou o tom de voz para continuar e confessou num murmúrio inaudível algo importante, como se não quisesse que ela ouvisse: — ... e eu a *amo* por isso.

— O que você disse? — Macky arregalou os olhos e se perguntou se realmente tinha ouvido uma declaração ou se eram mais uma vez seus pensamentos intrusivos.

— Não foi nada... deixa para lá! — exclamou o rapaz com o rosto vermelho.

Desde que aceitou Jesus, o rapaz orava para que um dia Mackenzie Jones fosse mais do que sua melhor amiga, mas não sairia por aí atropelando as coisas, como aprendeu na leitura bíblica que fez no dia anterior, no livro de Cântico dos Cânticos, capítulo oito e verso quatro:

Prometam, ó, mulheres de Jerusalém,
que não despertarão o amor antes do tempo.

Sentiu, durante aquela madrugada, que ainda não era o tempo certo. Não queria começar do jeito errado o que queria que desse certo no futuro. Além disso, o verão não tinha acabado. Teria Jesus reservado algo especial para eles? Finalmente veria a resposta de suas orações se concretizarem na sua frente? Não sabia, mas era o que esperava... e talvez, *só talvez*, fosse melhor encerrar logo aquela ligação. Mas como se livrar do magnetismo daqueles olhos verde-oliva?

19

A porta-voz de uma boa-nova

Pip-pip-pip.

O celular de Mackenzie Jones vibrava sem parar sobre o colchão. Os cílios dela tremeram e ela se remexeu na coberta. Mirou a tela acesa ao seu lado, o único ponto de luz na penumbra do quarto. Piscou algumas vezes e se perguntou:

— Quem está me ligando a essa hora? — Fez uma pausa dramática, encarando o teto. — Que horas são, afinal?

Estendeu a mão e finalmente pegou o aparelho. Aproximou-o do rosto e leu o nome na tela luminosa: *Pai <3.* Mirou o horário acima e viu que eram quatro e quarenta da manhã.

— Bom dia, senhor Jones, ou devo dizer... "boa madrugada"?

As poucas horas dormidas a deixaram mal-humorada. Se ela culpou Baek por isso? Claro que sim! Depois de se despedir abruptamente e desligar a chamada sem esperar pela resposta dela, Macky se revirou na cama por mais uma hora até conseguir, finalmente, pegar no sono.

— Querida, desculpe-me por acordá-la, mas liguei agora para avisar que a paciente que eu operaria hoje, no final da tarde, teve uma piora durante a noite. Vão antecipar o procedimento para as sete da manhã. Por isso, eu e sua mãe já estamos voltando.

Mackenzie sentiu a apreensão na voz do pai. Sabia o quanto ele se preocupava com seus pacientes. Havia muito tempo, ele fazia terapia para conseguir lidar com o sofrimento que o tomava quando alguma das crianças que atendia não resistia aos tratamentos. Além disso, quando o corpo era tomado pelo câncer, e ele nada mais podia fazer como médico, como um homem que tinha fé em Jesus ele sempre orava por cura.

— Oh, pai, sinto muito pela sua paciente! Mas tenha cuidado na estrada!

— Sim, querida, vou dirigir com atenção. Mas eu liguei para falar de outra coisa também. Lembra que há duas semanas você me pediu para acompanhar uma das minhas cirurgias?

Nessa hora, Mackenzie deu um pulo e se sentou no meio da cama. Passou a mão no cabelo bagunçado e arregalou os olhos o máximo que pôde.

— Lembro, sim, papai. E eles permitiram?

— Então, hoje me deram uma resposta.

Ela mordeu uma unha.

— Que foi...?

— Geralmente o hospital recebe estudantes de medicina ou residentes, e como você terminou a sua *Pre-Med* recentemente, eles demoraram um pouco mais para analisar a documentação — ele disse, sério. A postura de Mackenzie já estava murchando quando ele mudou de tom: — Mas quando viram a logo de Stanford, ficaram impressionados e a chamaram para assistir à minha cirurgia hoje.

— *Meu Deus e meu Pai!* — a menina exclamou, em choque.

— Você poderá observar o trabalho da nossa equipe, mas em silêncio, tudo bem?

— Vai ser incrível ver o senhor e sua equipe trabalhando! Prometo que não vou atrapalhar! Vou ficar lá feito uma sombra, sem dizer nada! Nem vou respirar!

— Macky, quero que fique tranquila, okay? Você precisa estar no hospital às seis horas para assinar uns documentos e conversar um pouco com a família dela. Recebemos vários universitários e residentes, mas sempre peço que eles conversem com os parentes dos pacientes, isso ajuda a tranquilizá-los.

A garota ficou em silêncio nessa hora, encarando a janela fechada.

— Filha? Você está aí?

— Isso não é uma mentira de primeiro de abril, né? Mesmo que a gente esteja em julho...

Uma risada alta encheu o outro lado da linha.

— Só você mesmo para me fazer rir numa hora como essa, Mackenzie! Já chego aí, levante-se logo, faça um café e se arrume. Guarde seu uniforme cirúrgico na mochila e ao chegar no departamento você o veste, combinado?

— Vou com a minha caminhonete ou espero pelo senhor?

— Claro que você vai me esperar, menina! Quero chegar no Saint Louis Hospital ao lado da minha filha! Até mais, *doutora Jones.*

O pai da garota finalizou a chamada e ela quase teve um troço. Se ele a chamasse de doutora Jones mais uma vez, teria que ser atendida no hospital também. Os jornais da cidade estampariam a seguinte manchete: *"Jovem estudante de Medicina em Stanford passa mal após ser chamada de doutora: Entenda o caso".*

20

Seus olhos dizem

Fazia quinze anos que Molinari trabalhava no Saint Louis Hospital e já havia levado Mackenzie ali inúmeras vezes. Ela chegou até a visitá-lo com um grupo missionário de jovens de sua igreja. Todos vestidos com roupas coloridas, maquiagens cheias de brilhos e usando nariz de palhaço, para animarem as crianças da ala infantil. Porém, foi a primeira vez que ela paralisou no meio do hall de entrada e fitou apaixonada o jardim de samambaias, com sofás brancos na área de descanso. Molinari notou a paixão que ardia nos olhos da filha e lhe deu uma cutucada.

— Quando eu a vir olhando para um rapaz assim, saberei na hora que é o homem com quem irá se casar — comentou sem esconder o sorriso irônico.

Mackenzie virou-se na direção do pai e respondeu com outra cotovelada.

— O quê? — perguntou com a maior cara de boba. — Está insinuando que...

— Eu não disse nada de mais, filha, apenas que saberei na mesma hora quem será o meu genro. Sinto até que já o conheço... — Deu de ombros.

— Papai! — repreendeu-o o mais baixo que pôde.

O homem tocou o antebraço da menina e a puxou como faria se ela tivesse cinco anos, arrastando-a rumo ao elevador.

— Vamos logo! Quando a cirurgia acabar, você poderá se sentar naquele sofá bem ali e encarar as samambaias por trinta horas, enquanto pensa no seu futuro marido — continuou em tom zombeteiro.

Os dois eram pai e filha, mas por terem personalidades semelhantes, em alguns momentos tinham uma relação de cão e gato. O que era bom para Molinari. Ter a filha ao seu lado, com um humor agridoce como o seu, o acalmava. Por fora, ele era um homem alto, louro, de olhos claros e porte atlético, trajando um jaleco branco, *quase* inabalável. Contudo, em seu coração, guardava o medo de não poder fazer tudo que estivesse ao seu alcance por seus pacientes. Um temor que surgiu quando a maior *perda* de sua carreira ocorreu. A ocasião lhe rendera um processo judicial. Mesmo tendo a inocência assegurada pelo juiz, dentro de si ainda insistia em se declarar culpado, como sentenciaram os que o acusaram.

Enquanto subiam para o quinto andar, Molinari respirou fundo e expulsou para longe tais pensamentos. A menina percebeu que ele ficou apreensivo outra vez.

— Não se preocupe, pai, o senhor é o melhor cirurgião-pediatra da Califórnia e não sou só eu que acho isso. Então, fique tranquilo.

— Muito obrigado, filha. Não vejo a hora de você se formar e vir trabalhar comigo. — Bagunçou o cabelo cacheado da menina e ela levantou as mãos para o alto, a fim de se proteger dos golpes de cafuné do pai-coruja.

— Somando os quatro anos na Escola de Medicina de Stanford, mais uns dois ou três anos de residência e após isso a minha especialização em pediatria oncológica... consigo um emprego aqui um pouco antes da sua aposentadoria!

O homem desatou uma gargalhada, capaz de aliviar as tensões de seu corpo. Deu um abraço de lado na filha e fechou os olhos, lembrando-se de quando ela era apenas uma garotinha, com seus grandes olhos verde-oliva, cabelos soltos na altura dos ombros e o sonho de ser como o pai quando crescesse.

— Seu papai já disse hoje que te ama muito, *muitão*?

— Oh, pai, não fala assim! Vai fazer a gente passar vergonha!

— Desgrudou-se dele e ajeitou a postura antes de o elevador se abrir.

— Seu papai te ama muito, Mackenzie Victoria Jones! Quando recebi a sua foto, você tinha só três aninhos, e eu entendi o que era amor à primeira vista! Se eu pudesse, na mesma hora teria voado para o Brasil para buscar você e sua mãe!

— O senhor está muito sensível hoje... A mamãe quis ir para Malibu relembrar o passado e jogou na sua cara o fato de o senhor ter deixado que ela fosse embora grávida de mim? — perguntou curiosa ao franzir a testa.

Ela foi a primeira a sair do elevador. Andou rapidamente para o lado do corredor de paredes estampadas com desenhos fofos de animais, que a levaria para o departamento de oncologia infantil. O homem, de cabelos louros e grisalhos, deu uma corridinha e se aproximou.

— Você bem sabe que sua mãe não tinha me contado que estava grávida! Ela me xingou de tudo que era nome e ameaçou me denunciar para a polícia se eu fosse atrás dela. O que eu poderia fazer, filha? Achei que ela me odiasse na época — desabafou tristonho.

Era um tópico sensível para o pobre coitado. Mackenzie parou no corredor, antes de chegar à recepção, e o encarou.

— Se eu estivesse no seu lugar, com a mamãe me fulminando com os olhos e me ameaçando de morte, eu faria o mesmo. Ainda mais sabendo que ela terminou com o senhor porque a vovó não aceitava o relacionamento de vocês. Mas o tempo passou, o senhor descobriu que eu existia, foi para o Brasil se casar com a mamãe e provou ser mais cavalheiro e apaixonado do que o Sr. Darcy de *Orgulho e preconceito*! Inclusive amando ardentemente uma moça que não tinha herança e nenhum tostão! — Sorriu e afagou o ombro dele.

— Como eu sempre digo, nossa história daria um filme de sucesso. — Ele esticou os dedos e começou a contar. — Teria o tema "amor improvável", além de "família contra a união", "gravidez inesperada", "separação dos protagonistas" e o reencontro, anos depois, com o desejado casamento e um final muito feliz.

Macky sorriu e cruzou os braços.

— Eu até queria continuar conversando sobre a sua história de amor, pois só a ouvi um milhão de vezes na vida, mas temos uma criança nos esperando. Vamos?

Lâmpadas embutidas iluminavam a sala de paredes cinzentas. No centro dela descansava a garotinha de pele negra e cabelos cacheados, protegidos por uma touca. Tinha apenas seis anos e havia sete meses recebera o diagnóstico de um tumor maligno no fígado. Não somente a sua vida, mas a de toda a sua família fora mudada desde então. Ela estava ligada a diversos aparelhos que monitoravam os batimentos cardíacos e a saturação de oxigênio. Mackenzie estava ao lado de um deles e olhava para uma tela que transmitia a cirurgia por vídeo.

— São exatamente uma da tarde. A cirurgia de Norah Philips foi encerrada com a remoção total do hepatoblastoma e a paciente encontra-se estável — o doutor Jones comunicou a equipe, soando bastante aliviado.

As enfermeiras e residentes suspiraram agradecidos. A tensão no ar havia se dissipado. Mackenzie uniu as mãos na frente do corpo e sussurrou para si:

— Glória a Deus!

Ela sabia que o pai tinha dado seu melhor, mas continuava acreditando que havia sido Deus que o conduziu. Era um procedimento extremamente delicado, que levou muitas horas. Os outros poderiam achar que era só profissionalismo humano, mas ela acreditava que Deus usava pessoas para ajudarem pessoas.

— Senhorita Jones, falei com a equipe antes de começarmos e concordamos que você poderia dar a notícia à família. Eles gostaram muito de você quando a conheceram hoje cedo — disse Molinari, todo orgulhoso.

E lá se foi ela, usando touca, luvas, máscara, avental cirúrgico verde-claro, que cobria seu scrub vermelho, e um par de Crocs nos pés. Quando a família Philips a avistou na sala de espera, prontamente ficou de pé. Ela retirou a máscara e lançou a eles um dos maiores sorrisos que já dera em toda a sua existência.

— Senhor e senhora Philips, a cirurgia da pequena Norah foi um sucesso!

— Oh, meu Deus! — exclamou a mãe.

A garotinha era tão parecida com ela.

A mulher correu para abraçar Mackenzie e foi acompanhada pelo marido, o filho mais velho e os avós da criança. Naquele momento, ao ser sufocada dentro de tantos abraços calorosos, Mackenzie entendeu por que seu pai e toda a equipe concordaram em deixá-la dar a boa notícia.

Nos dias mais desafiadores de sua futura profissão, ela se lembraria daquela tarde, quando foi sufocada por abraços porque levou àquela família uma boa-nova. Receberam a notícia que tanto desejavam ouvir, e era ela a porta-voz dessa mensagem tão importante. Então, ela entendeu que não havia cansaço físico, fome e sono que apagassem o brilho de alguém que aceita seu chamado, vive por ele intensamente e se compromete até o fim.

Sua mãe dizia que quando ela recebesse a resposta de Deus, confirmando o motivo pelo qual ela nascera, a menina saberia na hora. Sim, ela soube. E, um dia, saberia reconhecer também, através de seu olhar apaixonado refletido nas ondas do Oceano Pacífico, o homem com quem seu coração desejaria *se casar*.

Porém, naquela hora, só um desejo se passava em sua mente. Precisava voltar correndo para casa, para seu *vizinho*, e contar o que havia acabado de viver. Contudo, não fazia ideia de que Baek Fletcher não estaria mais lá.

21

Rachaduras antigas não cuidadas provocam rupturas

A menina suspirou e ajeitou a postura no banco do carona, inclinando-se para a janela, na direção das enormes letras penduradas em um fio, que formavam o nome do distrito: *Venice*. O sinal fechou e Molinari parou o veículo no cruzamento da Pacific Ave. De um lado, a menina contemplou o Cafe Collage com sua estrutura no estilo imperial, de paredes brancas, colunas imponentes e telhado marrom. Ela e Baek adoravam o cappuccino dali. E do outro lado, viu mais de perto o letreiro de Venice, ainda apagado, porque não tinha anoitecido.

— Querida, está tudo bem? — Molinari perguntou ao notá-la meio *borocochô*.

— Acho que é o cansaço, papai. — Voltou a suspirar pesadamente.

— Falei que você poderia vir mais cedo, sua mãe vai me matar porque vai pensar que lhe dei um monte de trabalho para fazer.

— Ah, pai, eu não trocaria as horas que passei lá por nada. Pude conversar com a sua equipe, visitei os leitos com os residentes, foi *tão* incrível! É um cansaço bom — disse sem tirar os olhos da janela.

— Espero que escolher o jantar de hoje possa animá-la, filha. Pode pedir o que quiser! — exclamou ao vê-la contemplando a paisagem.

O sinal abriu, e o homem acelerou na avenida repleta de empreendimentos de arquitetura antiga. Ali não havia arranha-céus, apenas construções de alguns poucos andares. As palmeiras que enchiam as esquinas, jardins e quintais eram, de modo geral, as estruturas mais altas. Macky ficou em silêncio pensando no que gostaria de comer e desejou o de sempre: sushi. Era a comida que mais amava. Além disso, a única que não a deixava com a detestável sensação de estar cheia e estufada. Por isso, comia com moderação e se satisfazia com poucas peças.

— E aí? O que vai ser? — o pai questionou com animação.

Ela bateu os olhos em uma fachada que conhecia bem. De repente, o mundo pareceu silenciar. Encarou as palmeiras altas rodeando a loja, as paredes baixas de madeira, desgastadas pelo tempo, as largas janelas e portas de vidro, os guarda-sóis roxos abertos na varanda e uma cerca branca. Um hidrante amarelo na calçada demarcava a entrada, assim como uma placa suspensa com o nome do local inscrito: *Jeong's*. O sobrenome da família materna de Baek, os proprietários daquele mercado de produtos asiáticos.

Antigamente os maiores clientes dali eram os muitos imigrantes da Coreia do Sul, da China e do Japão que habitavam naquele lugar. Por isso, a família Jeong nunca se sentiu sozinha na Califórnia, apesar de já terem sofrido xenofobia de alguns extremistas. Mi-suk, a mãe de Baek, era uma criança de nove anos quando desembarcou com a família em terras norte-americanas, e seu irmão mais velho, Min, era um adolescente de quinze. Ela conhecera Charlie na faculdade, se apaixonaram à primeira vista e em menos de um ano estavam casados. Baek nasceu dois anos depois, durante uma viagem da família para a Coreia do Sul. O que deveria ser somente um período de férias se tornou anos morando no país para administrar a filial do Jeong's em Seul.

O casal retornou para a Califórnia quando os pais de Mi-suk expandiram a loja de Venice e precisaram de ajuda para administrá-la. Contudo, quando as perdas vieram, uma década depois, o tio de Baek se mudou para a Inglaterra, enquanto os pais dele voltaram para a Coreia e deixaram a loja nas mãos de Charlie, por não suportarem mais viver em uma cidade tão cheia de lembranças.

— O senhor pode parar no Jeong's? Prometi aos meninos que se dormissem sem choramingar, eu daria para eles um pacote de Choco Pie. — Ela piscou os olhos pidões e fez um beicinho, mesmo sabendo que seu pai não gostava de passar lá.

Foi a vez do homem suspirar. Mesmo assim desacelerou e ligou a seta indicando que iria encostar o carro.

— Vai ser rapidinho, papai! — disse Macky, assim que o veículo parou.

Puxou a mochila do banco de trás, abriu a porta e correu rumo à entrada. Havia um casal de adolescentes chineses comendo um pacote de salgadinhos debaixo do guarda-sol roxo. Mackenzie entrou no estabelecimento e foi saudada por um k-pop tocando baixinho. Notou que o espaço continuava bem-organizado, limpo e arejado. A luz natural atravessava o vidro das janelas laterais e da fachada, trazendo um aspecto alegre ao ambiente. Diferente do rosto do gerente.

Quando Charlie Fletcher viu a menina caminhando em sua direção, fechou a cara e ofereceu a ela seu mau humor. Se tinha alguém que odiava na vida, era o pai da garota, e sua antipatia se estendia a cada membro da família Jones.

— No que lhe posso ser útil, senhorita? — perguntou, sarcástico.

— Boa tarde, senhor Fletcher... — Deu um sorrisinho amarelo — Vim comprar Choco Pie da Lotte. Eles ficam por ali, né? — Apontou para seu lado direito.

Ele assentiu e semicerrou os olhos claros. Mackenzie engoliu em seco e deu mais uma olhada ao redor. Naquele momento ela não estava procurando o biscoito, mas sim o rapaz que já foi chamado de *Cookie*. A menina andou vagarosamente entre as estantes abarrotadas de toda sorte de produtos provenientes da Ásia. Aquele mercado era um tesouro na Califórnia, uma pena que seu atual dono era tão carrancudo e que ela se sentia mal em ir até lá.

Desistindo de procurar pelo amigo, pegou duas caixas vermelhas de Choco Pie e voltou para o balcão. Colocou ali as caixas e abriu a mochila em busca da carteira. Coçou a garganta e criou coragem para dizer:

— Senhor Fletcher, o Baek está? — perguntou baixinho.

— O que você quer com ele, menina? — retrucou com rispidez. — Seria melhor cuidar da sua própria vida, não acha?

— Eu só... — Estendeu a ele uma nota.

O homem puxou o dinheiro e a jovem se encolheu mais ainda. Ele era *assustador* quando ficava bravo daquele jeito.

— Meu filho está rebelde por sua causa, sabia? Hoje tive que *dar uma lição* nele por isso! Aí ficou todo revoltadinho, pegou a bicicleta e saiu! Como não veio trabalhar, mandei mensagem e disse que está naquela fazenda de lavandas!

De súbito, Mackenzie levantou o semblante e encarou Charlie. *NÃO! Fazenda de lavandas?* Não era um bom sinal! Na verdade, era um péssimo e terrível sinal Baek ter ido sozinho para lá. Era um verdadeiro oceano de lembranças pesado demais para ele suportar, logo agora que parecia estar tão bem. E pior: aquele homem disse que deu uma lição nele! O que aquilo poderia significar? Mil pensamentos passaram por sua cabeça, a ponto de deixá-la tonta. Então a porta se abriu e ela escutou a voz do pai.

— Querida, terminou aí? — inquiriu ao se aproximar dela.

— Ora, ora, se eu soubesse que todos os Jones viriam hoje, eu teria fechado a loja mais cedo. — Charlie soltou uma gargalhada maléfica.

Os pelos dos braços de Mackenzie arrepiaram. Molinari botou as mãos nos ombros dela e sem medo nenhum encarou Fletcher. Quem os visse assim, nunca poderia imaginar que os dois homens foram amigos por décadas.

— Não se preocupe, nós já estamos de saída, não é, querida? — falou, calmo.

— Pegue, o troco está aí. — Balançou a sacola na frente da cara dela.

Com mãos trêmulas, a menina segurou suas compras e virou-se, ficando de frente para o pai. Ele viu a face pálida da filha e se inquietou ainda mais.

— Ele fez alguma coisa com você, Mackenzie?

— Não, está tudo bem, papai! Vamos! — Puxou-o pelo braço. A última coisa que ela queria presenciar naquele dia, que estava tão perfeito até alguns instantes, era seu pai se envolvendo em uma briga com o senhor Fletcher.

— *Não* voltem sempre, meus queridos vizinhos! — gritou antes de eles saírem.

Mackenzie correu para o carro, abriu a porta e se jogou no assento. Fechou os olhos e fez um exercício de respiração para se acalmar. Uma técnica que aprendeu quando fez psicoterapia três anos atrás, após o sumiço de Baek.

— Filha, você sabe que eu nunca fui um pai que lhe deu uma lista de regras sobre o que poderia fazer e o que não deveria. Mas eu lhe ensinei na prática a discernir o que era bom ou ruim para você, lembra?

Ainda de olhos cerrados, ela balançou a cabeça confirmando.

— Agora colocarei uma regra: nunca mais entre ali, está me ouvindo, Mackenzie? Mesmo se estiver com o Baek, espere do lado de fora. Porque aquele homem está *totalmente fora de si* e nem sei o que ele é capaz de fazer! — bradou ao ligar o veículo. — Sei menos ainda o que *eu* faria se ele mexesse com você!

— Pai, eu... — voltou a abrir os olhos. — Preciso fazer uma coisa!

— Do que você está falando, filha? Quer voltar lá?

— Não é isso! É que o senhor Fletcher disse que o Baek está na fazenda de lavandas e ele só vai lá quando está... — suspirou pesadamente — ... um *caco*. Eu preciso ir até ele! Tipo, *agora*!

— Vamos em casa primeiro e depois eu a levo lá!

Molinari acelerou o carro na avenida cinzenta.

— Não, pai, ele foi de bicicleta e é melhor eu ir de caminhonete para trazê-la. Eu posso fazer isso *sozinha* — falou, confiante.

O senhor Jones tirou a vista da estrada para fitar a filha. Sentiu que precisava deixá-la ser uma mulher, pois não era mais uma criança, definitivamente. Por mais que seu maior desejo sempre fosse protegê-la, como pai ele deixaria a filha tomar as próprias decisões. Não queria vê-la ferida, mas sabia que prendê-la em suas vontades não era a decisão mais sábia. O melhor era ensinar-lhe o caminho certo e tornar-se um exemplo nessa caminhada, porque quando uma oportunidade de sair do casulo surgisse, os resultados poderiam ser catastróficos caso não a preparasse antes. Ele não estaria ao seu lado o tempo todo.

Precisava confiar que o que ele lhe ensinou a guiaria. Que ao ser criada nos princípios eternos, mesmo que experimentasse a liberdade, saberia para que foi criada e diria *não* para o que fugisse desses desígnios celestiais. Molinari pensava assim porque fora um jovem preso às vontades de seus pais. Por ser o mais velho, projetaram nele todos os planos possíveis para uma vida perfeita, e veja no que deu: acabara engravidando a namorada estrangeira.

Suellen interrompera o intercâmbio e fora embora por temer a família dele, que naquela época não os aceitava. Ela se abrira com a sogra ao descobrir a gravidez, achando que seria amparada pela família, mas dias depois recebera uma mensagem de texto de Molinari, acabando com tudo. Somente após a conversão da sogra, anos depois, Suellen ficara sabendo a verdade. Molinari nunca soubera da existência de Mackenzie, até o dia em que sua mãe confessou o que fizera — ela havia enviado a mensagem. Uma semana depois, ele fora ao Brasil para conhecer a pequena Macky.

Trinta dias foram mais que suficientes para um pedido de casamento ser feito e para organizarem o retorno para a Califórnia. Com o passar dos anos, Suellen e Molinari também se reconciliaram com Cristo e perdoaram a mulher que os havia separado. Agora tinham uma família completamente restaurada.

— Leva uns vinte minutos daqui para lá, não é? Dirija com cuidado, filha.

Então orou para o Senhor guardar sua filha e para que sua esposa não o matasse e enterrasse no quintal. Afinal, ainda tinham dois meninos para criar.

22

E se o amor for lilás?

Dirigindo para o oeste de Venice, em sua picape vermelha da Ford, todo o cansaço de Mackenzie se foi. Entendeu o porquê de o dia inteiro ter tido vontade de encontrar Baek Fletcher. Seu coração sabia que algo estava errado.

Quando avistou o outdoor indicando a entrada da fazenda, o coração da garota se encheu de mais ansiedade. Os pneus do veículo saíram do asfalto e encontraram o cascalho da entrada da Lavender Farm. As porteiras sempre ficavam abertas nos meses mais quentes do ano, considerados a "alta temporada" da região. Mackenzie tinha ido àquele lugar uma dezena de vezes ao longo da vida, na maioria delas acompanhada pela família de Baek.

Antes de os *dias terríveis* acontecerem na vida do garoto, ir até aquela fazenda era um *tour* obrigatório de todo verão. A pequena Yoona Fletcher adorava estar ali à noite, quando o rancho ficava iluminado por milhares de luzes douradas penduradas nas árvores, enfeitando cada galho, tenda e cabana. Um verdadeiro Natal — que era, na verdade, o festival da colheita que acontecia durante o desabrochar das lavandas em julho.

A área da fazenda era extensa e dividida em diversos setores muito bem-organizados: havia o departamento de cultivo da lavanda, restaurantes, lojinhas, lanchonetes e cafeterias. Cada um desses lugares tinha uma arquitetura campestre e decoração em tons terrosos.

Mackenzie conhecia o amigo. Portanto, poderia prever que evitaria os ambientes mais agitados, com muitos turistas, e provavelmente teria se refugiado em um lugar tranquilo. Ela sabia onde devia procurar. Havia um pinheiro antigo em frente à plantação de lavandas onde os dois gostavam de se abrigar. Então andou velozmente, quase correndo, esbarrando nos visitantes a cada passo. E em cada passo, uma lembrança era despertada. Recordou-se da senhora Fletcher e de Suellen brincando de esconde-esconde com as crianças, Charlie e Molinari pescando no pequeno lago, ela e Baek e as disputas para ver quem atravessava o labirinto de arbustos mais rápido. O vencedor receberia cinco dólares e uma massagem nos pés.

Em meio às lembranças de épocas passadas, ela o avistou. A distância era considerável, mas sabia que era ele. O imenso céu azul se estendia sobre Baek. Atrás dele, havia silhuetas de montanhas e um mar esverdeado pelo reflexo de árvores com copas altas. O rapaz estava de pé e permanecia de costas para ela, assim não conseguia enxergar o que ele estava fazendo, embora parecesse muito concentrado.

Mackenzie respirou aliviada e correu com seus All Star em meio aos campos de lavandas. Os arbustos de flores roxas estavam em fileiras, um ao lado do outro, e entre eles havia uma estradinha de grama. O cheiro daquele lugar impregnou seu corpo e a acalmou um pouco. Seu vestido branco com estampa de pequenas folhas voava como os cachos de seus cabelos loiros. Já se imaginava atropelando as palavras quando abrisse a boca para perguntar a ele o que o levou até ali de bicicleta, pois era uma viagem longa, de quase quarenta minutos pedalando em uma estrada movimentada. Contudo, quando se aproximou do rapaz, tudo que saiu de seus lábios foi:

— *Você ficou doido?!* — gritou a plenos pulmões. — Tem noção do quanto eu fiquei preocupada?

O garoto deu um salto, virou-se e arregalou os olhos angulares o máximo que pôde. Não era uma alucinação, Mackenzie estava mesmo ali, brigando com ele.

— Macky? — Lembrou-se de quando a viu poucos dias atrás no píer de Santa Mônica.

A mesma eletricidade percorreu seu corpo. Esqueceu-se da dor latejante e em sua mente emitiu um:

— *Uau.*

A garota corria furiosa ao seu encontro. O vestido longo, os cabelos ao vento e as lavandas aos seus pés ilustravam a obra de arte que ela havia se tornado. Mais se parecia com um anjo. E nada mais importava, além da vontade de tê-la o mais perto possível de si.

Ela também o analisou, como se avaliasse um quadro valioso na parede de um museu. Um quadro que queria proteger de tudo e de todos. Queria que ele fizesse parte da sua coleção particular e se pudesse, venderia o que tinha apenas para tê-lo e guardá-lo em um local seguro. Então, notou que ele segurava um pincel ao lado de uma tela suspensa em um cavalete, porém o que viu por último foi o que realmente a chocou.

— Mas o quê?! — exclamou ao mirar a boca dele.

Ele estava *muito* machucado. O canto de seus lábios finos não tinha mais um piercing, mas um ferimento inflamado. Seus olhos, escuros e redondos, estavam vermelhos, como se tivesse chorado por horas. Mackenzie jogou a bolsa na grama, estendeu as mãos trêmulas e envolveu o rosto de Baek entre os dedos. Aproximou a face da dele, ficou na ponta dos pés, ergueu o queixo e o mirou.

O rapaz inclinou a cabeça para ficar da altura dela e se permitiu ser tocado de uma maneira carinhosa como ela nunca tinha feito. Era um afago capaz de curá-lo.

— Foi seu pai que fez isso com você? — sussurrou Macky com o choro entalado na garganta.

Seus olhos verde-oliva enchiam de lágrimas e, quando piscou os cílios, a primeira delas desceu, seguida de outra e mais outra. Seu queixo tremeu. O garoto engoliu em seco e confirmou com a cabeça.

— Mas não foi nada sério, Macky, por favor, não chora! — pediu enquanto permanecia imóvel entre os braços da garota que tanto amava.

— Como assim não foi nada sério, Baek?! — gritou com as lágrimas descendo nas bochechas bronzeadas. — Olha só o que ele fez com você! — Ao apertar os dedos em volta do rosto dele, o garoto se encolheu.

— *Ai!* — Sem querer, Baek soltou um gemido de dor.

— Vamos embora! Você precisa tratar desse machucado! — Retirando as mãos da face do garoto, Mackenzie segurou em seu braço e o puxou, na tentativa de levá-lo dali.

— Macky, eu não vou voltar — protestou, imóvel.

A garota virou-se e o encarou, ainda segurando-o pelo braço.

— Eu nem consigo imaginar como você está se sentindo. Eu também ficaria assustada. Porque um pai devia ser alguém de quem a gente se orgulha, não o homem que nos faz querer ir embora! — exclamou transtornada.

Paternidade. Baek percebeu que era disso que mais sentia falta havia anos, principalmente desde que perdera Mi-suk, sua mãe. Ser cuidado e tratado como um verdadeiro filho, sem medo de deixar de ser amado quando cometesse algum erro. Queria ser perdoado, aceito, acolhido. Receber um abraço e ouvir que era uma herança do Senhor, pois os filhos eram uma dádiva, um presente. Não um peso.

— Você pode ficar com a gente pelo tempo que precisar! Minha casa sempre terá um lugarzinho para você. Nem que eu vá dormir no chão, ou debaixo daquela ponte, mas você terá um lar. Eu nunca vou abandonar você, entendeu? *Nunca!*

O rapaz mordeu os lábios, motivado pelo costume, o que aumentou a dor que sentia. Fechou os olhos e respirou fundo, o corpo começando a tremer violentamente. Sem querer, derrubou o pincel amarelo que segurava, e foi quando ela notou que a sua camisa preta estava suja de tinta. Olhou para trás dele e viu uma aquarela do campo de lavandas. Estava inacabada, mas era uma das obras mais lindas que ele já tinha feito.

— Ele está cada dia pior, Macky. Eu achei que ficando longe por todos esses anos, como ele queria, iria melhorar as coisas, mas isso só aumentou a raiva que ele sente de mim! Eu acho que... Acho que ele me odeia — confidenciou.

— Claro que seu pai não te odeia, Baek! — Macky disse sem tanta certeza, mas por achar que era o certo a dizer.

Mas, no fundo, ela se perguntava que tipo de pai agride um filho a quem ama.

— Eu sei que ele sofreu muito com o que aconteceu na nossa família, nós sofremos duas perdas devastadoras, mas... — Um soluço irrompeu no peito do rapaz e a frase não foi concluída.

Aquele corpo alto e musculoso tremia da cabeça aos pés. Ele não era mais um homem de vinte e três anos. Parecia uma criança assustada que se culpava por achar que merecia ser ferido. Não tinha mais a sua mãe consigo, nem a sua irmãzinha. Nunca teve tanto medo de ser abandonado outra vez. A ferida da rejeição era mais antiga que a da sua boca, mas ela doía bastante e parecia muito mais inflamada.

— É tudo culpa minha, Macky — ele falou, entre soluços.

Ergueu os dedos tatuados e escondeu o rosto na palma das mãos salpicadas de tinta verde, azul e roxa. O choro sofrido de Baek Fletcher a quebrou em milhões de pedacinhos, e ela desejou tomar aquela dor para si. Era horrível demais vê-lo sofrer. Ela conhecia bem a história de vida dele, e era terrivelmente difícil ver mais uma cicatriz ser aberta em sua alma.

— Ei, você é precioso demais para se sentir assim. Por favor, não carregue o peso de algo ruim que não foi você quem fez! Nada disso é sua culpa! *Nada!*

Mackenzie deu dois passos e jogou os braços ao redor da cintura dele. Afundou a cabeça em seu peito e sentiu seu perfume adocicado misturado com suor. Abraçou-o com toda a força, como se fosse quebrar suas costelas. Baek se empertigou. Macky sabia que ele sentia dor. Percebeu o quanto o coração dele estava acelerado e desejou profundamente cuidar do seu dono, para que aquelas batidas jamais cessassem.

— Vamos para casa, para a *nossa casa*, e tudo ficará bem — ela sussurrou.

— Eu só queria fazer um presente para você...

— O que você quer dizer com isso, Baek? — disse confusa.

— Eu prometi a você uma aquarela, lembra? Há uns quatro anos! É tudo que tenho para oferecer, mas ele... o meu pai... — Mais um soluço cortou sua garganta.

De repente, as cenas daquela manhã voltaram com força e seu corpo voltou a estremecer com as lembranças.

— Baek, você precisa me contar o que aconteceu. O que ele fez? Me diz!

Ele sentiu novamente o gosto de sangue na boca, era como se estivesse tomado uma xícara de ferro derretido. Sua mente resgatou a imagem de Charlie gritando com ele na cozinha. Em seguida, o tapa que levara no rosto, forte o suficiente para derrubá-lo de costas no chão. O garoto havia tentado se desvencilhar, mas não conseguira.

23

Mais uma ferida aberta naquele coração machucado

— Aslam! Cadê você, garoto? — gritou Charlie na esperança de ouvir um latido como resposta.

O homem de bigode escuro e seu típico vestuário de treinador de beisebol, que usara em seus *anos dourados*, parou no meio da sala iluminada pela luz que entrava pelas largas janelas de vidro. Botou as mãos na cintura e olhou para todos os cantos em busca do cachorro.

— Pai, ele está dormindo no meu quarto — disse Baek ao descer as escadas.

O garoto carregava uma sacola enorme e mais uma mochila nas costas.

— Você por acaso vai sair e deixar o cachorro lá sozinho? — questionou Charlie ao cruzar os braços.

Não eram nem oito horas da manhã e o homem estava com o humor tão azedo quanto um leite que apodreceu há um mês.

— Não vou demorar, pai. Volto antes do almoço. Já coloquei as nossas roupas na máquina de lavar e quando chegar eu aspiro a casa.

— Você vai encontrá-la, não é?

Baek suspirou e negou ao balançar a cabeça. Continuou seu percurso, com os olhos no chão amadeirado. Queria evitar contato visual com o pai, mas estremeceu quando passou na frente dele. Seu plano era chegar até a cozinha e sair pela porta do quintal, mas o homem o deteve pelo pulso.

— O que é isso que você está levando? Deixa eu ver! — exigiu, cravando as unhas na pele branca do filho.

— Não é nada... Apenas uma tela e uns materiais de pintura — falou com o resto de coragem que lhe sobrou.

— A arte nunca levou a sua mãe para lugar nenhum. Você acha que vai ganhar algum dinheiro com isso? — indagou ao apertar ainda mais as unhas no braço dele.

Por breves segundos, o menino mirou o grande quadro pendurado sobre a lareira da sala, uma pintura que Mi-suk fizera havia quase quinze anos. Era uma aquarela do campo de lavandas. Havia duas crianças correndo em meio às flores durante o entardecer. Retratava a feliz e mágica infância dele e de sua irmã.

Sua mãe tivera um talento esplêndido, e a paixão que nutrira pela pintura foi o que inspirou Baek a fazer suas próprias aquarelas. Porém, no auge da dor do garoto, ele deixou de acreditar que conseguiria entrar na universidade de seus sonhos para estudar artes e simplesmente desistiu antes mesmo de tentar.

— É um presente, pai! Agora o senhor pode... — pediu ao levantar o queixo e mirá-lo.

Instantaneamente o medo se apoderou do rapaz. Aquilo era normal? Encarar o próprio pai e sentir um medo *absurdo?*

— Não me diga que isso é um presente para *aquela garota!* — urrou ao soltá-lo.

Baek ficou em silêncio. Sabia que responder qualquer coisa, não importava o que fosse, pioraria ainda mais a situação

— Será que você não lembra que o Molinari *destruiu* a nossa família? Você não era mais uma criança e sabe o quanto nós sofremos! — disse transtornado.

O rapaz respirou bem fundo antes de responder, o braço latejando:

— Ele não é culpado de nada do que nos aconteceu, pai. Na verdade, o senhor Jones fez de tudo para...

— Como ousa defender aquele *criminoso?!* — berrou com a boca escancarada.

O homem partiu para cima do rapaz e desferiu um golpe que o derrubou. A sacola caiu em um lado da cozinha, espalhando os materiais de pintura no assoalho. O som da queda e os gritos de Charlie assustaram Aslam, e Baek ouviu o latido do cachorro no andar de cima.

— Você parece tão criminoso quanto ele com esse *piercing* ridículo na sua cara! Imagina o que sua mãe diria? Não aguento mais olhar para isso!

Charlie se jogou ao lado do menino e, tateando o rosto dele com seus dedos ásperos, puxou o pequeno objeto metálico. Tomado pelo pânico, o garoto esperneou e tentou se desvencilhar de Charlie, mas a violência que queimava nos olhos claros de seu pai era forte demais. A última coisa que passou por sua cabeça antes de perder os sentidos, foi o rosto *dele*. *Aquele* que se entregou em uma cruz por amá-lo de tal maneira.

Imaginou Jesus com uma coroa de espinhos na cabeça, os punhos cravados e dizendo a seu Pai no céu: "*Perdoa-lhes, pois não sabem o que fazem*".

24

Assim como o amor,
o perdão é uma decisão

Sentados na grama, com as costas apoiadas no tronco de um pinheiro alto, Baek Fletcher repousou a cabeça no ombro de Mackenzie, enquanto contava tudo isso a ela, com muito pesar e vergonha. Ela colocou o braço sobre seu ombro e o manteve aconchegado em seu corpo. Doeu ouvir cada parte, e a vontade que teve foi de denunciar Charlie à polícia, para receber a punição devida.

— Não sei se consigo perdoá-lo — o jovem confessou quando as lágrimas secaram.

Se Jesus conseguiu pedir que Deus perdoasse aqueles que o pregaram na cruz, e se na oração do Pai Nosso ensinava que deveríamos perdoar os ofensores, que alternativa restava para Baek Fletcher? Se era verdadeira a sua vontade de ser como Jesus, andar como *ele* andou, e se foi sincero quando orou que daria a outra face caso surgisse alguma situação em que fosse necessário negar a sede de vingança, era isso mesmo que deveria fazer? Perdoar um homem como o seu pai?

— Consigo entender o porquê de você dizer isso, por mais que eu não deseje que carregue um peso desses o resto da sua vida!

— Ele me odeia, Macky, não faz nenhuma diferença para o meu pai se eu o perdoar ou não!

— Mas fará diferença para você! — ela bradou ao retirar as mãos que o afagavam e ajeitou a postura, se desgrudando do rapaz.

O garoto também ficou com a coluna ereta e se concentrou na natureza à sua frente, focando os olhos nos arbustos de lavandas e no pôr do sol. Nos campos havia visitantes tirando fotos e apreciando aquele espetacular entardecer.

— Baek, perdoar alguém não tem nada a ver com aceitar ou diminuir o erro que a pessoa cometeu. Ainda mais se esse erro for um *crime*. Você sabe que por mim nós denunciamos o seu pai à polícia, porque acho que algo pior pode acontecer se ele continuar sem controle!

— Minha avó paterna nunca mais olharia na minha cara se eu fizesse isso! Ela também não gosta muito de mim, sabe? — confidenciou timidamente ao torcer a barra de sua camisa preta, salpicada de tinta.

— Senhoras e senhores, temos aqui um novo programa de comédia: *Todo mundo odeia o Baek!*

Um sorrisinho amarelo encheu o rosto do rapaz, e um alívio tomou o peito de Mackenzie. Como era bom vê-lo sorrir, uma imagem mais bonita do que toda aquela paisagem exuberante da Califórnia. Baek tinha lábios finos, e ao sorrir tímido, como estava fazendo, a sua boca tomava o formato de um coração. Ela nunca se cansava de admirá-lo. Embora fosse um coração machucado, continuava batendo valentemente, e era isso que importava.

— Se Jesus sabia que eu teria uma vida tão cheia de baixos, perdas e uma família sem qualquer estrutura, por que me deu um coração sensível assim? — perguntou ao, finalmente, virar o rosto e encará-la.

Ele já não exibia um sorriso fofo. Estava sério, os olhos em meia-lua voltando a ficar marejados. Parecia que iria chorar outra vez. Baek sabia que o cristianismo não era uma religião comum, porque ia além de uma tentativa de se religar com um ser divino. A caminhada do cristão era permeada por constantes confrontos: viver guiado por princípios eternos e não passageiros. Era negar a si mesmo várias vezes por dia, algo que, sem o Espírito Santo, seria impossível cumprir, ainda mais com um coração sensível e rancoroso como o seu. Era como o apóstolo Paulo escreveu em Romanos 7.19: "Quero fazer o bem, mas não o faço. Não quero fazer o que é errado, mas, ainda assim, o faço". Mas Baek não era capaz de racionalizar aquilo agora.

— Eu acabo julgando as pessoas com base na forma como me tratam, entende? Se não me sentir amado, a partir de algo que fizeram ou deixaram de fazer, logo acho que não sou amado e passo o resto dos meus dias acreditando nisso. — Ele fez uma pausa e suspirou. — Mas o que eu devia esperar de alguém que é desse jeito, me diz? Eu sei que Jesus me resgatou, mas tem horas que eu preferiria que ele tivesse *pescado* outra pessoa!

Mackenzie apertou os lábios e não disse nada. Sabia que algumas pessoas tímidas e extremamente gentis podiam ter esse defeito: guardavam tudo de ruim e desagradável que sentiam, mas por esconderem tais sentimentos e emoções a sete chaves no fundo do baú, do nada explodiam.

A garota uniu os joelhos, aproximando-os do corpo, e os abraçou. Apoiou o queixo sobre eles e agora foi a sua vez de encarar as lavandas. Ponderou em silêncio o que acabara de escutar.

— Me desculpe... eu... — Baek gesticulou, nervoso. — Me perdoa por dizer tudo isso! É que...

Outro problema característico de pessoas tímidas e extremamente gentis: depois da explosão vem a culpa. Após cuspir as palavras, falar sobre coisas desconfortáveis, elas se culpam. Talvez isso se dê por mero desconhecimento. Alguns pensam que só devem falar de coisas boas, felizes ou vitoriosas, mas, vivendo em um mundo caótico, é *preciso* falar sobre o caos que carregam. Do contrário, uma explosão pode levar ao fundo de um poço onde a culpa é a única moradora. Onde não há luz, somente acusações.

— Ei, para que você quer o meu perdão? Ele não serve para nada. Não fará nenhuma diferença para você, garoto. — Mackenzie deu de ombros e revirou os olhos verdes.

— *Agassi!* — berrou em coreano, sentindo a ironia de Mackenzie.

Ela inclinou o rosto, fitando Baek até fazer o garoto ruborizar e, embaraçado, desviar o olhar para não ter de encará-la de volta.

— Você deve ter lido aquela passagem em que Jesus pede que entreguemos a ele os nossos pesos e façamos uma troca: o nosso fardo pesado por um leve. Significa que não ficaremos sem qualquer bagagem nesta vida, porque, afinal de contas, estamos vivos e eu vejo isso como lembranças que não são apagadas, entende? As memórias não vão embora, elas continuam aqui e aprenderemos a lidar com elas. É continuar *apesar de*! Pois a vida não precisa ser perfeita e indolor para ser vivida. — Mackenzie fez uma pausa, tomou ar e continuou: — Só precisamos entender que basta a cada dia seu próprio mal. É derrotar um único leão, não uma alcateia. Com Jesus tudo isso pode ser tão mais leve!

Baek passou a mão pelo cabelo, ouvindo tudo com o coração apertado. Macky continuou:

— É como se você pudesse voar até a pessoa que o feriu e dizer a ela que um dia não sangrará mais. Porque você vai entender que, assim como o amor, o perdão é uma decisão, não um sentimento. Nós *escolhemos* perdoar, entende?

Baek mantinha a visão concentrada na paisagem e não piscava, enquanto absorvia atentamente cada palavra. No fundo, sabia que era Deus falando com ele através de Mackenzie, uma das únicas pessoas a quem daria ouvidos.

— Você não faz isso porque a pessoa merece, mas por causa da graça que você também recebeu quando foi perdoado. Só podemos dar o perdão e o amor que recebemos! E se você não entregar esse peso a Jesus, não vai conseguir avançar. Um fardo tão pesado não nos permite ir muito longe. Além disso, acredite quando digo que você é uma pessoa muito amada. Não há nada neste mundo que possa fazer para que seja menos amado! *Nada!* — enfatizou com veemência ao segurar em sua mão tatuada e apertá-la.

Ele suspirou ao sentir os dedos dela encontrando os seus, ao ver suas mãos unidas. Um sorrisinho bobo se formou em seu semblante.

— Então isso quer dizer que você me ama, Mackenzie Victoria Jones? — sussurrou como se estivesse cantando sua música preferida.

— *O quê?!* — ela exclamou. Franziu a testa e fez uma careta.

— Eu falei tanta coisa e você só prestou atenção nessa parte?

Se fosse em outro momento, Macky teria respondido com um *sim* e cairia na risada. Afinal de contas, poderia fazer daquilo uma piada. Porém, não sabia exatamente o motivo de se sentir estranhamente nervosa com a pergunta naquela hora. Se era uma brincadeira entre amigos, por que um calor subiu por seu peito? Faltou cair dura na grama enquanto Baek segurava sua mão e olhava no fundo de seus olhos verde-oliva, como se estivesse sonhando com o futuro.

25

Entre dramas e uma aposta ganha

Mackenzie e Baek se olharam fixamente quando o telefone dela tocou. Ela se afastou para atender a ligação, e cobriu a boca com a mão para que ele não entendesse, pelo movimento dos lábios, o que dizia. Quando encerrou a chamada, se aproximou do rapaz e deu um sorrisinho frouxo, ao perguntar mais animada:

— Que tal irmos para casa? Você deve estar morrendo de fome. Uma comidinha feita pela minha mãe é tudo que você precisa agora.

— *Kaja!* — respondeu um *vamos* em coreano.

Após uma caminhada silenciosa em meio aos campos de lavandas, chegaram ao estacionamento. Prontamente, o rapaz guardou seus pertences na carroceria da caminhonete e rodeou o carro, indo direto para o lado do motorista.

— Deixa que eu dirijo? — Baek pediu, abrindo a porta.

— Você não está em condições de fazer isso, garoto!

— Macky, você acordou às cinco da manhã, ficou de pé por horas em uma cirurgia e ainda veio até mim quando deveria estar em casa descansando.

— Nada disso! Você também acordou cedo e veio para cá pedalando. Ainda passou horas trabalhando na sua pintura e...

— Me dê as chaves, senhorita! *Jebarl!* — Soltou um *por favor* ao estender a palma aberta e movimentar os dedos.

— *Aish!* — ela exclamou tudo que sabia em coreano, só para o garoto rir.

— Vejo que alguém *finalmente* assistiu um k-drama! Nem precisa dizer qual foi, eu já sei.

Mackenzie tirou as chaves da bolsa e as jogou para o rapaz, que as pegou no ar e continuou rindo. Verdade seja dita, ela sentira tanta falta de Baek que se atreveu a assistir k-dramas para ver se a saudade diminuía, mas o sentimento dobrava de tamanho a cada dezesseis episódios.

— *Pousando no amor?* — ele perguntou.

Era o favorito da avó dele e, por isso, assistiu com a senhorinha pelo menos umas cinco vezes.

— Eu vi esse também, mas não comecei por ele. Duvido você acertar! *Du-vi-do!* — disse pausadamente para afrontá-lo.

Ela deu a volta e se sentou no banco do carona, cruzando os braços. O rapaz fez o mesmo do outro lado.

— Não me diga que... — Baek colocou a chave na ignição e a girou.

A caminhonete vermelha tremeu ao ligar o painel e os faróis.

— Desista, você não vai acertar! — Mackenzie umedeceu os lábios com a pontinha da língua e emitiu um estalo em deboche.

— Você quer apostar? — propôs por achar que venceria facilmente.

— Claro! — Deu de ombros sem temer absolutamente nada — Se você errar mais uma vez, vou ser boazinha e lhe dar uma dica! Combinado?

— Nem vou precisar de dicas, mas já que insiste... fechado!

Baek ligou o rádio, estava tocando "Until I Found You", de Stephen Sanchez, e acelerou para saírem da fazenda. Voltar para casa, ou melhor, ir para a casa *dela* naquele clima amigável como antigamente, fazendo piadas, foi mais um tempo de qualidade que o ajudou a curar as feridas abertas.

Quando deixaram a estradinha de cascalho e subiram pela ribanceira que dava para o asfalto, o sol tinha ido embora e a escuridão, tomado o ambiente. Poucos veículos trafegavam naquela hora. As árvores estavam escondidas no crepúsculo, e os primeiros sinais de estrelas deixavam o céu cinza menos solitário.

Depois de pensar por uns minutos em silêncio, o garoto soltou:

— *Holo, My Love?* — indagou com dúvida no tom de voz. Esse drama era o preferido do rapaz. Ele o assistira dezenas de vezes nos anos em que esteve fora, pois era a sua forma de se sentir mais próximo a Macky.

— Eu vi esse também e achei a sua cara, mas não foi o primeiro que assisti. Vou te dar uma dica: os personagens têm idades diferentes, a mocinha sonha em se tornar uma esgrimista e...

Um arrepio correu pelo corpo de Baek e ele gritou com convicção:

— *Vinte e cinco, vinte e um!*

Céus! Ele havia chorado a madrugada inteira por causa do final daquele drama. Era como se tivessem escrito sobre a vida deles dois. Mal sabia que Mackenzie sentia a mesma coisa.

Era de longe o preferido da garota. Chamava-o de obra de arte, se fosse para dar estrelas, ela classificaria com mil, embora lhe tivesse feito derramar muitas lágrimas e abafar o choro com o travesseiro quando o personagem Baek Yi-jin amarrou os cadarços de Na Hee-do — ali ela se desmanchara a ponto de soluçar! Ela se enxergou na despedida dolorosa, era como se estivesse presa naquele abraço e, então, se perguntou: se fosse ela, o teria deixado partir?

A dor era tão forte, como se alguém tivesse morrido. Mas eles continuavam ali, vivos, porém separados.

— Claro que com essa dica você acertaria, nem valeu! — ela exclamou.

— Mas você prometeu, então não tem como voltar atrás — Baek protestou.

Desviou a visão da estrada para encará-la por alguns segundos. O rosto dela estava submerso na escuridão do carro, a música tocando ao fundo fez o coração dele disparar. A luz fraca dos faróis iluminava os cachos dela e os deixava dourados como ouro. E, para ele, Macky era mais valiosa do que um baú de tesouro perdido no fundo do oceano.

— O que você quer ganhar? Diga logo! Desde que não seja impossível...

— No momento certo você vai saber! — Foi a vez dele de dar de ombros.

Mackenzie o encarou com dúvida.

— Agora fiquei com medo desse seu pedido.

— *Baixinha*, confie em mim.

Voltou a olhá-la e, no mesmo instante, Macky o fitou. Baek Fletcher deu uma piscadela provocativa e, esquecendo-se de que a sua boca estava machucada, deu uma mordidinha no lábio inferior.

A dor foi mais fraca do que aquela que sentiu quando percebeu que ele era o Baek Yi-jin que deixou a sua Na Hee-do para trás.

26

O menino perdido encontrou um lar

O garoto não fazia ideia do que encontraria ao entrar na casa da família Jones. O jantar estava esperando por ele. Suellen fez questão de pedir comida coreana, embora não fosse a sua preferida. Os gêmeos o agarraram, cada um em uma perna, enquanto Luke latia em volta do rapaz. Aquela recepção lhe deu uma estranha sensação de lar, fazendo um nó se alojar em sua garganta. Baek voltou a sentir vontade de chorar.

— Seu quarto é aquele no andar de cima, o de hóspedes ao lado do da Macky. Deixei roupas limpas sobre a cama, escova de dentes, além de outros itens, mas se precisar de alguma coisa me diga, está bem? — anunciou Suellen enquanto tirava os filhos de cima dele.

— Muito obrigado, senhora Jones — ele disse com a voz embargada, tentando esconder as emoções que borbulhavam em seu interior.

— Você sabe que pode me chamar de *tia Su!* Vá lá tomar um banho e volte para jantar. — Su sorriu ao pegar Sebastian no colo e puxar Chris pelo braço.

Ninguém comentou absolutamente coisa alguma a respeito de seus ferimentos, da roupa suja de tinta e do cabelo desgrenhado. Baek ficou muito grato por isso. Contudo, não sabia como seria difícil segurar o choro durante o banho. Não queria sair de lá com a cara inchada. Encarou o reflexo no espelho sobre a pia: a mancha vermelha na bochecha, a ferida no lábio, as olheiras fundas. Tudo isso provocou uma sensação de estranheza, como se não se reconhecesse mais. Por fim, decidiu tirar o brinco da orelha.

Ao descer para comer, mal falou durante todo o jantar e ficou grato mais uma vez por não lhe fazerem perguntas a respeito do que tinha havido entre ele e o pai. Nem mesmo as crianças tocaram no assunto. Quando terminou a refeição e achou que poderia escapar para o quarto, Macky o arrastou para a sala.

— Sente-se aí, por favor. — Apontou para o sofá.

Baek obedeceu sem entender. A garota puxou uma cadeira para ficarem frente a frente. Macky colocou uma caixa de primeiros-socorros sobre o colo e a abriu.

— Se doer muito quando eu tocar na ferida, você me fala, okay? — pediu ao abrir o frasco de soro fisiológico e umedecer um pedaço de gaze.

O rapaz engoliu em seco e tentou se concentrar em algo que não fosse a pele bronzeada dela, que cheirava a frutas vermelhas. Foi difícil concentrar-se na televisão desligada atrás dela. Graças a Deus o pai de Macky estava ali, então nunca, *jamais,* poderia sequer pensar em se aproximar a ponto de seus rostos ficarem à distância de um beijo. Mas ela parecia um ímã por quem ele era irresistivelmente atraído.

— Vou começar... — ela avisou. Baek assentiu e fechou os olhos, era o melhor a ser feito. — Como você tomou banho, o machucado está relativamente limpo e é menor do que pensei, acho que não precisará de pontos... — Ela tocou o lábio dele com a gaze suavemente, o que o fez se encolher, apesar de não ter emitido nenhum murmúrio. — Está doendo muito? — perguntou afastando a gaze.

— Só um *pouquinho*, mas pode continuar, doutora Jones.

Mackenzie riu. Continuou com os procedimentos. Colocou uma pomada anti-inflamatória na ponta de um cotonete e o levou à superfície do ferimento. Ele estremeceu da cabeça aos pés, pois o remédio provocou um forte ardor.

— O senhor deseja ir ao hospital mais próximo para ser anestesiado? Talvez lá eles acabem dando um pontinho nesse corte — ela disse, irônica.

— Medicina por amor? — resmungou ele.

— Fique quieto e me deixe trabalhar. Porque até uma criança ficaria mais comportada do que você. — Deu um tapinha fraco no ombro dele.

— Ser ofendido faz parte do tratamento, doutora?

— Olha, sinto muito se o ofendi, *Vossa Majestade, Rei da Sensibilidade*, mas estou dando o meu melhor. — Ela se sentou mais ereta e o encarou muito séria. — Seu caso é grave porque tem baixa tolerância à dor e, sem anestesia, vai doer mais do que previ.

— Está dizendo que sou um homem sensível demais? — Ele arqueou uma sobrancelha.

— Não estou dizendo que isso seja ruim. Não há problema algum em ser um homem sensível. Isso é bom, na verdade, e muito raro.

Baek franziu o cenho.

— Então você gosta de homens sensíveis como eu?

— Gosto... — Ela soltou e o encarou com aqueles grandes olhos verde-oliva. O garoto engoliu a saliva e a vontade intensa de puxá-la para si e beijá-la.

27

Era só um empurrãozinho

Na última noite, Baek Fletcher decidiu que teria de ser mais cauteloso ao se aproximar de Mackenzie Jones. No dia seguinte, quando a viu com a caixa de primeiros-socorros, fugiu para trancar-se no banheiro do quarto em que estava hospedado e cuidou sozinho dos próprios ferimentos. Não queria ficar tão perto, mas tampouco longe demais. Então manteve um limite seguro e pediu a Jesus que o ajudasse a domar esses sentimentos. Sentia medo de ser engolido por eles e cometer algum erro irreparável.

— Ei! — Macky chamou a atenção dele da cozinha, quando já haviam descido para o café da manhã.

Toda a família Jones estava à mesa. A garota de frente para ele, rodeado pelos pais e os irmãos. Havia vários tipos de bolos, pães e frutas. Uma fartura que o rapaz não encontrava em casa.

— Pedi para o meu primo, o Vincent, falar com o seu pai. Ele vai tentar buscar suas coisas daqui a pouco — Macky disse.

Ela levou uma caneca de café à boca, soprou a superfície e tomou um gole. Baek apertou os lábios, duvidoso.

— Não sei... Acho que não é uma boa ideia.

— Boa não, é uma excelente ideia. O pior que pode acontecer é o senhor Fletcher bater a porta na cara dele.

Todavia, muita coisa deu errado. Vincent era sobrinho de Molinari e recentemente se tornara salva-vidas na praia de Santa

Mônica. Curiosamente, o moço barbudo e baixinho tinha um *crush* na amiga dela, Liz Meirelles. Em vista disso, qualquer favor que mostrasse como ele poderia ser bacana e solícito, era realizado com segundas intenções.

Desse modo, ainda que o pai de Baek o enxotasse da casa, Vincent estava disposto a correr o risco. Eram cerca de nove da manhã quando ele se aventurou a tocar a campainha da casa vizinha. Vincent se apresentou para Charlie e disse que era um amigo de Baek, não mencionando o fato de ser um Jones, e anunciou que tinha ido ali buscar as roupas do rapaz. A reação do homem foi fria, mas não surpreendente. Charlie sorriu com sarcasmo, pediu para Vincent esperar na porta e subiu para o quarto do filho. Ele abriu as janelas e arremessou os pertences do garoto pelos ares.

Baek, que assistia tudo à distância, escondido atrás do portão do jardim dos Jones, inclinou-se para se aproximar de Mackenzie.

— Eu falei que não ia dar certo, conheço bem o meu pai.

— Veja pelo lado bom, as suas coisas estão no gramado da frente, o Vincent vai recolhê-las rapidinho e trazê-las para cá.

Ele encolheu os ombros e suspirou.

— Eu acho que nunca vou conseguir voltar para casa. Tenho medo do que ele poderia fazer comigo... — confidenciou e Macky instintivamente massageou seu ombro, afagando-o.

Baek não enxergava nenhum lado bom naquilo. Sentia-se humilhado. Qualquer um que passasse pela rua poderia ver suas cuecas voando. Uma vergonha que culminou em uma tremenda enxaqueca. Depois do almoço, tomou um remédio para dor e se enfiou no quarto, de onde não quis mais sair.

Mackenzie sabia que ele queria ficar sozinho e tentou lhe dar privacidade, porém quando já eram quase cinco da tarde, começou a se preocupar.

— Baek? — chamou apoiando uma mão na porta.

— Um minuto — murmurou o garoto em resposta.

Ele ficou de pé com dificuldade, tentou pentear com os dedos o cabelo bagunçado e abriu a porta. Mackenzie notou que ele parecia abatido e pálido.

— Tá tudo bem? — perguntou com o semblante triste.

— Mais ou menos, Macky. Mas desculpa por ficar trancado o dia inteiro.

— Não precisa pedir desculpas... — ela respondeu trocando o peso de um dos pés para o outro. — Só vim aqui avisar que vou até o aeroporto de Los Angeles buscar uma amiga da faculdade, que vem para o meu aniversário.

— O quê? Você vai para *L.A.* sozinha?

— É o jeito... — Ela deu de ombros e fez um biquinho. — Já que meu melhor amigo está mal. Mas vou sobreviver, assim espero. Caso alguma coisa trágica aconteça comigo você saberá pelo jornal das seis!

O garoto mudou rapidamente de postura. Desfez a expressão de adoentado e mal-humorado para exibir um daqueles seus ensolarados sorrisos. Mackenzie o conhecia bem e, nos momentos em que tudo em volta perdia o sentido, sabia como fazê-lo feliz outra vez, ainda que o dia dele não estivesse sorrindo.

— Minha dor de cabeça acabou de passar *milagrosamente* e, por incrível que pareça, estou com tempo livre agora. Eu dirijo.

— Claro que não, garoto. Mas permito que seja meu copiloto.

Em poucos minutos estavam na estrada rumo ao Aeroporto Internacional de Los Angeles, a uns trinta minutos de carro de Venice, quando o trânsito cooperava. Mas como uma sexta-feira à tarde na Califórnia poderia ser tudo, menos tranquila, levaram quase uma hora para chegar.

Por sorte, o voo da amiga de Mackenzie havia atrasado. Ela parou em frente a um dos telões que exibiam os anúncios dos voos, e Baek foi comprar dois cafés em uma famosa cafeteria brasileira chamada Miss Coffee, que pertencia ao arquiteto Kim Jae-won e a sua esposa Dominic, amigos da família Jones. Mas, meio minuto depois de Baek ter saído para fazer os pedidos, Macky sentiu uma mão em suas costas.

— Ué, o café já ficou pronto ou você esqueceu o que eu queria? É um mocha com caramelo!

Ela se virou e se deparou com um estranho. Bem, não era realmente estranho, muito pelo contrário. Ela conhecia bem *demais* aquele rosto, mas não o via fazia muito, muito tempo. Era possível que estivesse um pouco mais alto, ou talvez mais... *bonito?* Macky sacudiu a cabeça para recuperar o foco.

— *Mimi!* — ele exclamou, analisando-a de cima a baixo. — Eu... uau! Quando a vi de longe, achei que fosse uma miragem, mas percebi que era *realmente* você. Nossa, você mudou tanto! Está tão linda. Quer dizer, está ainda *mais* bonita.

Aquela enxurrada de palavras saiu dos lábios grossos do garoto responsável por roubar seu coração no ensino médio. Ele foi simplesmente seu último (e mais avassalador) amor platônico.

— *Nicholas Johnson?*

Macky estava boquiaberta.

— Ei, que isso! Até me arrepiei. Me chame de *Nick.* Eu sei que sumi, mas ainda somos amigos da escola, né? — Ele piscou.

O garoto era alto, de pele negra, porte atlético, cachos perfeitamente enroladinhos, e continuava com o mesmo semblante animado de sempre. Usava um boné preto com estampa do urso que era símbolo da Califórnia e uma bolsa com a alça transpassada. Praticamente os mesmos itens de seus anos dourados, assim como a jaqueta jeans, o All Star branco e a bermuda verde-musgo que compunham o visual. Até mesmo o brilho dos olhos cor de mel continuava igual.

— Ei, quer tomar um café? Vim buscar uma pessoa, mas o voo dela atrasou. Podemos conversar um pouco enquanto isso — falou, simpático.

O cérebro da garota simplesmente parou de funcionar, como um sistema operacional com várias telas travadas na área de trabalho. Ela abriu a boca e ficou calada, em choque. Quantas vezes no passado não desejou receber um convite daqueles? Mas Macky não era a única chocada. Baek se aproximou com as bebidas em copos que tinham uma logo de uma alpaca.

— *Nico?* — Ouviu-se um dos milhares de apelidos que o rapaz possuía.

— *Fletcher?* Cara, eu não acredito! Que encontro *surreal!* — Soltou uma das suas gargalhadas sonoras.

O coreano se aproximou e estendeu a mão para cumprimentar o ex-colega de classe. Lado a lado, notava-se que Nick era consideravelmente mais alto que Baek, além do contraste de suas peles, cabelos, olhos. Eram o perfeito oposto um do outro. Um era o próprio Mister Simpatia e extremamente sociável, enquanto o outro era tímido e reservado, capaz de levar meses para conseguir realmente se abrir para alguém.

— Acabei de convidar a Mimi para tomarmos um café, mas vejo que você trouxe dois, agora só falta eu pedir o meu! — Riu outra vez.

Nick envolveu os ombros de Mackenzie em um meio abraço e a conduziu rumo à Miss Coffee. A versão adolescente da garota estaria nas nuvens, mas senti-lo tão perto neste estágio de sua vida, após tê-lo superado, não provocou a dança de nenhuma borboleta em seu estômago.

Nick fez questão de sentar-se ao lado de Mackenzie. Baek se acomodou de frente para os dois, fuzilando o outro com o olhar.

O gigante havia acordado. Porque no passado Baek escondia tão bem seus ciúmes que ninguém percebia, nem ele mesmo.

— Cara, o que houve com seu rosto? Acabou brigando por aí? — Nick perguntou preocupado.

— Não foi nada, estou bem. Quer que eu peça seu café? — falou Baek.

Seu espírito de cachorrinho golden retriever nunca descansava.

— Um vanilla latte, por favor! — Dito isso, Baek levantou-se e foi até o balcão.

— Macky, então você continua morando aqui na Califórnia? Achei que nesse tempo você estaria em algum país subdesenvolvido, ajudando a salvar criancinhas e baleias. Mas é tão bom te ver! — Voltou a abraçá-la de lado e brevemente encostou a sua cabeça na dela. Macky deu de ombros e tomou um gole do café.

— Eu continuo por aqui.

Naquele exato segundo, Mackenzie Jones se deu conta de que havia criado uma imagem irreal de Nick, como uma *fanfic* pessoal. Havia sido por essa criação fantasiosa que se apaixonara. Verdade seja dita, eles nunca foram muito próximos e na escola mal se falavam. Além do fato incontestável de que Nick não tinha a mesma fé que a dela. Onde ela quis se meter, afinal de contas? Seria um jugo desigual, mas a sua obsessão adolescente não a deixou enxergar o quão maluca estava. Era uma paixão platônica de quem observa o amado à distância, como uma fã que admira seu ídolo e sabe que as chances de ficarem juntos são mínimas, para não dizer inexistentes.

— E você, por onde andou? — ela perguntou o que tanto queria saber.

— Depois que meus pais se separaram, fiz um mochilão de dois anos pela Europa, Ásia e América do Sul. Aí voltei para morar com minha mãe, mas não consegui me adaptar. Eram regras demais e eu não sou mais um garoto, entende? Quero me sentir livre e não preso em uma caixinha.

Nick havia sumido meses depois de Baek, e Macky nunca mais tivera notícias dele. Mas agora ouvia do próprio que ele estava muito bem, viajando pelo mundo, enquanto ela criava teorias a respeito do que teria lhe acontecido.

Baek retornou à mesa, entregou o copo com a bebida espumosa para Nick e se sentou outra vez.

— Então, recentemente me mudei aqui para Los Angeles e quero começar um negócio no ramo do turismo — proferiu animado, para então mudar de assunto drasticamente: — Ei, cara, a Mimi não está incrivelmente linda?

A garota, sentindo que estava sendo observada pelos dois, abaixou a cabeça e encarou o recipiente branco entre as mãos. Seu rosto queimava como se pegasse fogo. Podia apostar que estava vermelho.

— Ela sempre foi incrivelmente linda. Em nenhum momento deixou de ser — Baek respondeu orgulhoso, com o queixo erguido e olhar sério.

— Agora me contem: vocês estão namorando há quanto tempo? — Nick questionou sem pestanejar.

— Quê? *Não... o quê?!* — Mackenzie gritou, o que assustou os outros clientes. O pobre Baek nessa hora arregalou seus olhos de coelho e cuspiu gotas da bebida no chão, engasgando-se de bônus e tossindo descontroladamente. — *Meu Deus!* — A menina levantou-se e deu a volta na mesa para acudi-lo. Deu tapas em suas costas para desengasgar o moço. — Você está bem? Quer água? — inquiriu, tomada pelo susto.

— Como assim vocês *ainda* não estão juntos? Ei, cara, você sempre foi apaixonado por ela, e pelo que acabei de perceber, esse sentimento não mudou. — A tosse de Baek piorou depois desse grande anúncio. Era um verdadeiro *café revelação*. Mackenzie encarou Nick espantada e foi a sua vez de fuzilá-lo: — Ei, por que está me olhando assim? Você não sabia? — Como o assombro dela só crescia, o garoto riu. — Você sabe que não sou religioso, mas acho que Deus me mandou aqui hoje para encontrar vocês dois e dar esse empurrãozinho! — Piscou para ela, todo travesso.

— *E-eu...* — Baek tomou fôlego e falou gaguejando — *N-não* preciso de empurrãozinho! — A tosse voltou e impediu que continuasse.

— Deve se lembrar muito bem que *menti* e não aceitei ir para o baile de formatura com ela por respeito a você. Você ficou todo para baixo, choramingando, quando a Mimi me convidou... — Então se virou para Macky com a mão no peito. — E eu queria ir, juro! Mas não sou um amigo fura-olho.

Mackenzie abaixou-se ao lado de Baek e sussurrou em seu ouvido:

— No baile de formatura, na hora da dança, você lembra do que me falou?

E ele desejou estar em qualquer lugar do mundo, menos naquele *café revelação* em pleno Aeroporto Internacional de Los Angeles.

28

O amor (platônico) a impediu de ver o óbvio

Alguns anos antes

Baek Fletcher tinha apenas cinco anos quando conheceu Mackenzie Jones em uma manhã de outono.

Ela tinha sete e acompanhou, da janela de seu quarto, os móveis que saiam de um caminhão de mudança, os adultos que andavam de um lado para o outro carregando caixas enormes, enquanto duas crianças corriam pelo jardim da casa da frente, do outro lado do canal Howland.

Descobriu que o filho deles entraria para a sua turma, pois o rapazinho já dominava o inglês. Diferentemente dela, que demorou muito para se adaptar ao novo idioma e acabou tendo de estudar com crianças mais novas. O garoto era um coreaninho tímido e, como boa vizinha, ela se ofereceu para ajudá-lo em tudo que precisasse.

Logo se tornaram inseparáveis. Sempre foram bons amigos e raramente brigavam, contudo durante o ensino médio ocorreu uma guerra entre eles. O *motivo da batalha* chegou transferido de Chicago, tinha um belo par de olhos cor de mel, cabelos cacheados e um sorrisinho conquistador.

Quando o garoto se apresentou diante de toda a turma, no mesmo segundo Macky já havia caído de amores por ele. Isso foi a gota d'água para Baek.

— Bom dia! Não sei bem o que falar sobre mim, mas sei tocar violão, amo música indie, viajar com meu pai para pescar e também...

— Seu nome! — uma aluna afoita gritou do meio da sala.

— Ah! — Coçou a nuca. — Eu me chamo Nicholas Johnson!

As garotas emitiram gritinhos eufóricos e a pequena Macky quase caiu da cadeira. Na mente dela a *fanfic* estava pronta em menos de trinta segundos. O novato não somente tinha uma "aura" de mistério, mas também belos cabelos e nome praticamente igual ao seu amado caçulinha dos Jonas Brothers.

Para Baek aquele cara mais parecia uma bomba-relógio, que destruiria corações por onde passasse. Até tentou avisar à amiga, mas ela se apaixonou rápido demais para aceitar qualquer conselho. Assim, num belo dia de maio, com o pátio da escola vazio ao fim do intervalo, a dupla inseparável se enfrentou.

Macky e Baek estavam parados debaixo de uma árvore no jardim da frente. A brasileira segurava um envelope pardo cheio de adesivos fofinhos. Ela estendeu o objeto de papel para o amigo, mas o garoto cruzou os braços e se recusou a receber a carta.

— Eu não vou levar isso para o Nico! Jamais! Nunquinha!

— Por quê? Você entrega depois da aula! É só me esperar ir embora primeiro!

— Porque... — o garoto ficou uns segundos em silêncio pensando numa desculpa boa o bastante. — Eu e ele nem somos chegados.

Macky deu um passo determinado para a frente.

— Claro que são! Vocês são super amigos! Foi você quem apresentou a escola toda a ele.

— Porque a professora me obrigou.

Mackenzie deu de ombros, fazendo pouco caso da informação.

— Desde lá, o Nick te considera muito! Senão, por que ele convidaria você para todos os rolês? — Os óculos dela estavam quase caindo da ponta do nariz. Ela o ergueu com o dedo e afastou uma mecha loira da testa.

— Macky, eu e o Nico somos apenas colegas! *Co-le-gas!* Entendeu? Eu nunca aceitei ir a nenhum dos rolês para os quais ele me convida! Sabia que rola de tudo nessas festas? Isso não é para mim e muito menos para você. — Ele esticou um dedo e o apontou na cara dela.

— Olha, o que estou te pedindo não é nada demais! É só entregar a porcaria desse envelope para ele e pronto. Fazer esse favor para mim não vai te matar.

— Então por que você mesma não entrega, hein? — Baek cruzou os braços de novo e estufou o peito magro.

— *Aff*, garoto! Eu sempre faço tudo por você e ainda assim você é um mal-agradecido! Qual é seu problema?! — gritou ela.

— Me diz, Macky, qual é o *seu* problema? Aquele garoto não é para você! Isso está tão na cara, por que fica insistindo em algo que não faz o menor sentido?

— Chega! — exclamou enraivecida. — Eu vou entregar pessoalmente e você vai me ver entrando no baile de primavera com Nicholas Johnson!

Aquela era a primeira briga feia que eles tiveram desde que eram crianças. Agora eram dois adolescentes que estavam se formando no ensino médio, e os nervos à flor da pele os levaram à eclosão de uma guerra. Ficaram uma semana sem se falar e passaram a se sentar longe um do outro. Até seus pais estranharam o fato e ficaram preocupados. Em especial, a mãe de Baek. A mulher estava com a saúde muito debilitada, e ver o filho sofrendo pela melhor amiga a deixava mais abatida.

— Eu não vou a essa *porcaria* de baile, *omma!* Pode desistir! — o garoto rebateu os constantes pedidos de Mi-suk.

— Filho, você pode fazer isso por mim? Talvez seja a única e última que chance que terei para ver o meu menino vestido como um príncipe.

Baek, sentado em uma poltrona branca ao lado do leito, encostou-se sobre o peito frágil de sua mãe e chorou compulsivamente.

— Faça o que sua mãe pediu, garoto. Quando sairmos daqui do hospital, vamos a uma loja procurar por um terno e no dia do baile, quando estiver arrumado, você virá aqui para ela ver. Está me ouvindo bem? — Charlie perguntou enraivecido.

Baek viu que não tinha como rejeitar a ordem do pai. Porém, precisava fazer uma coisa: conversar cara a cara com Nicholas Johnson.

29

Um pedido ciumento

No final da aula do dia seguinte, Baek decidiu acompanhar Nicholas para ter uma conversa mano a mano com o rapaz. Subiu em sua bicicleta preta e pedalou mais devagar para não perdê-lo de vista.

— Ei, cara, por acaso você está me seguindo? — perguntou Nick, que também voltava para casa de bicicleta.

— Precisamos conversar. *Agora!*

Nick desacelerou e parou no meio-fio. Olhou para trás e o encarou desconfiado.

— Vamos para a praia, então, porque conversar assim pode provocar algum acidente e minha mãe me mataria se eu morresse atropelado!

Os dois pegaram a rotatória e foram parar na Pacific Ave que os levaria para a praia de Venice. Baek começou a ficar nervoso porque, se Nico batesse nele, não conseguiria se defender.

— Ali é um bom lugar, cara — disse Nico. Tirou a mão do guidão e apontou para um banco de concreto, debaixo de uma enorme palmeira e atrás de um gramado extenso, a uns cem metros do mar e próximo a muitas lojas.

— Tudo bem... — Baek respondeu, tremendo por dentro.

Estacionaram as bicicletas em suportes grudados no chão e foram se sentar.

— E aí, o que você tem para dizer, meu chapa? — Nico perguntou, curioso. Ao bater uma mão na outra e esfregá-las, parecia estar se preparando para entrar no ringue de luta.

— É... — Baek tomou fôlego e respirou fundo. — Vou direto ao assunto: eu sei que a Macky convidou você para ir ao baile, mas queria te pedir que recusasse.

— Cara, que crueldade. Você viu o bilhetinho que ela fez para mim? É a coisa mais fofa, e eu realmente estava considerando aceitar. De todas as meninas que me convidaram, ela é a mais legal. Passar a festa toda com a Mimi não seria chato. Além do mais, ela não vai me obrigar a tirar um milhão de fotos, nem me pressionar a fazer uma campanha para nos tornarmos o rei e a rainha do baile.

Baek murchou e seu brilho foi sumindo a cada palavra proferida por Nico. Curvou o corpo, apoiou os antebraços nas coxas e segurou o queixo para evitar que caísse. O garoto estava verdadeiramente arrasado, como um soldado abatido.

— Você tem razão, o baile nunca seria chato ao lado da Macky. Quem sou eu para pedir uma coisa dessas, né? Me perdoa, cara... — suspirou derrotado.

— Ei, mano, por que você está choramingando? — Botou a mão no ombro do coreano. — Por acaso... você gosta da Mimi?

Baek suspirou outra vez e ergueu o queixo para mirar Nico. Ao balançar a cabeça dizendo que sim, confirmou a suspeita do outro.

— Eu tinha observado isso há um tempão, mano. O que você faz pela Mimi não é algo que um garoto faria somente pela amizade. Apenas um homem apaixonado agiria desse modo. Sei disso porque já estive antes no seu lugar e não é nada fácil — Nico meneou a cabeça ao falar com pesar.

Do nada, Baek ficou de pé num salto e coçou a nuca envergonhado.

— Me desculpe mesmo por ter pedido isso, cara. Vocês dois podem ir juntos e eu não vou mais me importar. Eu e ela somos amigos desde pequenos e nunca a vi desejar tanto uma coisa como ir a esse baile com você. É melhor eu ir para casa.

Rapidamente, Baek correu até a bicicleta, subiu nela e pedalou com toda força no asfalto da Pacific Ave. Enquanto isso, Nico levantou-se e gritou ao balançar os braços no ar:

— Ei, cara, espera! Ainda não terminei.

Contudo, o garoto nem deu ouvidos e continuou em sua corrida desenfreada, só parando ao chegar na frente de casa. Largou a bicicleta na calçada, abriu o portão da entrada e se jogou na grama. Ficou estirado de braços abertos, tentando recuperar o fôlego, e enquanto contemplava o céu azul quase sem nuvens, tudo que passava em sua cabeça latejante era que não poderia decepcionar sua mãe.

30

A guerra fria entre nós

Era uma sexta-feira e pelo segundo dia seguido Mackenzie não apareceu na aula, para o espanto de todos, inclusive dos professores. Desde que colocou em seu coração que queria ser médica pediatra como o pai, se esforçava para ser uma das melhores alunas da escola, o que de fato era. Por isso, nunca faltava. Já havia ido para a aula até mesmo quando estava doente.

— Cara, isso não está me cheirando bem... — sussurrou Nico.

— Do que você está falando? — Baek perguntou em um murmúrio.

— Acho que a culpa é *nossa*... — Nico semicerrou os olhos cor de mel, que se tornaram ainda mais claros por causa da claridade do dia.

Sentou-se na cadeira, quase como se estivesse deitado, a luz do sol entrando pelas largas janelas de vidro da sala e iluminando sua pele negra e os cachos marrons de seus cabelos. Encarou a paisagem do lado de fora, colocou as mãos unidas sobre a barriga e inspirou profundamente.

— O que você quer dizer com isso? — O coreano se fez de inocente.

— Mano, eu fiz o que você me pediu. Espero que um dia ela *nos* perdoe. — Suspirou outra vez e fechou os olhos com força.

— Como é difícil ser um homem que age por princípios e não pelo coração. Acabei partindo o dela.

Nesse momento, o professor pediu atenção e começou a explicar o assunto da aula, mas Baek não conseguia se concentrar. Sua visão ora ou outra desviava para a cadeira vazia ao seu lado, onde sua melhor amiga deveria estar sentada.

Os dias seguintes passaram voando. Ela retornou para o colégio como se nunca tivesse faltado, mas a ruptura na amizade deles permanecia. Não se falavam havia semanas e ela trocou de lugar, porque queria ficar longe de Baek. Como o ignorava, o menino foi até sua casa inúmeras vezes e tentou conversar com ela, mas Molinari o aconselhou a voltar em outro momento, porque a menina não queria vê-lo nem pintado de ouro.

— Isso não é para sempre, depois do baile as coisas vão se acertar. — O homem dizia aquilo mais para se tranquilizar do que ao garoto.

Ficava de coração partido ao ver os dois brigados daquele jeito. Em todos aqueles anos, nunca os tinha visto agindo assim, como inimigos mortais.

— O senhor pode pelo menos me dizer quem será o par dela? — perguntou de pé ao lado do portão de entrada, em frente ao riacho.

— Filho, ela me pediu enfaticamente para eu *nunca* falar sobre isso com você. Sinto muito. — Molinari colocou a mão no ombro do menino e o consolou.

Baek não fazia a menor ideia de quem a acompanharia e aquele mistério o matava lentamente. Ele não poderia voltar atrás na promessa que fizera a sua mãe e teria que ir para aquele *maldito* baile. Mas aguentaria firme ao ver a menina de quem gostava de braços dados com outro? Como a festa se aproximava, as campanhas para rei e rainha do baile estavam a todo vapor, e o nome de

Nicholas Johnson era o mais cotado como vencedor. Baek sabia que aquilo deveria estar acabando com o coração de Mackenzie, porque o par dele não seria ela.

Para piorar seu estado emocional, no dia anterior ao temido evento ele precisou ir até a escola para ajudar na decoração, pois fora escolhido pela professora de Artes para compor a comissão responsável por ornamentar a festa, e como ganharia uns pontos extras, não recusou.

O tema seria o Universo, e em todos os cantos Baek grudou estrelas prateadas, fios de luzes brancas, além de serpentinas e réplicas dos planetas em tons de roxo.

Porém, seus esforços valeram a pena quando viu Mackenzie entrar segurando uma enorme caixa. Baek estava de pé sobre a escada com uma câmera fotográfica, tirando fotos dos bastidores para o anuário da escola.

— Brenda, onde eu deixo isso? — Macky perguntou para a garota que liderava a comissão.

— Pode levar para o Baek. Ele vai terminar de colar essas coisas no teto. Ei, coreano, você só tem dez minutos! Ouviu? *Dez minutos!*

Brenda era baixinha e usava óculos de lentes grossas. Era filha de imigrantes chineses e metia medo em metade da escola, porque conhecia bem as leis do país e a qualquer coisa ruim que lhe dissessem ela respondia dizendo que os processaria. Seu sonho era se tornar advogada.

— Okay, chefinha — Baek assentiu.

Ele mirou Mackenzie com a câmera e a contemplou pelo visor da Canon AE-1. Enquadrou a garota que usava uma calça jeans boca de sino, um moletom listrado e os cabelos loiros presos em duas tranças.

— Vou deixar aqui... — sussurrou o mais baixo que seu rancor permitiu.

Sem pensar em mais nada, ajustou o foco nela e apertou no disparo. Um *flash* iluminou a quadra e o coração dele acelerou. Guardaria aquela fotografia para sempre, porque temia ser tudo que restara daquela amizade.

— Ei, seu *pirralho,* você tirou uma foto minha? — Mackenzie bradou ao mostrar o punho cerrado a ele. — Porque se for, você vai se ver comigo!

— É para o anuário, sua *fresca!* — respondeu com amargura.

— Se você for homem, desça daí e diga isso na minha cara! — Ela deu um tapinha na própria bochecha para reafirmar a fala.

— Por que você...

Baek nem teve tempo de formular uma frase. O garoto se desequilibrou na escada e sua boca formou um grandioso *O.* Em um segundo, caiu de costas no chão amadeirado e o eco da queda encheu o ginásio, ao mesmo tempo que confetes, fios coloridos e estrelas voaram ao redor dele. Mackenzie largou a caixa de papelão e correu para junto dele.

— Você é maluco? Quer parar no pronto-socorro antes do baile, seu *abestado*? — gritou furiosa e todos ouviram.

— Ei, galera, circulando. Eu me lembrei agora de que precisamos testar as luzes da entrada, lá fora — bradou Brenda.

A chinesa percebeu que todo mudo estava vidrado nos dois, cochichando, e quis dar privacidade a eles, pois precisavam se acertar logo para o *cosmos* da escola voltar ao normal. Porque Baek não era Baek sem Macky e Macky não era a mesma sem o melhor amigo. Assim, os demais alunos os deixaram a sós.

—*Aaaaai!* — Baek emitiu um longo gemido de dor. Ele estava de olhos fechados e se contorcia no assoalho.

— Você está bem?! — ela perguntou, preocupada, amolecendo o coração. Ajoelhou-se ao lado dele e se inclinou sobre seu corpo. Por estar bem perto de seu rosto, ouvia a respiração pesada.

— Estou todo quebrado e meus ossos só voltarão ao lugar se você me perdoar!

— Seu... — Levantou o punho como se fosse bater nele.

Baek abriu os olhos devagar e os dois se encararam como havia muitos dias não faziam. Ele sentiu o coração acelerar ao mirar aquele oceano verde-oliva por trás dos óculos de armação vermelha. Percebeu que ela tinha tirado o aparelho, após cinco anos de tratamento, e que seus dentes estavam alinhadinhos. Macky levantou-se e deu as costas para ele.

— Ei, espere aí! — Baek pediu.

Ele se esforçou para ficar de pé e saiu catando os pacotes de confetes que encontrou pelo caminho. Abriu-os e começou a se sujar. A calça com rasgos nos joelhos e o moletom branco ficaram salpicados de brilhos dourados.

— Agora podemos ter uma conversa como duas pessoas civilizadas?

Mackenzie virou-se e deu de cara com o garoto coberto de dourado, como uma moeda.

— *Mas o quê?!* — perguntou ela, em choque.

— Seu pai disse que você não falaria comigo nem se eu aparecesse pintado de ouro, mas quis arriscar. E aí, podemos conversar? Não vai doer nenhum pouco, juro!

A garota franziu a testa e, em menos de cinco segundos, riu tanto que chegou a dobrar o corpo.

— Você é ridículo mesmo, sabia? Me dê essa câmera aqui! — Ele lhe estendeu o objeto, que por sorte não quebrou na queda, senão teria que vender sua bicicleta para comprar uma nova. — Você ganhou três minutos para falar comigo. Começando agora!

Mackenzie o mirou através do visor e apertou no disparo. Mais um *flash* iluminou o salão decorado. Baek deu um sorrisinho bobo e sussurrou:

— *Mianhae...* — desculpou-se em coreano ao se aproximar dela. — Eu sei que cometi muitos erros, não tenho direito de te pedir nada, mas antes de vir ao baile poderia visitar minha mãe comigo? Será rápido, eu prometo.

A menina encarou o chão. Parecia arrependida, pois sentia falta de Mi-suk e temia que a mulher partisse sem poder vê-la uma última vez.

— Queria muito *mesmo* ver a tia. Me busque em casa às seis.

31

Por que logo na primeira dança ele diria aquilo?

Às seis em ponto, Baek estava no sofá da sala dos Jones. Aguardava Mackenzie com um enorme buquê de rosas em uma mão e um recipiente plástico na outra, contendo uma flor natural colada em uma pulseira chamada *corsage*. O joelho tremia tanto que balançava o tecido da calça social. Molinari, ao lado dele, estava igualmente nervoso.

— Ela está pronta! — Suellen anunciou do alto da escada.

Os dois ficaram de pé e se aproximaram. Mackenzie surgiu detrás da mãe e, no mesmo segundo, seu olhar encontrou o de Baek Fletcher. O garoto não se deu conta de que escancarou a boca e ficou em silêncio, totalmente entorpecido, conforme a menina descia os degraus. Ela usava um longo vestido lilás com um singelo decote em *V* que tinha a cintura marcada por uma faixa. Os quadris eram valorizados pela saia rodada com cortes irregulares nas pontas do tecido, que davam volume. O tecido era leve, cheio de pequenos pontos brilhantes. Nos pés, calçava um par de saltos altos. Pela primeira vez, trocou os óculos por lentes de contato, e seus cabelos cacheados eram enfeitados por uma pequena presilha que mantinha duas mechas para trás, enquanto alguns cachos caíam nas laterais do rosto. A maquiagem simples destacou o verde de seus olhos e os cílios protuberantes.

— Filha, você está tão... tão... — Molinari se emocionou.

— Ai, pai, não seja bobo! Eu estou *normal*, só pareço menos gorda porque esse vestido aperta cada parte do meu corpo! — falou na vã tentativa de se diminuir, porque não sabia receber elogios.

— Não diga isso! Você é linda todos os dias, minha princesa, mas hoje você se superou só para acabar com o pobre coração do seu pai. — Então o homem se virou para o amigo dela e disse: — Cuide dela, me ouviu, rapaz? Estou confiando o meu bem mais precioso a você. Não vá fazer besteira, entendeu? — Segurou no ombro do adolescente e o apertou, encarando-o como se olhasse no fundo de sua alma.

— Por ela eu dou a minha vida, senhor — disse, convicto.

— É assim que eu gosto. — Molinari o soltou do aperto.

O menino levantou a mão e apalpou o local onde o homem havia apertado.

— Se divirtam e digam para a Mi-suk que mandei um abraço. Mas fale isso sem seu pai ouvir, certo? — pediu Suellen.

— Eu pedi um táxi, tia Su, ele não vai levar a gente. Não se preocupe!

— E aquelas flores ali? — Mackenzie apontou para o sofá.

— Ah... — Baek olhou na direção do móvel e correu para pegá-las. — São para você! — Voltou com o buquê de rosas e o deu a garota. — E isto aqui é para usar no pulso... — Abriu a caixinha plástica e tirou o tradicional *corsage*, obrigatório nos bailes de formatura.

— Pode colocar em mim? — Estendeu a mão para ele.

Baek respeitosamente procurou Molinari com o olhar e o médico assentiu, o que o permitiu avançar. Tocou no pulso dela com delicadeza e colocou a pulseira.

— É um ramo de lavanda, né? — Macky perguntou. — Achei tão lindo. Agora podemos ir?

— Antes deixa eu tirar uma foto de vocês, crianças! — Suellen pediu.

O jovem casal foi para o jardim e se posicionou na frente do muro coberto de trepadeiras. Macky passou o braço pelo de Baek e os dois se viraram de frente para Suellen. Em uma mão ela segurava as rosas e no pulso da outra destacava o *corsage*.

— Digam *xis*! — exclamou a mãe da garota.

— A sua gravata está um pouquinho torta... — disse Mackenzie, sorrindo.

Baek olhou para baixo e depois se virou para ela.

— Não está! É só o seu perfeccionismo.

No instante em que a câmera disparou, ela estava encarando Baek, enquanto o menino a fitava de volta com um olhar de contemplação que ela nunca imaginara receber, assim como também nunca havia imaginado o que se passava no coração de seu melhor amigo.

No hospital, os dois chamaram muita atenção, principalmente das crianças, que os chamaram de príncipe e princesa. Alguns chegaram a pedir para tirar fotos com o casal. Baek e Macky tiveram seus quinze minutos de fama e alegraram a noite de quem passava por situações tão difíceis.

Mi-suk chorou do início ao fim da visita. Repetiu diversas vezes quanto o filho estava lindo. Baek ficou com vergonha, o que só piorou quando a mãe pontuou que Mackenzie deveria se casar com ele assim que ficassem adultos. Repetiu que não tinha dúvidas de que os dois tinham sido destinados um ao outro desde vidas passadas, uma crença adquirida em sua religião oriental. A mulher era budista e acreditava em fios vermelhos que uniam pessoas que se pertenciam. Segundo ela, mesmo que estivessem em diferentes dimensões, uma hora ou outra essas pessoas se encontrariam.

— Quando vocês eram crianças, eu sentia que o universo tinha unido vocês! Pois desde que vocês se encontraram pela primeira vez, pareciam se conhecer.

Vermelho, Baek desviou os olhos para Macky.

— *Omma*, a Macky não acredita nessas coisas. Ela é cristã.

— Eu sei disso, meu pequeno *biscoitinho da sorte*, mas acho que o amor que transcende gerações é algo que faz sentido para todos, não é? — inquiriu com as olheiras fundas.

Mi-suk segurou na mão da menina e esperava que a garota concordasse. Macky a fitou com compaixão e tentou não chorar por vê-la tão pálida, os cabelos ralos, o corpo pequeno e frágil como se fosse evaporar.

— Eu acredito que o amor tudo suporta, tia, e que ele continua de geração em geração, apesar de todo o caos do mundo. Jesus ama muito a senhora! Ele está preparando um lugar onde todos podemos nos encontrar um dia. Lá não haverá nem choro, nem doença, nem morte, nem dor. A senhora acredita nisso? No lugar que Jesus foi preparar para nós?

— Macky... — Baek tocou em seu ombro. — Precisamos ir agora.

— Consigo imaginar, sim, meu bem. Mas um dia você volta aqui e me conta isso melhor, tá? Não quero atrasá-los mais. Podem ir. Divirtam-se bastante!

Mackenzie não teve outra chance de conversar com ela. Porém, durante toda a sua vida, Mi-suk escutou muito sobre Cristo. Como sua família tinha outra crença, permaneceu apegada às suas raízes e àquilo que mais a confortava após perder a filha. Segundo ela, a fé de seus vizinhos não a ajudou quando orou para que sua pequena Yoona fosse curada. E por isso não queria abandonar a crença de que numa próxima vida ela se reencontraria com a menina.

A perda também gerou uma grande interrogação na mente de Baek. Se o Deus da família Jones era tão bom quanto diziam, por que não evitou que a sua irmãzinha morresse? E, agora, a situação delicada em que a saúde da mãe dele se encontrava. E se ela também partisse?

Todas essas perguntas passaram pela cabeça do garoto, conforme ele e Mackenzie andavam entre um labirinto de luzes na frente do ginásio. Nem percebeu os murmúrios das pessoas quando os viram entrando juntos.

Para os amigos, a imagem era um verdadeiro *plot twist*, pois aqueles dois ficaram brigados por semanas. A confusão por terem simplesmente aparecido juntos no baile estava estampada no rosto de todos. Mas, para um amigo verdadeiro, meia palavra bastava, e o evento estava impecável demais para eles ficarem emburrados um com o outro. Estrelas caíam do teto sobre a pista de dança, focos de luzes iluminavam o centro da quadra e os alunos pulavam ao som emocionante de "Story of My Life", do One Direction.

— Ora, ora, se não é a *musa do verão* e ao seu lado o maior *galã* dos dramas coreanos! — Nicholas foi cumprimentá-los assim que os avistou.

— Ora, ora, se não é o nosso futuro rei do baile! Cadê a sua querida rainha? — Macky questionou sarcástica.

— Ela deve estar tirando fotos por aí... Eu dei uma escapada para te fazer um pedido e não aceito um *não* como resposta, minha nobre donzela!

Baek se aproximou mais dela, como um perfeito segurança.

— O que seria, majestade? — Piscou os cílios várias vezes.

— Aceita dançar a primeira música lenta comigo? Eles me disseram que já vão tocá-la e...

— Vá dançar com a *sua* rainha e eu dançarei com o *meu* par!

— O coreano enlaçou sua mão na de Mackenzie e a levou para o centro do salão.

— Baek, que ousadia foi essa?! — exclamou por ter sido pega de surpresa.

— Me desculpe, é que achei que as pessoas ficariam fofocando se você dançasse com o Nico depois de ele ter rejeitado seu convite! — Tentou disfarçar.

Logo que fechou a boca, lembrou-se de que tinha sido *ele* o responsável pela rejeição, mas Mackenzie não fazia ideia disso.

— *Hum...* Então foi isso? — murmurou ao encará-lo e notar que as bochechas dele estavam vermelhas de novo. — Achei que tivesse sido outra coisa...

As luzes diminuíram e o ginásio ficou mais escuro. O DJ parou a música e o ambiente silenciou por alguns segundos. Os alunos voltaram os olhos para o palco e o menino falou ao microfone:

— Chegou a hora de você segurar a cintura da garota de que você gosta e perguntar assim para ela...

Os primeiros acordes começaram a tocar e gritinhos se espalharam por todo recinto. Cada estudante ali conhecia aquele clássico de Tracy Chapman.

— *Baby can I hold you tonight?* — anunciou o DJ com a voz melosa.

Baek mordeu o lábio inferior e virou o rosto devagar, enquanto Mackenzie mirava os próprios sapatos. Ambos estavam constrangidos pela intimidade da cena, pois apesar de serem melhores amigos, aquilo estava um pouco *romântico* demais.

— Eu sei que *brinquei* agora há pouco, mas realmente queria saber se você aceitaria dançar comigo, Macky.

A menina ainda encarava o chão, então Baek tocou-a no queixo, erguendo-o com cuidado. Os olhos dos dois se encontraram pela segunda vez naquela noite. Enquanto os dela pareciam duas florestas verdes iluminadas pela luz da lua cheia, os deles eram como dois oceanos escuros iluminados por milhões de estrelas.

Mackenzie prestou mais atenção no garoto à sua frente e percebeu que ele tinha passado gel no cabelo, deixando a testa livre e o *belo* rosto mais visível. Aquele terno tinha lhe caído muito bem: perfeitamente ajustado nos braços e tronco, o que valorizou seu corpo alto. Ela se deu conta de que o amigo estava muito bonito — na verdade, ocorreu-lhe que estava *gatíssimo* —, mas não conseguiu dizer isso a ele. O garoto passou um braço em sua cintura, puxando-a para si, e com outra mão levantou a dela, conduzindo-a lentamente. Nesse momento, tropeçaram e pisaram nos pés um do outro. Riram nervosamente da cena. Se não fossem desastrados, não seriam eles.

— Obrigado por ter ido ver minha mãe comigo. Ela estava muito triste por termos brigado... — sussurrou próximo ao ouvido dela.

Os dois se moviam de um lado para o outro. Calmamente, a canção os levava pela pista, com dezenas de casais ao redor, mas nada parecia importar, nem mesmo as fofocas sobre eles.

— Você acha que *eu* também não estava?! Tem noção de quanto foi difícil te ignorar? Poxa, nós somos amigos há anos! Me doía muito fazer isso porque sei que as coisas na sua casa estão horríveis. Mas você praticamente jogou meus sentimentos no lixo e nem tentou me ajudar em algo que era importante para mim. Amigos fazem isso uns pelos outros, sabia? Por isso me chateou tanto, seu *cabeção!*

— *Mianhae...* — ele pediu desculpas em coreano. — Nunca mais farei isso, nem que o meu coração seja o partido da história!

Macky apoiou a cabeça no peito de Baek e ouviu as batidas descompassadas de seu coração acelerado, como se ele estivesse correndo uma maratona.

— Você falando assim até parece que... deixa para lá. — Ela o abraçou ao envolver a sua cintura, enlaçando as mãos atrás das costas largas dele.

— Parece o quê? — perguntou, a boca ainda mais próxima ao ouvido dela.

— Sei lá, umas meninas me perguntaram esses dias se você gosta de mim e por isso não queria entregar o bilhete ao Nick. Eu fiquei com isso na cabeça, sabe? Mas elas não sabem o que falam. Não faz nenhum sentido você estar *apaixonado* por mim, né?

Mackenzie desgrudou-se de Baek o suficiente para encará-lo, com poucos centímetros os separando. Sentia o hálito quente da boca dele tocar a sua pele e fazê-la arrepiar.

— É, não sou tão doido assim. — Foi tudo que ele disse no auge de sua adolescência e de seu amor não correspondido por sua melhor amiga.

Mas, na verdade, se tinha uma loucura que ele havia cometido nesta vida era a de ter, perdida e profundamente, se apaixonado por Mackenzie Jones.

32

Seus gritos seriam melhores que o silêncio

Dias de hoje

Baek prefereria que Mackenzie gritasse com ele, pois aquilo seria melhor do que vê-la calada, evitando-o. Desde que voltaram do Aeroporto Internacional de Los Angeles, não conversaram sobre o que aconteceu. Porém, a frase que disse a ela no baile de formatura continuou reverberando na mente da garota.

Thalita Smith, a amiga de Mackenzie que buscaram no aeroporto, sabia que havia algo de errado.

— Eu não aguento mais ver você com essa cara de quem chupou limão azedo — disse a garota. — Pode me contar o que aconteceu?

Já era quase meia-noite, Mackenzie arrumava a mala para a viagem do dia seguinte, como se aquela atividade a estivesse torturando. Tinha uma expressão de tédio enquanto tirava as roupas do closet.

— Thatá, eu estou bem... — murmurou Macky, carrancuda.

— Se você está bem mesmo, por que parece que quer estrangular esse vestido? O que essa pobre roupa te fez, me diz?

A estudante de pele clara e olhos escuros também era filha de mãe brasileira e pai norte-americano, o que explicava a escolha de seu nome. Ela havia deixado a Flórida para morar em Palo Alto e fazer a *Pre-Med* em Stanford. As duas eram das poucas cristãs da sala e alguns colegas as apelidaram de *Bible Belt*, "cinturão da Bíblia", um termo geralmente usado pelos americanos quando querem se referir à região mais evangélica dos Estados Unidos.

Thatá, como Macky gostava de chamá-la, botou os cabelos curtos e ruivos para trás da orelha, sentou-se bruscamente na cama, cruzou a perna comprida e encarou a amiga com a cabeça inclinada, como se estivesse analisando uma chapa de raio-x.

— Somos amigas há anos. Conheço cada uma de suas lingeries, porque você insiste em deixá-las secando na varanda do dormitório. Também sei que, de vez em quando, você fala enquanto dorme, mas não faço ideia do que houve para te deixar assim! Suspeito que tenha a ver com aquele coreano gatinho — Thalita concluiu e piscou para provocá-la.

— Não aconteceu nada entre a gente — Mackenzie respondeu jogando a vestimenta na mala, como se estivesse arremessando uma bola de beisebol.

— Quer que eu pergunte diretamente a ele?

— Thalita Smith! — Macky mirou-a, soltando fogos pelos olhos verde-oliva.

— O quê? Vai me sufocar dentro dessa mala? — indagou irônica.

— Eu disse que está tudo bem. Não sou mais uma adolescente que fica brigando por coisas bobas. Aliás — ela olhou para o Apple Watch no pulso —, daqui a uns minutos vou fazer vinte e cinco anos.

— Entendi... — Suspirou. — Não vamos conversar porque você é adulta demais para falar sobre como está se sentindo. Então deixa eu te ajudar a organizar isso, antes que alguma coisa saia quebrada ou rasgada.

— De despedaçado basta o meu coração... — desabafou Mackenzie, sussurrando.

— O que você disse?

— Eu só quero dormir — Macky desconversou.

Thalita se levantou, deu um abraço rápido na amiga e começou a organizar a zona que ela havia feito. Para Mackenzie, tentar arrumar aquela mala estava sendo como colocar os próprios pensamentos no lugar, uma coisa que não estava disposta a fazer no momento.

Ela era boa em fugir e todos que a conheciam sabiam muito bem disso, principalmente Baek Fletcher. Quando não desejava compartilhar os sentimentos era capaz de permanecer calada e fechada em si mesma por dias.

Até mesmo uma pessoa extrovertida e intensa como ela podia ter esse defeito: o de trancar o próprio coração a sete chaves durante os dias sombrios e não dividir as incertezas com ninguém, nem mesmo os de sua confiança. Até alguém como ela era capaz de se fechar a ponto de frustrar os de fora pela incapacidade de decifrá-la.

Mas isso não era esconder o problema, em vez de trazê-lo à luz? E a grande questão é que o silêncio antecede a explosão, e os destroços deixados machucam não somente a um, mas a todos que têm o coração envolvido.

Na manhã de sábado, Suellen e Molinari acordaram cantarolantes e jubilosos, porque era o vigésimo quinto aniversário da primogênita da família Jones. Para o casal, aquele dia poderia ser tudo, menos comum. O final de semana teria que ser extraordinário e cheio de alegria. Contudo, ainda durante o café — um verdadeiro banquete preparado especialmente para Mackenzie —, os pais dela perceberam que ela não estava nem um pouco animada.

— Está tudo bem com a minha princesa? — Su envolveu os ombros da filha em um meio abraço.

— É só o cansaço, mãe. Faz duas noites que não durmo direito.

— Oh, filha! Mas não se preocupe que lá na praia você vai descansar bastante — Su a tranquilizou, e Mackenzie respondeu com um sorrisinho frouxo.

— Que horas nós vamos? Não aguento mais esperar! — berrou Sebastian.

— Acho que nunca! — exclamou Chris ao cruzar os bracinhos.

— Eu terminei de comer, tia — disse Thalita. — Acho que meu amigo aqui também! — Apontou para Baek, que permanecia quieto na cadeira.

— Então, partiu Malibu? — perguntou Suellen, como uma boa brasileira.

— Mamãe, lembra que ainda temos que deixar o Mestre Yoda na creche? — Seb interveio lembrando do gatinho, que Suellen aceitou após muita luta.

— *Eita!* — Su exclamou em português. — É! Precisamos nos apressar!

O barulho de malas sendo arrastadas encheu a casa. As crianças voltavam constantemente para o quarto, por esquecerem alguma coisa indispensável demais para ser deixada. Mas não somente eles voltaram para dentro em busca de algo importante. Baek também fez o mesmo.

— Macky! — ele a chamou antes de ela sumir pela porta que dava para o jardim. A garota parou debaixo da soleira e virou-se para ele.

— O que foi? Está precisando de uma toalha? Esqueci de perguntar.

— Não é isso. Pode me acompanhar, por favor? — pediu temendo encará-la — Preciso te entregar uma coisa.

Mackenzie franziu a testa e semicerrou os olhos. Queria pedir que ele deixasse para depois, mas foi vencida pela curiosidade.

— Onde está? Lá em cima? — Apontou para o teto.

O garoto balançou a cabeça, confirmando que sim, e se dirigiu para as escadas. A menina o seguiu e fizeram o percurso em silêncio. Mas antes de abrir a porta do aposento, segurou na maçaneta e disse a ela, ainda sem conseguir fitá-la:

— Pode esperar aqui?

— Uhum — murmurou.

O menino se enfiou no quarto e ficou lá por cerca de três minutos. Nesse meio-tempo, ela ouviu a buzina do carro de seu pai. Sua família e convidados deveriam estar lá embaixo, prontos para a viagem, só faltavam os dois.

— Vai demorar? — questionou, balançando as pernas e roendo as unhas.

Houve mais uns segundos de silêncio, até que o clique da fechadura soou e Baek surgiu com um chapeuzinho de festa triangular na cabeça, carregando um embrulho enorme. Tinha o formato de um objeto fino, retangular, que devia ter cerca de sessenta centímetros de altura.

— Desculpa, é que estava faltando uma coisa. Isso é para você. *Saeng-il chughahaeyo* — ele desejou feliz aniversário em coreano.

— Meu Deus! Você ficou maluco?! — Macky pegou o presente com as mãos trêmulas, enquanto mirava aquele chapeuzinho colorido na cabeça dele.

Nesse instante, o barulho da buzina foi ouvido novamente e repetido várias vezes. Ela imaginou que quem estava fazendo isso era um de seus irmãos.

— Quer dizer... — suspirou Macky. — Agradeço muito pelo presente, mas está tudo bem para você se eu guardar no meu quarto e abrir depois? É que...

Baek assentiu, o que quase derrubou o chapéu de sua cabeça. Mackenzie não aguentou e riu baixo, e isso reacendeu a esperança no coração do coreano.

— É melhor irmos logo, senão o Chris vai vir nos buscar debaixo de pancada.

Já havia passado das dez horas da manhã quando finalmente pegaram a estrada. Na divisão dos passageiros, Molinari levou em seu veículo os gêmeos, a esposa e o cachorro, enquanto Baek insistiu em ser o motorista do outro carro, em que estavam as três garotas: Liz, Thalita e Mackenzie. Apesar de a aniversariante ter se sentado na frente, Baek e ela mal trocaram algumas palavras. Quando o silêncio ficou insuportável, o rapaz decidiu quebrá-lo.

— Eu posso colocar uma música? Acho que você vai gostar, talvez até já conheça — sussurrou com a sua voz mais grave.

Mackenzie engoliu em seco e passou as mãos nos pelos de seus braços que se arrepiaram.

— Pode, sim, só não tira os olhos da estrada, eu coloco para você.

O rapaz puxou o celular do bolso e o estendeu para ela. Seus dedos se tocaram rapidamente, o que deixou as bochechas de ambos vermelhas.

— A senha ainda é a data do seu aniversário. Você vai ao Spotify e procura pelo álbum *Charmed*, do Isla Vista Worship.

— Espere aí! Por que a senha *continua* sendo o meu aniversário?

— Lembra que foi *você* que me pediu para eu colocar? Porque nunca acertava a senha que eu escolhi.

As duas garotas no banco de trás se entreolharam e tentaram não cair na risada. Queriam se fingir de mortas para não atrapalhar o *casalzinho*.

— Você é inacreditável — bufou Macky ao desbloquear o aparelho.

Acabou se emocionando com o que viu no papel de parede: a foto de Yoona. A garotinha sorridente, os cabelos lisos presos em um penteado estilo maria-chiquinha, segurava no colo Aslam, quando ele era só um filhote recém-chegado na família Fletcher. Os olhos de Mackenzie marejaram, pois também sentia falta dela.

— Coloca "What You Paid For". Eu sempre pensava em *você* quando a ouvia.

Mackenzie obedeceu em silêncio. A moça conhecia bem aquela música, era a sua preferida do Isla Vista Worship. Nos acordes introdutórios, lembrou-se de quando escutou aquela canção pela primeira vez, orando para que, onde quer que Baek Fletcher estivesse, Jesus o encontrasse e pudesse tocar com amor aquele coração ferido por tantos vendavais. Logo sua vista ficou embaçada pelas lágrimas.

A última coisa que desejava naquele momento era abrir o berreiro na frente dos amigos, em um carro rumo à praia de La Costa. Então mordeu o lábio e segurou a respiração, mas o *cabeção* do Baek Fletcher achou que seria uma boa ocasião para cantar.

— *Eu só quero me sentar aos seus pés e dizer o quanto te amo, porque você é tudo que eu preciso...*

Mackenzie fechou os olhos com força, mas não adiantou muito. As lágrimas quentes desceram silenciosas por seu rosto bronzeado. Virou-se para o lado da janela e encostou a testa no vidro. Será que aquilo realmente estava acontecendo?

Baek estava adorando a Deus ao seu lado?

Naquele momento, era como se estivesse finalmente se dando conta, como se a ficha estivesse caindo. Ali, Mackenzie percebeu que suas preces foram ouvidas, ainda que não soubesse exatamente *como*.

Talvez durante aquela viagem tivesse a chance de, enfim, ouvi-lo contar a história encoberta. Ao menos foi o que pensou.

Contudo, o que na verdade foi revelado naqueles dias a garota não poderia ter imaginado, nem em um milhão de anos.

33

O homem apaixonado merece uma salva de palmas

Após quarenta minutos dirigindo pelo litoral, chegaram à região montanhosa de Malibu, repleta de mansões milionárias despontando sobre os montes e enchendo as orlas com suas estruturas gigantescas.

Pararam em La Costa, uma das primeiras praias da cidade. Guardaram os pertences, colocaram o pequeno Luke Skywalker para correr pela casa e abriram as janelas para arejar os cômodos.

— Crianças, sei que está cedo, mas precisamos ir para o píer o quanto antes, porque lá costuma lotar no final de semana e vai se formar uma fila enorme para o almoço — Suellen comunicou após guardar as garrafas de água na geladeira.

— *MAMÃE!* — Sebastian berrou ao correr para a cozinha.

— O que foi? — Ela espantou-se e o segurou nos braços.

— Deixa o Chris e eu irmos no carro do tio *B*? *POR FAVOR!*

— Meu Deus, eu achei que tivesse acontecido alguma coisa. — A mulher respirou com alívio. — Vamos ver o que seu tio acha. São menos de cinco minutos até lá... Acha que aguenta, Baek?

O rapaz assentiu e abriu um largo sorriso, pegando Chris no colo.

— Darei o meu melhor.

— Filha, vá com eles no carro do seu pai e faça seus irmãos se comportarem. — A mulher estendeu Seb para ela, e Macky o segurou.

— Mas, mãe...

Suellen não deu ouvidos, mas, sim, as costas para a filha. Agarrou sua bolsa de fibra de buriti, colocou os óculos escuros e desfilou para a saída.

— Te esperamos lá! — disse Liz. Ela levou dois dedos unidos a testa e jogou-os para a frente — *Hasta la vista, baby!*

— Cuide bem desses tesouros, *Baekzitto* — pediu Thalita, acenando com ambas as mãos e segurando o riso. — São só cinco minutos. O que pode acontecer?

Muita coisa aconteceu. Ô, se aconteceu!

— Tio, o senhor já decidiu qual de nós dois vai levar para morar com vocês quando se casarem? — questionou Sebastian assim que entraram no veículo.

— Claro que eles não vão querer um chato como você! — falou Chris com seu típico pavio: tão curto quanto a altura. — Eu sou mais esperto, sei até nadar!

Nesse clima de perguntas constrangedoras, chegaram ao local do almoço. A estrutura extensa do píer era vista de longe, pela exuberância das estacas grossas que o sustentavam sobre o mar. A fachada tinha um estilo medieval, com duas torres e um portão altíssimo. A partir dali, não puderam mais conter as crianças e os meninos correram livres. Os pais iam mais à frente. Baek enfiou as mãos nos bolsos da calça jeans, o vento sacudindo sua camisa de listras brancas e azuis, enquanto caminhava em silêncio ao lado de Macky, presa aos próprios pensamentos. Chegando ao final do píer, viram a fila que se formava na entrada do famoso restaurante. A garota foi até a mãe, com a desculpa de lhe perguntar algo. Já Baek se afastou da multidão e andou rumo à área onde estavam alguns pescadores. Encostou-se no parapeito de madeira e avistou os surfistas usando as mãos como remos, para irem mais longe.

— Ei, garoto! — uma voz feminina soou atrás dele.

Sentiu uma mão em seu ombro e se espantou, pois não percebeu a aproximação de ninguém. Virou-se e deu de cara com as duas amigas de Mackenzie.

— Você tem um minuto para ouvir a palavra de duas fofoqueiras? — inquiriu Liz, de braços cruzados, tendo ao seu lado Thalita com as mãos na cintura.

— O que vocês desejam? — indagou confuso.

— Vamos nos sentar naquela mesa bem ali, na sombra, e te explicamos.

Thalita apontou para uma mesa de piquenique protegida por um guarda-sol. Os três foram para lá e assim que se acomodaram o interrogatório começou. Parecia que o pobre coitado possuía um ímã que o atraía para essas situações, pois sempre encontrava alguém para lhe encher de questionamentos.

— Então, nós queremos saber qual é o plano — disparou Thalita, unindo as mãos em cima da mesa, como se estivesse em uma reunião importante.

— Do que vocês estão falando? — Baek olhou para as duas, ainda sem entender aonde elas queriam chegar.

— Quer dizer que o príncipe deseja conquistar a nossa amiga e nem tem um plano traçado com metas de curto, médio e longo prazo?

— Assim você vai assustar o rapaz — ralhou Liz ao dar um tapinha no ombro da outra. — Ela quis dizer que nós sabemos que você está perdidamente apaixonado pela Macky e que queremos ajudá-lo no seu plano de conquistá-la.

As duas piscaram os cílios como se fossem fadinhas da Terra do Nunca.

— Eu não sei do que...

— Pare com isso que está ficando feio! — Thalita o interrompeu ao dar um soco na mesa, que a fez vibrar. — Não me deixe exaltada, garoto!

Baek tremeu na base e se inquietou no banco, mudando a postura. Achava que aquelas meninas gostavam dele, mas se repente pareciam ter se tornado suas maiores inimigas.

— *M-me desculp-pe...* — gaguejou nervoso.

— Thalita Smith! Você disse que tentaria ser gentil. — Liz encarou a menina por uns cinco segundos, para depois voltar-se para o rapaz. — Olha, nós sabemos como a Macky ficou depois que você foi embora e não queremos que isso se repita.

— Ela ficou um verdadeiro caco! — exclamou Thalita.

— Meu Deus, me deixe terminar, depois você pode jogá-lo para os tubarões. — Foi a vez de Liz dar um murro na mesa, o que os assustou. — Então, como eu estava dizendo... Nossa amiga sofreu um bocado quando você sumiu do mapa. Isso afetou muitas coisas na vida dela, mas disso você já deve saber.

Um dos gêmeos passou correndo, e Liz parou de falar. Ela fez uma cara de paisagem que deixou Baek surpreso com sua capacidade de interpretação. Quando Seb estava distante o suficiente, ela continuou:

— Por isso, o nosso plano é que você faça tudo diferente desta vez.

— Como assim? — perguntou o garoto.

Thalita disparou:

— Que tal começar se desculpando?

— *E...* — continuou Liz — ... dando a ela a certeza de que nunca mais fará algo nem sequer parecido com aquilo. Senão vamos caçar você, não importa onde você tiver se escondido.

Baek suspirou e se inclinou mais para a frente. Olhou fundo nos olhos de Liz.

— Eu prometo que isso não vai se repetir. Confiem em mim.

— Vamos ver se você merece — respondeu Thalita, semicerrando os olhos.

— Mas, olhem, sobre o que houve com a Macky depois que fui embora... Bem, eu acabo de descobrir. Ela nunca... nunca me falou nada sobre isso. Na verdade, nós mal conversamos sobre o passado. Talvez por isso as coisas só estejam piorando.

As duas o encararam, uma boquiaberta e a outra com os olhos amendoados arregalados, mas ambas caladas.

— Quer dizer que você não sabe de nada do que aconteceu com ela nos últimos três anos? — Liz inquiriu gesticulando.

— E que a Macky nem faz ideia do que você fez enquanto esteve longe? — continuou Thalita.

— Exatamente — Baek sussurrou, envergonhado.

— *Caramba!* — bufou Liz. — Vocês são impossíveis! O jeito é pegar uns fósforos e atear fogo em tudo, porque não tem mais jeito!

— Ei, calma aí. — Baek se sentou com a postura ereta. — Se tem Jesus, tem jeito! — disse com atitude, e imitou a batida das duas na mesa.

O rapaz fechou os olhos e respirou fundo. Voltou a abri-los e fitou as meninas, cada uma em um momento de sua fala sincera:

— Eu sei como é ser uma causa perdida, a minha família dizia que não tinha mais jeito para mim. Esperavam algum dia receber a notícia de que eu tinha morrido, mas Jesus me ensinou que nada pode estar tão perdido que não possa ser encontrado! E se vocês *realmente* estiverem dispostas a me ajudar, vou agarrar essa oportunidade com unhas e dentes, porque eu já perdi muita coisa e não posso deixá-la ir!

Thalita e Liz se encararam em silêncio por um segundo. Depois irromperam juntas em uma salva de palmas.

— Era isso que a gente queria ouvir, *Baekzitto!* — anunciou Thalita.

— Lute por aquela mulher, casem e tenham filhos! Essa é a *fanfic* dos nossos sonhos! — pediu Liz, extremamente satisfeita com a sua atuação.

— Vocês fazem ideia de por onde devo começar? — perguntou Baek, contagiado pelo incentivo mútuo.

— Preste atenção, primeiro você vai fazer assim... — começou Thalita.

De longe, Mackenzie estranhou aquela movimentação. Suas amigas pareciam empolgadas demais para o seu gosto e Baek estava atento a tudo que elas diziam, como se estivesse hipnotizado. Achou que seria alguma surpresa mirabolante para seu jantar de aniversário, mas mal sabia o que lhe aguardava quando a noite se aproximasse e as luzes amareladas do píer de Malibu se acendessem.

34

A oração que muda destinos

Quando o fim de tarde chegou, Mackenzie ria ao lado de suas fiéis escudeiras, enquanto Baek, o motorista delas, as acompanhava a alguns metros de distância.

Elas atravessaram os portões e as torres altas do píer, e ele entrou em seguida. A recepcionista prontamente os direcionou para o restaurante que ficava na entrada, com a fachada ornamentada com vasos de plantas, além de uma bandeira da Califórnia tremulando, empurrada pela brisa marítima. Lâmpadas amareladas suspensas em fios completavam a decoração.

Os pais dela e os irmãos os aguardavam. Além deles havia mais um convidado: Vincent Jones, o primo da moça, que chegou de moto havia poucos minutos. Ele a abraçou por um tempão, desejando-lhe parabéns, mas não era um abraço tão longo quanto o que deu em Liz Meirelles.

A julgar pela cara da garota e a tentativa de se esquivar do abraço, ela não gostou muito.

— Tem alguma coisa *rolando* entre vocês dois? — Thalita perguntou a ela, quando se sentou ao seu lado.

Liz fez uma careta e negou com a cabeça.

— Eu disse ao Vincent para não se esforçar mais, porque o principal ele não tem: Jesus na vida — confidenciou.

Thalita arregalou os olhos e cobriu a boca com a mão.

— Você falou isso mesmo?

— Falei, sim — respondeu Liz. — Eu sei que para algumas pessoas isso não faz diferença, porque acham que só tem a ver com religião, mas para mim não. A pessoa ter um relacionamento com Jesus e a disposição em renunciar tudo por amor ao Senhor é o que me fará sentir segura para dizer *sim* um dia.

— Você está certa em não negociar o que é importante para você — disse Baek, se intrometendo na conversa.

Ele estava sentado de frente para as duas, de modo que era impossível não escutar o que diziam. Enquanto Vincent, para a sorte de Liz, estava na outra ponta, sentado próximo ao tio. O coreano se inclinou sobre a mesa para sussurrar:

— Por mais que ele seja um cara bacana, com o tempo você poderia acabar se afastando daquilo em que acreditava no princípio.

— Isso aí, *Baekzitto!* Continue assim e fará a Macky feliz — falou Thalita ao fazer um coraçãozinho com os dedos, como uma boa amante dos dramas coreanos.

— O que vocês tanto cochicham aí, hein? — quis saber a aniversariante.

— Que precisamos aproveitar este pôr do sol lindo e tirar muitas fotos! — exclamou Thalita ao puxar o celular de sua bolsa prateada e arrastar o dedo na tela.

O entardecer estava exuberante e incrivelmente bonito, como se aquele céu colorido, com o horizonte em tons de lilás, azul e vermelho, fosse um presente de Deus para Mackenzie. As meninas se levantaram de seus lugares e foram para a área externa. Ali o chão era de uma madeira escura, como no salão interno, em contraste com o branco das paredes e da mureta que circunda o restaurante. Mais fios com lâmpadas de luzes quentes iluminavam a sacada e, olhando para baixo, poderiam enxergar as ondas batendo contra as vigas de sustentação do píer.

— Ei, coreano, vem fotografar a gente! — Thalita o chamou.

O rapaz pediu licença e levantou-se da cadeira azul-marinho. Sabia que aquilo fazia parte do plano da dupla dinâmica. Deu uma corridinha e pegou o celular da mão da moça. As meninas abraçaram Mackenzie e a loira sorriu para câmera, tentando não encarar Baek no percurso.

— Agora é a sua vez! Venha tirar uma foto com a aniversariante! — pediu Liz. Ele devolveu o celular e se posicionou ao lado da amiga.

— Fique um pouquinho mais perto dela, rapaz. Ela tem cara de brava, mas não morde — disse Thalita ao enquadrá-los na tela.

Baek deu dois passinhos para o lado e sentiu os cabelos loiros de Macky roçando em seu braço. A moça uniu as mãos na frente do corpo, um tanto tímida, e tentou ficar na ponta dos pés, ao encostar seu ombro nele. Nessa hora, Baek olhou para baixo e lhe lançou um olhar capaz de declarar um milhão de palavras, sem emitir nenhum som por seus lábios finos. Naquele momento, o peito dela ardeu, quase em combustão. Apesar da vergonha, sinalizada em suas bochechas vermelhas, ela o encarou de volta e notou que após ter tido o coração partido tantas vezes, graças aos seus amores platônicos, pela primeira vez na vida notava que o garoto a olhava com cuidado, pureza e... *amor*.

O único problema: ele era seu melhor amigo.

— Vocês estão perfeitos! — elogiou Thalita, apertando o botão da captura dezenas de vezes.

Para Baek, o mar de águas esmeraldas não era tão verde quanto os olhos dela. O pôr do sol estava brilhante, mas não como os cachos longos e dourados que caíam sobre as costas de Macky. Sua cintura estava marcada em um vestido roxo claro, com mangas de camponesa. Possuía um decote em forma de coração e botões, além de exibir um colar no pescoço.

Sim, ele prestou atenção aos detalhes, pois nada do que ela fizesse lhe passaria despercebido. Por isso, a roupa que escolheu não tinha sido por acaso. Confiou nas amigas dela e vestiu uma calça caqui em alfaiataria, blusa branca de algodão e uma camisa lilás por cima. Na Coreia do Sul, seu país de origem, usar roupas combinando tinha um significado especial, e ele esperava que Mackenzie percebesse os sinais. Riu consigo mesmo ao imaginá-los como um *casal*.

— Do que você está achando graça, hein? — Macky inquiriu e lhe deu um beliscão.

— *Ai!* — ele deu um grito. — Para que isso? Que mulher violenta!

— Você está rindo de mim, é? — Macky cruzou os braços e ergueu o queixo.

— Claro que não! Eu só estou feliz, imaginando o meu futuro.

Nesse instante, Liz e Thalita entenderam uma coisa: deveriam escapulir dali! As meninas saíram de mansinho e foram fotografar a paisagem exuberante.

— Mas você estava rindo ao olhar para mim!

— Justamente, *agassi!* Eu ri porque enxerguei um futuro com *você!*

Poucos centímetros os separavam. Nem sequer piscavam, porém se esqueceram de que uma verdadeira plateia assistia à cena de longe.

— Mamãe, eles vão se *beijar?* — perguntou Sebastian alto o bastante para todo o restaurante ouvir, apontando para os dois jovens.

O rosto de Mackenzie, que estava vermelho, adquiriu uma cor escarlate, rubra, sanguínea.

Baek começou a suar frio e desejou se jogar no mar.

— Crianças, venham. Vamos pedir o jantar!

Suellen acenou, chamando-os de volta para a larga mesa decorada com velas aromáticas de lavanda e vasinhos com flores sempre-vivas. Os dois retornaram, murchinhos e envergonhados, sem dar um pio. Para piorar a situação, Molinari fez a sua melhor pose de pai ao anunciar:

— Fletcher, amanhã quero falar a *sós* com você — disse com uma voz de trovão, ao apontar para os próprios olhos com os dedos em formato de *V*, e depois fazer o mesmo movimento na direção do rapaz.

— *Papai!* — bradou a constrangida Mackenzie.

— Filha, não precisa se preocupar, será apenas um bate-papo, de homem para homem — continuou com a postura séria.

O resto de brilho que sobrava em Baek sumiu naquele instante. Contudo, o clima logo foi amenizado com conversas aleatórias sobre pescaria, Stanford, plantões no hospital e o resgate do Mestre Yoda no dia da tempestade de verão. Porém, durante o jantar, Baek observou que Macky teve o mesmo comportamento de antes: mais conversava do que comia. A única diferença entre as outras vezes e aquele momento é que não encontrou nela aquela expressão de culpa. Talvez a presença dos amigos ali, ou a própria comemoração do aniversário, estivessem conferindo leveza à ocasião.

Após deliciarem-se com a alimentação orgânica do Malibu Farm, chegou a hora de cantar "Happy Birthday to You". Uma garçonete trouxe um bolo decorado com pérolas, conchas, estrelas do mar e o movimento das ondas. Todos ficaram de pé e a moça acendeu as velinhas, entregando o bolo para a aniversariante.

Embora não fosse um costume nos Estados Unidos, os outros clientes começaram a bater palmas, acompanhando aquela grande família que festejava os vinte e cinco anos de uma garota que tinha dificuldades em acreditar que era amada pelo que era, não por aquilo que um dia poderia vir a ser.

— Faz um pedido, mana! — gritou o animado Christian.

Mackenzie fechou os olhos e diante de tantas coisas que poderia pedir, somente uma ocupava seus pensamentos. Respirou fundo e assoprou as velinhas.

— O que você pediu, hein? — o garoto quis saber.

— Se eu contar, não vai se realizar! — respondeu ao sujar o dedo na borda do bolo e passá-lo na pontinha do nariz de Chris, melando-o com a cobertura.

— Crianças, se comportem, pois agora vamos fazer uma coisa muito importante — falou Suellen. — Baek, você pode orar pela aniversariante?

Será que aquilo também fazia parte do plano das meninas? Ele não sabia. Tinha sido pego de surpresa, então apontou para si mesmo:

— *E-eu? P-posso sim*, senhora Jones — gaguejou ao se aproximar da menina e levantar a mão, impondo-a sobre ela. — Vamos fechar os nossos olhos...

Ali, naquele restaurante sofisticado em Malibu, Baek sentiu o coração ser incendiado ao orar em público pela pessoa por quem tanto orava em segredo.

— Jesus, hoje nós queremos agradecer ao Senhor pela vida da sua filha. Eu conheço a Macky desde que me mudei para cá e hoje vejo que foi a sua mão, Pai, que nos aproximou. Através dela e de seus pais, ouvi falar do Senhor pela primeira vez. Eu era apenas uma criança que não conseguia se adaptar a uma cultura tão diferente, mas eles me ajudaram, não somente naquele início. Eles foram usados pelo Senhor nos momentos mais conturbados da minha vida. Por isso, peço que continue guardando-os e fazendo-os prosperar. Eles são como uma família para mim.

Baek precisou parar um segundo e tomar fôlego para continuar:

— Oro em especial pela vida dessa garota que carrega um verdadeiro sol no sorriso e que tem o coração mais cuidadoso que existe. Senhor, ajude-a a se olhar a partir dos *seus* olhos, a se amar segundo o *seu* coração e que ela nunca se diminua por causa daquilo que os outros possam dizer, porque aquilo que o *Senhor* fala sobre ela é o que realmente importa. Que hoje *e sempre* ela se sinta especial e necessária. Nós estamos aqui para lembrá-la disso e para dizer que a amamos muito. Sim, nós a amamos porque o Senhor a amou primeiro e a escolheu. Continue a protegê-la de todo mal. É o que nós pedimos e, por fé, agradecemos... Amém.

Ele continuou de olhos fechados. Temia abri-los e acabar derramando centenas de lágrimas. Sentiu alguém abraçá-lo e, pelo cheirinho doce de frutas vermelhas, sabia que era ela. O corpo pequeno tremeu ao redor dele e Baek ouviu um soluço contido. Retribuiu o gesto ao apertá-la em seus braços e sussurrar em seu ouvido:

— Macky, nós podemos conversar? Eu preciso te dizer uma coisa. Algo que eu deveria ter dito há muito tempo...

35

A temida explosão e seus destroços

Baek e Mackenzie estavam sentados em silêncio, num banco de madeira, de frente para a mureta de proteção que rodeia o píer de Malibu. A noite os abraçava, estrelas despontavam no céu escuro e o clima estava agradável. A brisa marítima soprava tranquilamente as águas, e o barulho das ondas soava como canções de ninar. No entanto, nenhum dos dois se sentia pronto para falar. A garota cruzou as pernas e pousou as mãos sobre o colo, enquanto o rapaz estava acomodado sem encostar no assento, os joelhos tremendo, e ele coçava os cabelos, bagunçando-os.

— Macky, eu...

— Você vai...

Falaram ao mesmo tempo, o que os fez rir timidamente, mas não o bastante para diminuir a bolha de tensão que pairava sobre suas cabeças.

— O que você ia dizer? — a menina indagou, sem se virar na direção dele.

— Então... — Baek começou e soltou um suspiro profundo.

— Você me perguntou ontem se eu me lembrava do que falei no nosso baile de formatura. Na verdade, não tem um dia em que eu não pense como as coisas seriam se eu tivesse respondido de outra maneira.

— Sei que posso parecer dramática, mas aquilo me doeu muito, sabe? Eu tinha acabado de confessar que não suportava mais tratar você com indiferença, mas a minha vontade foi de voltar a fingir que você não existia! Eu precisei me esforçar muito para manter a calma e não sair correndo... — a voz dela falhou.

Mackenzie deitou a cabeça no encosto do banco e mirou as estrelas. Seus olhos verdes-oliva marejaram e arderam.

— Eu tinha sido rejeitada pelo Nicholas Johnson, o que era *okay* por ele ser o cara mais popular da escola. Havia grandes chances de isso acontecer mesmo, então nem fiquei surpresa. Mas ver meu melhor amigo fazer o mesmo foi muito ruim. Sei que pode não fazer sentido para você, mas para uma garota tão insegura quanto eu, era como se dissesse que não ficaria comigo nem se eu fosse a última menina do planeta. E eu achava que... — Ela se interrompeu, olhou para ele rapidamente e voltou a desviar os olhos. — No fundo eu achava que você era atencioso demais comigo, muito mais do que um amigo seria, e meu pai me perguntava se você gostava de mim...

Baek afundou o rosto nas palmas das mãos e se sentiu paralisado. Se ele tocasse no assunto que o levou àquela conversa, ela reagiria com mais mágoa? Porém, como poderia continuar escondendo essas verdades não ditas por anos? Mesmo se Macky nunca mais quisesse vê-lo, precisava ser sincero.

— Talvez você vá me odiar o resto da vida pelo que direi agora, mas eu segui o Nico depois da aula e pedi que ele não fosse ao baile com você.

— *O que você fez?!* — ela berrou ao ficar de pé num segundo.

— Eu sinto muito, Macky, mas na mesma hora percebi o quanto fui egoísta e ciumento, então disse que não me importaria mais se fossem juntos! O que era mentira, obviamente, porém deixei claro que você queria muito isso e ele também desejava ser o seu par.

— Baek, eu... eu não... — Os lábios de Mackenzie tremiam e ela passava as mãos nervosamente nos cabelos. — Quer dizer que passei anos da minha vida achando que tinha sido dispensada pelo Nicholas Johnson porque eu era *gorda demais* quando foi *você* que pediu para ele fazer isso?

O rapaz não havia feito isso por maldade, pois não imaginava que essa atitude, que na época parecia tão pequena, um ciúme bobo, traria consequências profundas. Só agora compreendia a importância de pensar nas consequências de atitudes que podem reverberar na vida das pessoas, principalmente das que amava, para não agir insensatamente por causa da intimidade que cultivava. Ele percebeu que, às vezes, não temos noção do impacto que se pode provocar nos outros. Porque isso foge do controle. É humanamente impossível saber o que cada palavra e atitude irão gerar.

Lembrou-se do que Jesus aconselhou: que fizéssemos aos outros o que gostaríamos que nos fosse feito.

Palavras lançadas não podem mais voltar. Depois de jogadas, só Deus sabe no que podem resultar. Se vão curar ou provocar feridas, se vão abençoar ou amaldiçoar, aproximar pessoas ou afastá-las de vez, não há como saber. A questão é: prestaremos contas de tudo que fizermos nesta vida.

Baek entendia aquilo agora.

— Sabia que isso foi um assunto que levei para a *terapia* depois que você foi embora? — Macky disse com o olhar perdido. — Porque havia uma voz, no fundo da minha consciência, dizendo que eu nunca seria aceita por causa da minha aparência.

— Macky, não... — ele tentou interromper, mas ela não pareceu ouvir.

— Eu pensava que até poderia estudar bastante, me esforçar em ser uma boa filha, uma cristã obediente ao Senhor, mas nesse ponto não tinha muito o que fazer... — a voz dela estava embargada. — Só se eu nascesse de novo.

Um estopim. Tudo que o garoto fez foi somente um estopim, por reforçar *sem querer* a crença de desvalor e a baixa autoestima contra a qual Mackenzie lutava desde criança. Não, Baek não foi o responsável pelos traumas dela, longe disso. Ele era um dos únicos que a valorizava do jeitinho que ela era e fazia questão de lembrá-la disso. Contudo, para uma menina com a alma tão fragilizada, essas pequenas coisas a atingiram como um maremoto.

— Por que você não foi honesto comigo, hein? O que custava? Não seria mais fácil do que se recusar a entregar aquele bilhete idiota?

O peito de Mackenzie doía tanto que ela sentia como se fosse ter um ataque cardíaco. A menina cobriu a face com as mãos trêmulas e apoiou as costas na mureta do píer. Seus cabelos caíam na direção do mar, a brisa os agitava como lençóis dourados. Atrás dela as ondas batiam violentamente nas pedras que protegiam a orla de Malibu. Puxava o ar com dificuldade e se esforçava ao máximo para não chorar de raiva.

Baek ouviu tudo aquilo calado, com a cara enterrada nas mãos, as costas curvadas, em uma postura de derrota.

— Eu consolei você quando perdeu a sua irmã — ela disse —, te levei para dormir lá em casa várias vezes quando a sua mãe foi internada e o seu pai te batia por qualquer coisa. Ainda fiz de tudo para irmos ao show do Four Seasons em Los Angeles, para ver se isso te animava um pouco. Então, era só ter me contado a *droga* dos seus sentimentos. Eu nunca sairia com o Nick se isso te magoasse! Acha mesmo que eu faria isso com você? Bastava ter me convidado para o baile em vez de bancar o ciumento!

Baek juntou o resto de coragem que lhe sobrou e ergueu a cabeça, ficou de pé e deu um passo para perto dela.

— Macky — ele disse.

— Não.

Ela virou o rosto, recusando-se a encará-lo.

— Eu era só um garoto de dezessete anos que tinha perdido a irmã e estava prestes a ver a mãe morrer... — ele hesitou. Cada palavra doía. — Eu nem conhecia Jesus de verdade. O que eu poderia ter dito, se estava com tanto medo de ser rejeitado?

Ela o encarou, o olhar dolorido o acertou em cheio no peito.

— Esse é o seu problema! Sempre acha que precisa dar alguma coisa grandiosa às pessoas, quando tudo que eu queria era a *droga* da sua sinceridade! — Mackenzie empurrou com força o peito de Baek, afastando-o.— Eu sei que você era apenas um menino na época, porque eu também era só uma adolescente iludida, suspirando por um rapaz que nem gostava de mim. Mas você deveria ter me contado o que sentia, mesmo se fossem sentimentos bobos de um garoto de dezessete anos! *Eu* tinha o direito de saber, porque nós compartilhávamos tudo, lembra? — berrou ao gesticular, apontando para os lados, como se mostrasse o passado.

— Você quer ouvir *agora?* — Baek deu mais um passo, deixando entre eles uma distância mínima de poucos centímetros.

Ousadamente, segurou as mãos dela junto ao peito. Macky fechou os olhos e uma enxurrada de lágrimas quentes, e tão salgadas quanto aquele mar, desceu como cachoeira por suas bochechas vermelhas. Ele ergueu os dedos dela na altura de sua boca e beijou delicadamente cada um deles.

— Mackenzie... — sussurrou com a voz grave. — *Eu amo você!* Era isso que queria ouvir de mim? — Aumentou o tom e disse em um grito que poderia ser ouvido em outras galáxias. — *EU TE AMO, MACKENZIE VICTORIA JONES!*

A declaração de Baek Fletcher ecoou por aqueles oceanos e era sentida nas profundezas dos mares da Califórnia. O que fez um soluço escapar da garganta apertada da menina e desencadeou um choro violento.

— Não há nada em você que não seja digno de receber amor, e eu preciso que saiba que sou um cara imperfeito demais para te dar o que você merece, mas hoje posso dizer que conheço alguém que fará isso! Continuarei orando para que Deus, o único que sabe te amar do jeito certo, cuide do seu coração e a lembre todos os dias o quanto é incrivelmente linda! Não há nada em você que precisa ser mudado, porque você é tudo o que um cara como eu pode sonhar ter um dia, e seria uma honra chamar você de *minha esposa!*

Ela permanecia de olhos fechados e apertava-os. A única coisa que saía de sua boca era o barulho de seus soluços. Por ser extremamente doloroso vê-la assim, o rapaz a puxou para si, aconchegou a cabeça dela na curva de seu pescoço e a apertou em seus braços, o máximo que pôde, sem sufocá-la.

— Eu sei que errei demais e talvez leve um tempo considerável até que me perdoe. E se quiser, se for difícil demais ter a minha presença por perto, posso sumir de novo e fingir que não existo. Porque a última coisa que quero é abrir mais feridas quando as outras que fiz ainda estão cicatrizando. Mas, por favor, me perdoe algum dia, pode ser daqui a cinco ou vinte anos, mas eu realmente preciso do perdão da única garota que amei nesta vida.

— Você é um estúpido... — Macky disse baixinho, com a voz rouca.

— Sim, sei que sou *estupidamente apaixonado* por você desde que me consolou pela perda da minha irmã, quando me levou para dormir na sua casa quando minha mãe estava internada e meu pai me batia. Me apaixonei ainda mais naquele dia em que você moveu céus e terra para me levar ao show do Four Seasons em Los Angeles, para que eu pudesse me animar um pouco.

Mackenzie ergueu a cabeça e olhou para ele.

— Você quer que eu acredite em tudo isso? Assim *do nada?!*

— Leve o tempo que precisar, *agassi!* Nada do que você fez por mim eu esqueci, lembro de tudo muito bem! O meu erro foi ter sido um idiota e ter te magoado tanto. Fui egoísta e um péssimo amigo em tantos momentos, em que só tive olhos para o meu próprio sofrimento! Mas se deixar posso provar que mudei e, se *disser sim,* serei como Cristo é para a sua igreja: vou amá-la a ponto de dar a minha vida por você se preciso for.

Os braços de Mackenzie estavam soltos ao lado do corpo, enquanto Baek a mantinha ali, aconchegada em seu peito. Sentia a sua camisa molhada pelas lágrimas dela e nunca desejou tanto voltar ao passado para consertá-lo. Faria o que fosse para não vê-la naquele estado. Talvez ela conseguisse perdoá-lo algum dia, mas ele temeu não conseguir se perdoar.

Há quem ache que pequenos erros não farão grandes diferenças no futuro, mas estão redondamente enganados. Rachaduras, por menores que sejam, podem provocar terremotos. Sem a *graça* e a *misericórdia*, a sensação é de que não há mais como restaurar o que foi destruído. Contudo, as mãos do *Grande Eu Sou* têm poder de reconstruir, de dentro para fora, corações quebrados, sonhos desfeitos e elos estilhaçados.

36

O medo de não ser aceito o fazia se esforçar

Três batidinhas na porta fizeram o corpo de Baek Fletcher se remexer sobre a cama de solteiro. Dormia no menor quarto da casa de praia, em que mal cabiam uma penteadeira e um tapete de crochê. Naquele cômodo apertado, chorou até altas horas da madrugada, consumido pelo sentimento de culpa e pela raiva que sentia de si mesmo. Perdeu as contas de quantas vezes pediu perdão a Deus. O sono veio apenas quando se permitiu abraçar a sua criança interior. Lembrou-se de um trecho de *As Crônicas de Nárnia:*

"Chorar funciona mais ou menos enquanto dura. Porém, mais cedo ou mais tarde, é preciso parar de chorar e tomar uma decisão."

— Baek? — Uma voz masculina veio do lado de fora.

— Senhor Jones? — o rapaz murmurou ao se sentar na beirada da cama. — Um minuto!

Vestiu rapidamente um moletom cinza-escuro, com o nome *Náutica* estampado na frente, e abriu a porta.

Deu de cara com Molinari, que, com um chapéu camuflado, segurava uma vara de pescar em uma mão e uma caixa de ferramentas na outra.

— Sabe aquela conversa que você e eu teríamos hoje? Que tal ela acontecer durante uma pescaria? — perguntou ao abrir um sorriso acolhedor.

Baek o encarou por uns segundos. Seu espírito ainda nem tinha voltado para o corpo, pois não eram nem seis da manhã e a casa estava silenciosa.

— Claro, senhor, deixe só eu... — E bocejou a ponto de lacrimejar.

— Jogue uma água nessa sua cara, rapaz! Vou esperar lá fora.

Não tinha o que discutir. Baek foi ao banheiro rapidamente e depois colocou seu *bucket hat* preto na cabeça, calçou um par de chinelos e encontrou Molinari na garagem. O homem fez sinal para ele entrar no carro e depois trafegaram pela Pacific Coast Highway praticamente vazia.

Chegaram em Las Tunas Beach e estacionaram em frente a uma cabana de madeira. Baek bocejou outra vez, levantou os braços e se espreguiçou. Estava exausto, mas não poderia fazer corpo mole na frente de Molinari. Ajudou-o a descarregar o porta-malas e levou os itens sozinho até a área de pesca, abaixo das pedras gigantescas que circundavam a orla.

Jones riu ao ver o rapaz pisando com cuidado nas rochas, levando consigo duas cadeiras dobráveis, as varas, a caixa de ferramentas, um balde e mais a garrafa de café. Ainda organizou as coisas sobre a areia e colocou as mãos na cintura contemplando o que tinha feito, enquanto gotas de suor despontavam de sua testa.

— Se está tentando me impressionar, rapaz, está quase chegando lá — comentou o mais velho ao se acomodar em uma das cadeiras. — Venha, sente-se aqui, vamos tomar café primeiro e depois pescar!

Baek sentou-se na cadeira verde, abriu a caixa de ferramentas e tirou de lá duas canecas vermelhas de plástico. Estendeu uma a Molinari e segurou a outra.

— Me diz uma coisa: você não dormiu bem essa noite? — Molinari perguntou ao servir a bebida quente.

Baek balançou a cabeça em negativa e soprou sobre a superfície do recipiente. Tomou um gole do café amargo, encostou-se no tecido da cadeira e encarou o imenso mar escuro, tão cinza quanto o céu. Molinari continuou:

— Lá pelas duas horas da manhã, eu me levantei para beber água e encontrei a Mackenzie na cozinha. — Baek se virou para o médico, prontamente interessado. — Ela estava com a mesma cara que a sua, como se tivesse chorado. Até tentei convencê-la a me contar o que houve, mas ela não me deu muitos detalhes. De todo modo, entendi que vocês brigaram. Isso é verdade?

Baek engoliu em seco.

— Sim, senhor, mas a culpa é minha. Se for melhor para todo mundo, eu posso ir embora o quanto antes. Depois eu dou um jeito de pegar minhas coisas.

— Ei, garoto, ninguém está te expulsando. Você é da família. — Colocou a mão no ombro de Baek — Só queria entender o que está acontecendo entre vocês.

Enquanto o dia dava os primeiros sinais do amanhecer, Baek falou tudo o que estava entalado, até coisas que Mackenzie ainda não sabia.

37

Enquanto amanhece e a maré sobe

Baek passou mais de uma hora falando sem parar. As lágrimas desciam quentes e salgadas por seus machucados que cicatrizavam. Revelou que estava na Coreia do Sul naqueles anos de sumiço, os motivos que o levaram para lá e as coisas que havia feito durante sua estadia, das quais se envergonhava profundamente. Era doloroso contar aquilo, principalmente para alguém que um dia desejou chamar de *sogro*. Contudo, se já havia tido esperanças de que Mackenzie pudesse aceitá-lo, desde a noite anterior achava impossível.

Como tudo estava mesmo perdido, acabou com o que sobrou de sua dignidade ao deixar o pai dela ciente de quem ele era.

— Senhor Jones, sou profundamente grato por tudo que fizeram por mim, mas não mereço fazer parte da sua família. Ainda mais depois de tudo que meu pai fez. Sinto muito mesmo... — Soluçou alto e seu peito tremia.

O céu clareou, raios solares os aqueciam, mas o café esfriou na caneca e a maré subiu bastante, a ponto de as ondas molharem seus pés. Logo precisariam sair dali, senão seriam levados pela correnteza.

— Baek, nada disso é culpa sua. — Molinari colocou a mão sobre o ombro do rapaz e o encarou. — Mas acho que preciso ser honesto com você também. Eu me lembro bem quando a sua irmãzinha se foi, é uma imagem tão clara na minha mente que parece ter acontecido ontem. Você e a Mi-suk estavam inconsoláveis, enquanto o Charlie só queria me ver na cadeia. A sua mãe não sabia se chorava pela perda da Yoona, cuidava de você ou tentava convencer o seu pai a me deixar em paz. Em um momento, eu... — O médico fez uma pausa, pressionou os lábios e respirou fundo. — Comecei a acreditar em cada acusação dele, a ponto de não conseguir mais dormir nem trabalhar, porque eu não tinha sossego na minha mente.

Na época, Molinari fora afastado do serviço. Foram duas as causas disso. Uma, seu intenso sofrimento psicológico, e a outra, o fato de ter sido processado por Charlie Fletcher. A direção do hospital achou melhor mantê-lo distante por alguns meses até as coisas se acalmarem. O homem tinha sido acusado de *matar* Yoona por negligência médica, quando, na verdade, a menina já não reagia ao tratamento, e aos olhos da medicina seu caso não tinha mais solução.

— Vivi atormentado por uma culpa que era maior do que qualquer coisa que eu já senti na vida. Pensei que Suellen fosse me deixar, porque se eu era uma pessoa tão ruim assim, ela acabaria pedindo o divórcio e levaria as crianças para o Brasil. Mas ela ficou ao meu lado, me encorajou a não abandonar a terapia e os remédios, contratou o melhor advogado da Califórnia e me dizia várias vezes por dia que eu não era culpado de nada do que estava acontecendo.

A emoção era notória no semblante de Molinari. Seus olhos azuis estavam marejados e a sua voz não era mais grave, mas sim fraca e carregada de um choro contido. O homem se segurava para não explodir em lágrimas.

— O amor dela e dos meus filhos foi o que me sustentou, porque eu estava à beira de um colapso! Porém, não sinto raiva do seu pai e Deus sabe que estou sendo sincero quando digo isso. Acabei aprendendo que foi um milhão de vezes mais fácil perdoá-lo do que a mim mesmo. Eu me culpava tanto que aquele sentimento tinha se tornado um peso diário, como uma mala que eu carregava por aí. O triste é que eu observo o mesmo em você, Baek... um menino com um futuro grandioso pela frente, mas que está se afundando no medo de ser rejeitado por causa de erros que ficaram para trás.

Baek abriu a boca, queria responder, dizer qualquer coisa, mas não conseguiu. Seus soluços se tornaram mais violentos, e ele mal conseguiu ficar de olhos abertos. Encolheu-se como um caracol, escondendo o rosto sobre os braços apoiados nas pernas que tremiam.

— Você precisa se perdoar, rapaz! Esses últimos anos foram muito difíceis para você e, mesmo se voltasse ao passado, a sua versão antiga estava mais quebrada do que essa de agora, então provavelmente faria as mesmas coisas. Não é justo exigir tanto de si mesmo ou obrigar-se a agir com maturidade em uma época em que era apenas um menino que apanhava do pai, não tinha superado a perda da irmã e precisava ser forte pela mãe internada. Por favor, não deixe mais que a sua vida seja dirigida pela culpa ou por se sentir inferior... — Molinari deu tapinhas nas costas do moço, na tentativa de consolá-lo. — E, no que depender de mim, saiba que você tem a minha aprovação para cortejar a minha filha, *quando* as coisas se ajeitarem em seus devidos lugares e você estiver se sentindo melhor consigo mesmo. Porque mesmo se a Macky disser que está apaixonada por você, não surtiria muito efeito em um coração tão machucado quanto o seu. Com o tempo, você acabaria fazendo como eu: duvidando do amor porque não se acha digno de recebê-lo e confundindo o sentimento dela com pena.

Tantas coisas passaram pela mente de Baek Fletcher enquanto derramava sua alma sobre a areia molhada daquela praia, mas em nenhuma delas, nem nos pensamentos mais loucos da sua imaginação, concebeu que o pai da garota que ele amava o aceitaria. Era como se o homem estivesse dando seu bem mais precioso para um pobre coitado que não tinha absolutamente nada para oferecer de volta.

— De todos os homens deste planeta, não confio em nenhum outro para dar a mão da minha filha. Eu conheço você desde pequeno, vi vocês crescerem juntos e sempre soube que gostava dela. E este é o tempo para isso. No passado, se você tivesse me pedido para namorá-la, eu não deixaria porque eram novos demais e você ainda não tinha compromisso com Jesus.

Baek assentiu em compreensão, embora continuasse perplexo. Molinari prosseguiu:

— Mas os erros que me contou hoje, dos quais tem tanta vergonha, não são suficientes para mudar a visão que tenho de você. Na verdade, vejo que está realmente arrependido e que já abandonou todos eles. Pode ter certeza de que já fiz coisas bem piores, garoto! Mas sabe de mais uma coisa? O mesmo Deus que mudou a minha história e me deu uma família linda, é o mesmo que está com você. Por isso, *seja forte e corajoso!*

Nesse momento, Baek se esforçou para erguer a cabeça, mas se sentia zonzo. Encarou Molinari com a visão embaçada e viu o homem sentado ao seu lado. Permanecia com um chapéu do exército e os olhos azuis emanavam compaixão, nada de julgamento. Mais do que um vizinho, era um pai como ele nunca teve.

— É como se seu medo de ser rejeitado estivesse fazendo você *rejeitar* tudo que Deus fez na sua vida e impedindo o Senhor de entregar aquilo que pela *graça* você pode receber. É um presente! Você só precisa aceitar! Mas Jesus não obriga ninguém a viver nesta terra como alguém perdoado. Dói no coração dele nos ver com um peso, porque ele foi para a cruz para que fôssemos livres, mas ainda assim insistimos em viver presos, quando a chave para fora dessa cadeia está em nossas mãos.

Nenhuma palavra saía dos lábios de Baek, e Molinari sentiu que deveria deixá-lo um pouco sozinho, pelo menos por alguns instantes, para que ele pudesse se recuperar.

— Agora, se me der licença, vou tentar pescar alguma coisa, senão a minha mulher vai achar que vim para cá para não fazer o café da manhã das crianças. — Deu mais uns tapinhas nas costas do menino e levantou-se.

Após muitas tentativas de pegar um *peixão*, o homem finalmente se deu por satisfeito e achou que estava na hora de voltar. Fizeram o percurso de volta em silêncio, ouvindo apenas o som das ondas e da brisa marítima. Já na garagem da casa de praia, Molinari procurou em todos os compartimentos do carro um par de óculos escuros para emprestar ao garoto de olhos inchados.

— Achei! Pegue, use isto aqui. Vai ser melhor para nós dois, porque se a minha esposa não me matar por ter feito você chorar na pescaria, a minha filha o fará.

Baek colocou o objeto na face, cobrindo seus olhinhos de jabuticaba, mas não conseguiu esconder o nariz vermelho. Porém, ao entrarem na casa, ninguém notou sua presença ou a do alegre pescador com suas três corvinas no balde, pois estavam preocupados com uma coisa bem mais séria.

— Chris! Pode aparecer! Isso já perdeu a graça! — gritou Mackenzie.

— Ele não está em nenhum dos quartos! — falou Liz, preocupada.

— Nem nos banheiros! — exclamou Thalita.

— Christian, seu chato! Você nem sabe brincar! — disse Sebastian, ao abaixar-se na frente do sofá e procurá-lo debaixo do móvel.

— O que está acontecendo? — Molinari largou o balde no chão da sala.

— Querido, o Chris sumiu há uns cinco minutos! Eles estavam brincando de esconde-esconde, enquanto eu fazia o café, mas o Seb não conseguia encontrá-lo, nem nenhuma de nós! Não fazemos ideia de onde esse menino se meteu!

Um frio correu pela espinha de Molinari e ele precisou de muita coragem para perguntar à sua mulher:

— Amor, por acaso vocês procuraram lá fora, na praia?

Suellen ficou petrificada por alguns segundos. De repente, todos correram para a varanda, onde o portãozinho da escada jazia aberto. Desceram para a areia, gritando pelo nome de Christian. Procuraram debaixo da residência e nas casas vizinhas, e nada.

Baek Fletcher voltava da casa do lado quando observou Luke Skywalker, o cachorrinho dos gêmeos, latindo em direção ao mar. Aflito, olhou na direção das ondas e viu algo se agitar lá dentro. Conseguiu identificar uma pequena mão e fios loiros de cabelo.

— Ele está na água! — anunciou desesperado enquanto corria em direção ao vislumbre do que poderia ser Chris.

Largou pela areia o chapéu, o calçado e os óculos escuros. Rapidamente, seu corpo encontrou o mar congelante e seus olhos arderam pelo contato com a espuma salgada, que havia anos não o tocava, pois prometera a si mesmo que nunca mais entraria naquele oceano desde que a sua irmã se foi.

38

A primeira vez que seus lábios se tocaram

O turbilhão de ondas, areia e espuma não permitiu que Baek visse claramente para onde estava indo. Então, submerso, pediu socorro ao único capaz de ajudá-lo.

Em três segundos decisivos, orou ao Senhor em pensamento para que pudesse encontrar Christian com vida e tirá-lo da água o mais rápido possível. No mesmo instante, um raio de sol penetrou o mar e iluminou o corpinho de um menino loiro, que afundava pouco a pouco. Baek bateu os pés e remou com os braços em direção à criança. Puxou-o pela camisa e fez mais uma oração para que, por milagre, emergissem, porque seu fôlego estava por um fio e o daquele menino se extinguira havia tempos.

Então, uma força sobrenatural o dominou e sentiu uma lufada de ar encher seu peito cansado. Ganhou impulso para chegar à superfície e seus olhos encontraram o céu claro. Porém, uma tontura o dominou. Baek repetia em sua mente que não poderia desmaiar. Abraçou a criança, fazendo de tudo para mantê-lo com a cabeça para fora da água. Avistou Molinari nadando em busca dos dois e, com o resto de voz que lhe sobrava, gritou:

— Leve o Chris! *Agora!* — pediu, com as pernas falhando.

— Tente boiar, não afunde! Eu volto para te pegar! — Molinari gritou, jogando o filho em suas costas para nadar o mais rápido possível até a margem.

— Faça os primeiros-socorros nele, *por favor*, não se preocupe comigo! — implorou, embora uma câimbra absurda cortasse a sua panturrilha.

Molinari olhou para trás, encarou o rapaz uma última vez, e constatou que não teria mesmo condições de salvar os dois, um seguido do outro. Contudo, para a sua surpresa, outra pessoa entrou em ação para resgatar o rapaz. Mackenzie surgiu com uma boia rosa em formato de unicórnio. Ela se jogou na água e nadou até Baek, colocando o objeto debaixo da cabeça dele, e gritou:

— Tente se segurar nisso, eu vou te puxar! Não solte, pelo amor de Deus!

A menina fez o mesmo que ele: rogou ao Senhor que a ajudasse a tirá-lo dali. Sentiu que precisava fazer aquilo, não tinha como esperar por seu pai ou que os guarda-vidas da região fossem acionados. Era uma questão de *vida ou morte*, e nunca se perdoaria se o visse morrer na sua frente, sem ter tentado resgatá-lo. Mesmo se enxergando como uma garota frágil, sentiu uma força sobrenatural se apoderar de seus músculos e conseguiu puxá-lo. Nunca, nem em um milhão de anos, o deixaria para trás.

Entretanto, no meio do percurso, sua visão ficou turva, e o coração dela começou a se agitar quando uma enorme onda os encontrou e os arremessou com violência em terra firme. Mackenzie e Baek foram parar na areia, com a boia ao lado deles. A garota cuspiu a água que ingeriu e enxergou o rapaz inerte. Mesmo se sentindo embriagada pela maresia, ficou de joelhos e começou o processo de primeiros-socorros em seu melhor amigo. Enquanto isso, seu pai continuava tentando reanimar Christian, ao fazer a manobra de respiração. Suellen chorava compulsivamente. Liz e Thalita davam amparo a Sebastian, que estava em choque com aquela situação caótica. Os vizinhos desceram para a praia por causa dos gritos e ligaram para a emergência.

Mackenzie precisou reunir toda a calma que possuía e se concentrou unicamente em Baek, não na tempestade ao seu redor, mesmo que doesse profundamente ver seu irmão sem reagir. Por isso, se esforçou para assumir uma postura profissional, como Molinari, e fazer o possível para salvar Baek Fletcher.

Fez primeiro a respiração boca a boca, tocando seus lábios nos dele pela primeira vez e soprando seu próprio oxigênio em seus pulmões. Em seguida, fez as massagens cardíacas. Continuou até o rapaz voltar à consciência e tossir compulsivamente. Foi tomada por alívio e levantou a cabeça dele para que pudesse cuspir a água sem se engasgar.

— Baek! Olha para mim! — pediu Macky com tapas nas bochechas. — Olha para mim, por favor! Não dorme, está me ouvindo? Fique comigo!

Não foi somente ele que tossiu, a garota escutou murmúrios baixos. Virou-se para trás e viu o pai sentar o irmão na areia e sustentá-lo ereto, enquanto o garotinho vomitava, colocando toda aquela água salgada para fora. Ouvia-se também o barulho das sirenes das ambulâncias se aproximando. Tudo aconteceu em um piscar de olhos: o pequeno Chris e Baek foram socorridos pelos paramédicos. Mackenzie e seu pai também precisaram receber atendimento, pois estavam pálidos e tremendo. Os quatro foram levados para o hospital mais próximo. Somente Suellen os acompanhou, Thalita e Liz permaneceram na casa de praia cuidando de Sebastian. Este chorou muito, pedindo a Jesus para que seu irmãozinho não morresse, e ficou assim até dormir no sofá da sala, abraçado com a senhorita Meirelles.

O dia deles, que começara sorrindo como mais um domingo comum, acabou se tornando um pesadelo que nunca seria esquecido.

39

O perdão cura onde dói

Mackenzie estava deitada na cama hospitalar, grogue e com os pensamentos turvos por causa dos remédios. Mesmo assim, tentou se manter acordada para ficar de olho em Baek.

Desejava ser a primeira pessoa que ele visse quando abrisse os olhos escuros em meia-lua. Contudo, a exaustão a venceu e a garota acabou dormindo enrolada na manta térmica. Não demorou muito para que o coreano se mexesse e deparasse com a brasileira dormindo na cama ao seu lado. Agradeceu a Deus por ver as bochechas dela e a boca com tom avermelhado. Deu um sorriso fraco por se lembrar do dia em que disse a ela que se os dois estivessem naufragando no *Titanic*, ele a colocaria sozinha na tábua flutuante e *morreria* congelado.

Na vida real, aconteceu justamente o contrário: a garota quase teve hipotermia ao salvá-lo.

Baek não se lembrava do que havia acontecido após resgatar Chris e ser arremessado na areia com Mackenzie e sua outra heroína: a boia de unicórnio. Mas tinha uma vaga lembrança de sentir algo macio tocar os seus lábios. Será que ela o tinha... beijado?

A palavra *beijo* era forte demais para descrever uma respiração boca a boca. Porém, outra questão o inquietava: por que ela teria se arriscado para salvá-lo se ele a magoou tão profundamente? Continuou contemplando-a e viu os olhos dela se abrirem.

Deparou com aquela imensidão verde-oliva, capaz de provocar terremotos e cataclismas em seu coração.

— Baek? — sussurrou Mackenzie com um tom de dúvida, como se duvidasse se era ele mesmo ou um fantasma criado por sua imaginação.

— Macky! — chamou-a sem conseguir disfarçar a emoção de vê-la acordada. — Muito obrigado por me salvar — ele disse. Uma lágrima desceu por sua face.

— Sou eu quem precisa agradecer, Baek.

Ela se deitou de lado para ficar de frente a ele, uniu as mãos e as apoiou debaixo do rosto, depois abriu um grande sorriso ensolarado. Baek ficou surpreso.

— *P-pelo quê?* — gaguejou. Como podia ser tão linda mesmo na condição de paciente em um hospital?

— Você salvou o meu irmão! Não consigo nem imaginar o que aconteceria se você não o tivesse resgatado naquele momento.

Baek deu um sorrisinho triste.

— *Agassi,* se fosse preciso, eu o resgataria um milhão de vezes, porque eu amo os seus irmãos, eles são muito importantes para mim. Mas tem uma coisa que não consigo entender e queria pedir que me explicasse.

— Do que você está falando? — Macky franziu a testa.

— Por que você pulou naquele mar, com uma boia de unicórnio, para salvar um cara que partiu seu coração? Por acaso quer ganhar o *Nobel da Paz*? Ou está tentando se tornar uma santa?

Mackenzie soltou uma gargalhada e depois lembrou que eles não estavam sozinhos na enfermaria. Suas bochechas ficaram vermelhas e ela abaixou o tom de sua voz para confessar:

— Eu também entraria naquele mar para resgatá-lo um milhão de vezes se fosse preciso, Baek. Mal consegui dormir esta noite porque senti que peguei muito pesado na nossa última conversa. Tá certo que você partiu o meu coração, mesmo... — ela o fitou severamente. — E não deveria ter escondido aquilo de mim, mas agora entendo o que fez você agir feito um abestado.

— Você está falando sério, *agassi*? — Os lábios de Baek se curvaram em um sorriso torto. — Me perdoou tão fácil assim?

— A gente quase morreu afogado no mar, acha que estou com tempo para ressentimento, garoto? *Aish!*

Foi a vez de Baek gargalhar alto sem querer, o que fez uma enfermeira olhá-lo feio e pedir que fizessem silêncio.

— Espero que não sejamos expulsos daqui! — Macky riu da atitude da mulher e falou mais baixo. — Então, de madrugada, meu pai me encontrou na cozinha e disse algo que me fez refletir muito, sabe?

Narrou como Molinari envolveu seus ombros na penumbra da cozinha e contou a ela que ninguém escapa ileso de ser decepcionado, porque todo mundo algum dia, pelo menos uma vez, já teve o coração partido. A grande questão é o que fazer com os cacos. A pessoa pode escolher agir como vaso de barro ou de vidro. Ambos são frágeis e quebram, porém só os vasos de barro podem ser refeitos pelas mãos de um oleiro. Os vasos de vidro não têm conserto e seus cacos machucam os outros.

— Acabei agindo como um vaso de vidro, que fere outra pessoa no processo. Joguei um monte de acusações nas suas costas, sendo que o conheço o suficiente para saber que iria se culpar muito e ficar péssimo. Mas na hora não pensei, só explodi.

— Macky, você definitivamente quer se tornar uma santa. — Ele uniu as mãos na frente do rosto, como se fosse fazer uma prece.

— Para com isso, garoto — disse ela ao rir dele feito boba.

Ela se moveu para a beira do leito e estendeu o braço. Como as camas eram próximas, tocou no rosto de Baek e fez o que queria: deu um peteleco na testa dele.

— *Agassi!* — berrou ao massagear o local em que ela bateu.

— Eu estou abrindo meu coração e você fica aí com piadinhas!

— O que você quer que eu faça? *Isso?*

Baek esticou-se e segurou a mão dela. Ambos ficaram com os braços estendidos entre as duas camas. Instantaneamente, Mackenzie sentiu o rosto queimar e adquirir um tom rubro, mas não ousou largá-lo. Baek abriu um sorriso que deixava marcas de expressão em volta de seus olhinhos brilhantes. Ele suspirou fundo e perguntou, em um sussurro que apenas ela pôde ouvir:

— Tudo que você se lembra da noite passada foi a parte da briga? Ou quer que eu refresque a sua memória a respeito da minha *confissão?*

40

Você sempre terá um lar para onde voltar

Mackenzie Jones queria, sim, ter a sua memória refrescada, mas não teve a oportunidade. Seus pais chegaram justamente na hora em que eles estavam segurando a mão um do outro e se encarando. No mesmo instante, o rosto de Macky queimou como se estivesse dentro de um forno aceso, e Baek recolheu a mão rapidamente, como quem tinha levado um choque elétrico.

Suellen e Molinari deram uma risadinha e foram até a cama dele. Ambos o abraçaram forte, emocionados, com agradecimentos incessantes pelo que fizera por Chris que continuaram até o dia seguinte, quando retornaram para Venice na tarde de segunda-feira, após todos os hospitalizados receberem alta e estarem fora de qualquer perigo.

A notícia de que estavam em casa correu depressa e à noite uma multidão encheu a residência dos Jones. Embora exaustos da viagem e por terem passado as últimas vinte e quatro horas no hospital, receberam os visitantes com alegria e se sentiram tocados com tanto carinho. Até Chris e Sebastian, que estavam muito abatidos e chorosos, ainda em choque com o que havia acontecido, se animaram com as visitas e naquele momento se esqueceram de qualquer trauma. Corriam pelo jardim, brincando com as outras crianças e Luke.

O cachorrinho também foi um grande herói, pois sem ele Baek não teria encontrado o menino tão rápido na água.

Nesse clima de acampamento, pediram oito pizzas e dezenas de porções de batata frita. Comeram sentados no gramado do jardim e só faltou a fogueira com violão para completar a comunhão inesperada. Cada um ali glorificava a Deus pelo grande livramento que os Jones receberam. Até quem estava com a fé enfraquecida foi renovado ao escutar com atenção o que Jesus fez por eles. Quando já beirava as dez da noite, a multidão foi se dispersando e só restou o pastor Park. O idoso coçou a barba rala e ficou observando Baek recolher os copos vermelhos jogados pelo chão.

— Filho, depois que terminar aí, podemos conversar um pouco? Será rápido, imagino que esteja bastante cansado — o coreano mais velho falou mansamente.

— Podemos, sim, pastor. Só um momento, volto já! — Baek partiu para dentro de casa com o saco de lixo e voltou rapidamente para o jardim.

— Sente-se aqui, filho. — O homem puxou um pufe e apontou para ele se acomodar. — Eu sei que pode parecer bobagem o que vou perguntar agora, mas me diga: como você está? Conseguiu dormir bem na noite passada?

Baek se assustou com o questionamento. Foi tão simples e mostrava uma única coisa: o pastor Park realmente se importava com ele, ao contrário de seu próprio pai. Não fazia ideia se Charlie soubera que ele quase se afogara no mar no dia anterior e que havia ficado internado, mas achava bem provável que sim, pois o ocorrido fora noticiado em jornais locais. Contudo, não recebeu sequer uma ligação do homem.

— Sendo sincero, não sei bem como eu estou, pastor. Embora esteja aliviado por não ter acontecido o pior, mal dormi essa noite. Sonhei que me jogava ao mar outra vez para procurar alguém e encontrava uma criança boiando. Quando a olhei mais de perto, percebi que era eu mesmo, com uns dez anos de idade. Mas eu era o único que estava à minha busca... — Baek coçou a nuca e bagunçou o gramado com a ponta do sapato, encarando o chão e evitando olhar para o ministro.

— Filho, você tem se sentido perdido e abandonado?

— Infelizmente, sim... — suspirou pesadamente. — Apesar de saber que Jesus me encontrou e que me tornou seu filho, a paternidade é um assunto que ainda me dói muito, sabe?

— Você acha que consegue me falar mais a respeito disso?

O jovem assentiu e contou ao homem que desde a semana anterior estava morando com os Jones porque tivera um desentendimento com o pai. Na hora, o pastor entendeu quem tinha feito aquilo com o rosto dele, pois sabia do histórico de violência de Charlie, assim como o do avô de Baek. O patriarca da família Fletcher era um velho conhecido de Park, dos tempos em que o pastor não era convertido e frequentava os bares da região. Em uma noite de bebedeira, escutou o pai de Charlie dizer que batia nos filhos para "torná-los homens de verdade". Naquele mesmo dia, viu a esposa do homem e o pequeno Charlie aparecerem no bar para buscá-lo, pois o camarada estava embriagado demais para conseguir ir sozinho. Ali viu o menino ajudar o pai a se levantar e notou o rosto da criança bastante machucado.

— Os Jones me tratam como se eu fosse da família e sou muito agradecido por isso, mas sinto que não seria sábio continuar morando aqui, pastor, nem que seja por poucas semanas. Porque eu sou apaixonado pela filha deles e fico com medo de algo acontecer, entende? Não quero perder a confiança do senhor Jones e muito menos trazer problemas para a Macky. Só que eu não tenho para onde ir. O dinheiro que eu trouxe da Coreia não é suficiente para pagar aluguel e comprar comida. Também não quero ficar dependendo dos meus avós maternos, porque eles já me ajudaram demais enquanto estive com eles na Coreia nesses últimos anos.

Baek se calou e o encarou com angústia. O pastor soltou um suspiro.

— Não se preocupe com mais nada. Eu sei onde há lugar para você.

— Sabe? — Baek perguntou confuso.

Park sorriu.

— Desde que Beom, nosso filho mais novo, se mudou para servir como missionário na Coreia, ponderamos sobre alugar o porão, mas nunca levamos isso adiante. Agora sei o motivo.

— Mas... — Baek tentou interromper, mas o homem não permitiu.

— Lá tem uma cama enorme e uma tevê gigantesca, além de uma cozinha equipada, um ótimo banheiro e uma porta que dá direto para o quintal. Tudo o que um jovem precisa, com autonomia e privacidade. Você pode ficar com a gente pelo tempo que precisar.

O pastor foi surpreendido pelo abraço apertado que recebeu de Baek, quase sufocando-o de gratidão:

— M-muito o-obrigado, pastor P-park! — gaguejou ao agradecer.

— Isso que você está vivendo é apenas uma fase, filho, e ela se chama deserto. — O homem apoiou a mão no ombro dele, e Baek o fitou com atenção. — Sem dúvidas, Deus está preparando você para algo grande! Porque ele nunca o desamparou em nenhum dos momentos difíceis pelos quais você passou. Não seria agora que iria deixá-lo. Ele prometeu que estaria conosco até a consumação dos séculos, lembra? Nem sei quanto tempo é isso, mas parece bastante coisa, não? — O pastor deu outro abraço nele e o consolou como se estivesse confortando o próprio filho. — Ah! Eu já ia me esquecendo, mas tenho outro convite para fazer. O missionário Ryu precisará voltar para a Seul mais cedo e não poderá mais pregar no Aviv Movement! Estive orando desde então e no meu coração só me vinha você, Baek! Topa levar a palavra no dia do evento? Será no último dia de verão e vai acontecer na praia de Santa Mônica!

O pobre Baek mais pareceu um pisca-pisca de Natal pelo tanto que seu rosto mudou de cor. Como assim ser chamado para *ministrar* na frente de uma multidão?

Antes, porém, que sequer pensasse em dizer *sim*, soube, em seu coração, que precisava fazer uma coisa: conversar com o pai, frente a frente, e tentar perdoá-lo, nem que fosse pela fé.

Sabia que essa seria a chave que abriria as portas para o próximo nível, por mais arriscado que fosse dar esse passo depois de ter sido tão machucado.

41

E se este for seu último dia?

Apesar de as duas propostas do pastor Park terem pegado Baek de surpresa, na manhã seguinte o rapaz acordou decidido do que faria. Durante o café, conversou com os Jones, avisando-os da mudança. Sabia que se continuasse ali por mais tempo, a decisão de ir embora se tornaria mais difícil, principalmente por causa do apego das crianças a ele.

Embora Mackenzie não tenha ficado muito feliz com sua partida, se ofereceu para levá-lo até a casa do pastor. O problema é que no caminho ele tinha um plano em mente e não queria envolvê-la nisso.

— Por que não quer que eu te leve? É só colocar as coisas na caminhonete! Cabe tudo na carroceria e ainda posso te ajudar a organizar tudo lá.

Eles estavam parados na garagem que dava para a rua principal. A garota cruzou os braços, insatisfeita.

— Macky, acho que não seria uma boa ideia e o pastor já se ofereceu para me ajudar na mudança.

— Por que não seria? Está escondendo alguma coisa de mim? Você sabe por experiência própria que isso não é nada recomendável.

Baek suspirou fundo e bagunçou os cabelos, enfiando os dedos de ambas as mãos nos fios lisos e escuros. O movimento ressaltou os músculos definidos de seus braços, sobressaindo na camisa de algodão.

— É que vou ver o meu pai na loja e...

— *O quê?* — A menina se sobressaltou. — Eu sei que pedi para perdoar o senhor Fletcher, mas isso não quer dizer que precisa se colocar em perigo! Por que você não espera a poeira baixar? Um dia desses ele jogou suas coisas pela janela.

— Eu sei que isso não faz sentido, mas *sinto* que preciso fazer isso e tem que ser hoje, senão depois talvez eu não consiga.

— Então vou com você. — Ela fez um bico de quem não aceitaria ser contrariada.

— O senhor Jones vai me matar se eu fizer isso, e sou jovem demais para morrer. Eu quero me casar e ter filhos com a mulher que eu amo — disse, sério.

Mackenzie torceu os lábios para não rir do rapaz apaixonado, mas não conseguiu se segurar. Soltou uma gargalhada alta que sacudiu seus ombros.

— Não sei quem será essa pobre alma, mas darei muitas dicas a ela de como te aturar, principalmente nos momentos em que você age como um *cabeção*.

— Fique tranquila, ela e eu somos amigos desde pequenos, e se tem uma coisa que ela sabe fazer é me aguentar. — Deu uma piscadela.

Mackenzie semicerrou os olhos verde-oliva e balançou a cabeça negativamente.

— Quem te viu, quem te vê, hein, Baek Fletcher? Não sabia que estava cheio das *amiguinhas* de infância! É assim que conhecemos quem são os de verdade.

— *Agassi!* Você sabe muito bem de quem estou falando.

— *Eu sei?* — Deu de ombros e revirou os olhos. — Talvez tenha sido a brisa marítima ou a água de Malibu que me fez esquecer. Porque não me lembro.

Baek andou calmamente até Mackenzie, sem tirar os olhos dos dela e, a cada passo, abria mais seu doce sorriso. Quando a alcançou, colocou as mãos em volta do rosto dela e a acariciou.

— Prometi ao seu pai que não faria nenhuma proposta até que as coisas na minha vida estivessem resolvidas. Então, por favor, não torne tudo mais difícil do que já é, *agassi*. Tenho lutado contra mim mesmo cada vez que eu te vejo, mas não posso atropelar o processo nem pular etapas. Só me diga uma coisa: você aceita esperar que este homem quebrado seja reconstruído?

Mackenzie ficou sem palavras, conforme seu coração dava piruetas em seu peito e ameaçava sair pela boca a qualquer instante. Baek riu e apertou as bochechas da menina, como fazia quando eram crianças.

— Vou entender esse silêncio como um sim. Agora me deixe dirigir e prometa outra coisa: quando chegarmos lá, você vai permanecer no carro, está bem? A minha conversa com o meu pai será rápida, não vou deixá-lo me machucar.

Como se não bastasse o terremoto que ele provocou, Baek teve a audácia de dar um beijo, rápido e suave, na testa de Mackenzie. Depois, saiu para pegar suas coisas e colocá-las na carroceria da caminhonete vermelha, como se nada tivesse acontecido.

Aquele era o primeiro beijo na testa que ela havia recebido de um garoto!

Era muito difícil para ele entender que qualquer coisa que fizesse ou dissesse, até mesmo pensasse, para ela seria a primeira vez?

— Macky? — chamou-a de volta à terra.

— *Hã?* — respondeu, toda bobalhona, com a mão na testa.

— A chave.

— Chave? Que chave?

— A do seu carro — ele riu. — Ei, vamos.

Abriu a porta do veículo para ela, tocou em suas costas para conduzi-la ao assento e colocou a outra mão na altura de sua testa para que ela não batesse a cabeça ao entrar. A garota continuou calada, Baek estranhou o silêncio, mas imaginou que Macky tinha muita coisa para processar. Somente quando chegaram à rua do Jeong's a brasileira acordou de seu entorpecimento e se esforçou para falar calmamente:

— Você não precisa fazer isso se acha que pode não conseguir. Ninguém está te obrigando, Baek. Você já passou por muitas coisas estressantes nesses últimos dias. Apanhou do pai, foi expulso de casa e quase morreu afogado no mar.

— Eu sei.

Macky suspirou ao constatar que ele não tinha um semblante de quem mudaria de ideia.

— Você realmente levou a sério o pedido do apóstolo Paulo de imitá-lo, porque só ele, Jesus e você passariam por tantas coisas assim sem desistir.

Essa frase o fez tirar a visão da loja e virar o rosto na direção dela.

— Por favor, Macky, não se preocupe comigo. Eu... eu preciso fazer isso apesar dos riscos. É uma certeza muito forte, sabe? Sinto que é Deus me mandando vir.

— Tudo bem... — ela suspirou, vencida. — Vou estar aqui orando por você. Mas, por favor, tome bastante cuidado, está me ouvindo? Não se machuque outra vez.

Vê-la tão preocupada, como se ele fosse precioso demais até para ralar o joelho, o aqueceu por dentro. O calorzinho interno durou poucos segundos, pois quando retornou a sua atenção para a rua, avistou uma moto estacionada na frente da loja. O dono dela usava um moletom preto, tinha a cabeça coberta com capuz e o rosto escondido numa máscara. Usava um spray de tinta para pichar uma frase na cerca de madeira que rodeava a conveniência. — Meu Deus, de novo, não! — Mackenzie exclamou ao ver a cena. — Quando você esteve fora, picharam várias vezes a fachada do mercado, mas acho que isso nunca tinha acontecido em plena luz do dia. Esse cara com certeza quer arrumar briga com o seu pai.

— Fique aqui e ligue para a polícia. — Baek abriu a porta do veículo e saiu em disparada.

Contudo, seu pai foi mais rápido. Charlie nem quis conversar, pulou em cima do homem agachado e desferiu golpes em sua cabeça. Os clientes correram para fora do estabelecimento, gritando, enquanto Fletcher continuava dando socos no homem encapuzado. Porém, a forma como o motoqueiro se defendeu foi fatal. Ele puxou uma faca da cintura e golpeou Charlie com o objeto, atingindo sua barriga. Instantaneamente, uma mancha vermelha apareceu na camisa branca. Apressado, o criminoso levantou-se num pulo, deixando o homem ferido no chão, e em poucos segundos subiu na moto, ligou-a e velozmente pilotou para o mais longe possível do caos que ele havia criado.

— *Papai!* — Baek gritou ao se ajoelhar ao lado dele e colocar a cabeça do homem sobre suas pernas. — Não durma! Tente ficar acordado, por favor!

Enquanto falava com a polícia, Mackenzie presenciou o ocorrido e pediu que a central acionasse uma ambulância para o local. De forma ágil, rodeou o carro, abriu uma das caixas da mudança, pegou duas roupas grossas e correu até eles.

— Vou avaliar o ferimento, está bem? — Dobrou uma das roupas ao meio. — Coloque isto, com muito cuidado, debaixo da cabeça dele e o mantenha deitado.

Baek recebeu a vestimenta com as mãos trêmulas. Olhou para cima e encarou Mackenzie.

Ela notou as lágrimas descendo pela face do garoto. A menina engoliu em seco e precisou se concentrar no homem machucado. Levantou a blusa de Charlie, ouvindo seus gemidos de dor, e viu que a arma tinha sido removida do abdome. Notou também que ele estava ficando pálido e com a respiração acelerada. Então, cobriu o ferimento com a outra roupa e pediu:

— Pressione isso aqui para estancar o sangramento. Ele vai ficar bem! — disse mais para acalmar Baek do que por acreditar nisso, pois em sua avaliação era um caso muito grave.

— M-m-me... — Charlie balbuciou — Me deixem... — tossiu e revirou os olhos azuis — ... morrer... N-n-não... façam nada. Me deixem morrer!

— Papai! — Foi tudo que Baek conseguiu dizer.

— Baek, se concentre no ferimento. Continue estancando o sangramento!

— E-eu não mereço... — Tossiu mais uma vez. — ... continuar vivo.

— *Não!* — gritou seu filho. — O senhor é tudo que me restou. Nós não vamos deixá-lo morrer!

Baek pôde ouvir ao longe o som de sirenes se aproximando, enquanto uma pequena poça de sangue se formava abaixo do corpo de Charlie Fletcher.

— M-m-me deixe ir... ficará livre de mim... para sempre... — falou o homem com esforço.

Quando fechou a boca, olhou para a cerca da loja e, apesar da visão turva, conseguiu ler a frase xenofóbica que já fora gravada ali dezenas de vezes:

Vazem daqui seus porcos.

Pichada pelo membro de um grupo racista que odiava os asiáticos e exigia que fossem embora do país. Infelizmente, não havia sido a primeira tentativa de homicídio deles e talvez não seria a última. Havia um número expressivo de ataques contra aquele povo e centenas de denúncias eram feitas. Embora Charlie fosse norte-americano, tornou-se um alvo por administrar um estabelecimento sul-coreano. Ainda tentou manter os olhos abertos, queria enxergar seu filho, pois ao vê-lo se lembrava de Mi-suk.

Ela foi o grande amor de sua vida, e ele nunca conseguiu superar sua morte. Essa dor latejava todos os dias, mesmo que pouco falasse sobre isso. Todo esse acúmulo de dores não ditas por anos o fez explodir em violência e agora escorria para fora dele, no sangue que se derramava pelo asfalto.

— E-eu ia fazer isso... c-colocar um fim... então... me deixe ir.

— Estas foram as suas últimas palavras antes de fechar os olhos.

42

A vida é como um montanha-russa

Quinze anos antes

— Filho, você quer mesmo andar na montanha-russa sozinho? — Charlie perguntou ao menino que segurava firmemente em sua mão.

O garotinho arregalou os olhos angulares e encarou o pai.

— Eu já tenho oito anos! — Baek respondeu com toda a convicção que possuía.

— Pois vai lá, *garotão de oito anos!* — a mãe interveio sorridente.

Foi o que bastou para o menino se soltar do aperto de Charlie e correr rumo à fila do brinquedo. Para um rapazinho tímido, essa foi uma atitude e tanto.

Baek virou-se para trás e acenou alegremente para a família. Estava empolgado para sua primeira vez em uma montanha-russa. Apesar de ter seus oito anos, como ele mesmo enfatizou, a partir daquele dia passou a acreditar que viver era como se aventurar naquele brinquedo. Porque, após meia dúzia de dores, percebeu cedo demais que a existência humana era cheia de altos e baixos.

A verdade é que sentia que havia mais baixos que altos. Imaginou que a vida era como entrar em um brinquedo daqueles em um parque de diversões como o Pacific Park no píer de Santa Mônica:

com a promessa de que ficaria tudo bem ao final, mas com um processo difícil de se enfrentar até pisar na linha de chegada.

Mais tarde ele compararia os momentos mais tranquilos em sua jornada àquela subida íngreme, em que sentia o vento bagunçar seus cabelos lisos. Nela se podia apreciar a vista e contemplar o imenso Oceano Pacífico a oeste, ao redor do brinquedo cheio de curvas.

Baek viu sua família lá embaixo acenando para ele, então despencou em uma descida extremamente veloz, achando que seu fim seria ali mesmo. A sensação era de que aquele desconforto comprimindo seu peito acabaria com seu pobre coração, pois quem sabe aquela dor fosse insuportável demais para aguentar.

Okay. Por que uma criança como ele estava em um brinquedo tão pavoroso em plena praia de Santa Mônica? Uma montanha-russa de pequeno porte montada sobre uma superfície de madeira não era assombrosa, mas aos olhos de um menino tudo era mais assustador. Além do mais, para *aquele* menino em específico, não era tão fácil se manter otimista.

Com o passar dos anos, era assim que continuava se enxergando: como alguém despencando em uma queda livre com o coração batendo rápido, como se fosse parar a qualquer instante. Em alguns momentos até desejou que parasse mesmo, porque, assim, toda aquela dor teria um fim.

Porém, a sua melhor decisão sempre foi perseverar.

Embora se diga por aí que as meninas amadurecem mais rápido, a verdade é que os meninos que não escolheram receber tantas cicatrizes, assim como ele, também acabam sendo empurrados para um crescimento acelerado. Tão veloz quanto o vagão amarelo do trem da montanha-russa serpenteando sobre os suportes de ferro bronzeados, que diminuiu a velocidade de repente, deslizou devagar e preguiçoso sobre os trilhos. Naqueles segundos de paz, conseguiu contemplar mais uma vez seu pai e o oceano incrivelmente azul da Califórnia.

— Papai, cadê a... — Baek tentou gritar lá de cima.

Notou que nem todos estavam ali, faltavam duas pessoas. Então, a mente do rapazinho nem teve tempo de se preparar para a segunda queda livre na montanha-russa. Àquela altura nem se lembrava mais da primeira queda. Seu corpo sentiu novamente a dor de ter o peito comprimido no suporte de segurança para mantê-lo no carrinho e a certeza de que seu fim estava próximo.

Contudo, descobriu naquele dia que seu fim não havia chegado, mas o de uma pessoa que muito amava, sim.

Quando deixou o brinquedo, quis colocar todo o almoço para fora, cambaleou para junto do pai e se esforçou para parecer que estava bem. *Sim*, as crianças também sabem fingir. Logo investigou o paradeiro dos demais membros de sua família, mas ouviu alguém chamar seu nome. A voz estridente vinha da roda gigante, e era um grito tão conhecido que nem precisou enxergar a interlocutora para se certificar de quem era.

— *Cookie...* — Era como Yoona o chamava. — Olha eu aqui!

Desde esse episódio em sua infância, havia noites que em seus pesadelos ele não estava em uma montanha-russa, mas sim em uma roda gigante. Ali não havia nenhuma multidão desconhecida, somente o mar se estendendo no horizonte rosado. Enxergava o pai ao seu lado e a mãe toda sorridente acenando para ele. O problema é que em seus sonhos sempre estava faltando alguém, aquela velha sensação de vazio misturada com saudade. Assim, durante esses pesadelos, voltava a ser um menino de oito anos, mas o tempo passou e era um homem do lado de fora desse sono, ainda se perguntando onde *ela* estaria, a pequenina de olhinhos tão miúdos quanto sua estatura. A menina que carinhosamente o chamava de Cookie, porque dizia que ele tinha os olhinhos tão redondos quanto um biscoito.

— Filho, temos algo para conversar com você... — Mi-suk Fletcher anunciou.

— O que foi que eu fiz? — perguntou na defensiva.

— Nem tudo é sobre você, rapazinho! — Bagunçou o cabelo de Baek e deu um sorriso sem graça alguma, com a tristeza visível em seus olhos. — É sobre sua irmã...

— O que tem ela? O que a Yoona fez?!

Era tudo que a mente do garoto se perguntava: *O que acontecerá com ela? Ficaria de castigo e sem sobremesa naquela noite?* Porque não fazia ideia que antes mesmo de Mi-suk e Yoona descerem da roda gigante, o vendaval já fora instaurado, só não havia percebido ainda porque era jovem demais para decodificar os segredos do mundo dos adultos.

Sua mãe se agachou na frente dele, reunindo toda a coragem para dizer o que estava evitando havia semanas. Porém, o garoto correu para longe. Andou por todos os lugares possíveis da orla, foi parar próximo ao mar. Ao sujar os pés com a areia molhada, não havia mais saída, o nó na garganta estava lá e seus olhos transbordavam águas mais salgadas que oceanos inteiros.

Nesse caos, obrigou-se a fazer uma promessa a si mesmo: nunca mais entraria naquele mar, nem andaria na roda gigante, nem se aventuraria naquela montanha-russa. Pelo menos era o que achava até que o cinza de seus dias fosse pintado de lilás e renunciasse seus medos pela pessoa que ele sempre havia amado em segredo.

43

O medo de receber a pior notícia

Baek Fletcher tinha perdido a noção do tempo. Poderiam ter se passado semanas desde que seu pai dera entrada na emergência do Saint Louis Hospital, porém fazia apenas quatro dias. O rapaz se perguntava, a todo momento, se também o perderia.

Ele era assombrado pelos últimos anos de vida de sua irmãzinha, sua primeira e terrível perda. Lembrou-se da criança sem nenhum fio de cabelo, lutando contra o câncer que atingira seu sistema imunológico. No dia em que soube do diagnóstico dela, seus pais o levaram para o píer de Santa Mônica com a desculpa de brincarem no Pacific Park e assistirem ao pôr do sol na praia. Foi a sua primeira vez andando na montanha-russa. Era como estar no topo do mundo, ele se sentia tão grande. Mas só tinha oito anos. E quando desceu do brinquedo recebeu uma das piores notícias de toda a sua vida.

— A Yoona está *dodói*. Ela tem uma coisa chamada Linfoma de Hodgkin, é uma... uma doença bem chatinha. Mas conversamos bastante com o papai da Macky e ele nos assegurou que sua irmã vai se recuperar logo. Não quero que fique preocupado, viu? Quando estivermos com ela no hospital...

Baek arregalou os olhos. *Ela teria que ficar no hospital?*

— ... a senhora Jones vai te receber na casa dela e cuidará de você.

— Como você tem tanta certeza de que a Yoona vai ficar bem? E se... e se... — questionou ao jogar para baixo as mãos de sua mãe e se afastar dela.

Mi-suk deixou o menino correr por toda a praia de Santa Mônica, desnorteado, pois queria que ele extravasasse aquela dor à sua própria maneira. Apesar de ele não entender exatamente em que a doença consistia, soube pelo nome difícil e pela forma como a mãe havia contado que não era algo simples.

E se o pai de Macky estivesse errado? E se Yoona não se recuperasse nunca?

O tempo mostrou que o medo dele era real. Após lutar bravamente contra o câncer por longos anos, Molinari Jones os chamou em sua sala e detalhou todo o prognóstico do caso de Yoona. Enfatizou que o tratamento não era mais capaz de combater as células cancerígenas, que haviam se espalhado por todos os órgãos internos da menina. Charlie não reagiu bem.

— Você disse várias vezes que crianças e adolescentes com essa mesma doença têm oitenta por cento de chances de cura! — ele esbravejou, apontando o dedo para o médico. — Nós investimos tudo que tínhamos nesse *maldito* tratamento! E agora você me diz que ele não pôde destruir a *praga* desse câncer da minha filha? Me explica, Molinari, por que a Yoona faz parte dos vinte por cento?

Molinari travou os dentes, lançando um olhar dolorido aos amigos.

— Eu sinto profundamente.

Charlie ficou totalmente fora de controle. Levantou-se da cadeira, voou para cima do médico e o puxou pelo colarinho. Gritou com o rosto próximo ao dele:

— Você *sente*? Sente? É o que tem para nos dizer?!

— Não há mais nada que eu possa fazer. — Molinari balançou a cabeça e baixou o olhar. — Eu *realmente* sinto muito.

— O que eu vou fazer com esse seu *"sinto muito"*, me diz? Ele é algum antídoto por acaso? Vai tirá-la daqui são e salva? Eu confiei em você, Jones! Sabe quantos hospitais maiores existem nos Estados Unidos e em Seul? Mas *nós* confiamos em você! Se minha filha morrer, vou arrastar você para a cadeia!

— *Yeobo!* — Mi-suk o chamou de querido em coreano e o puxou pela barra da camisa. — Gritar com o senhor Jones não vai mudar nada! Vamos levar a nossa filha para casa e deixá-la passar os últimos dias ao lado do irmão. É o melhor que podemos fazer por ela.

Charlie soltou o médico, caiu na cadeira e enterrou o rosto nas mãos. A partir dali, as lágrimas se tornaram tão frequentes e costumeiras quanto o sol durante o dia, as estrelas à noite e a brisa fria na madrugada.

Yoona partiu em julho, no meio do verão, e levou consigo toda a alegria da família. Nos primeiros meses, Mi-suk tentou ser forte pelo marido e o filho, contudo ela se sentia extremamente sozinha dentro do próprio lar. Isolou-se do contato com os vizinhos e evitava conversar com os pais, porque tinha medo de chorar durante a ligação. Até que, em uma manhã de inverno, depois de reabrirem o mercado da família, encontrou consolo em uma garrafa verde.

Tudo começou com uma única dose de soju. Ela não bebia desde a descoberta de sua primeira gravidez. Mi-suk gostou da sensação de ser entorpecida pela bebida. Era melhor do que se abrir com as pessoas que se preocupavam com ela. Não via mal nenhum em beber uma dose de vez em quando, dizendo a si mesma que nunca perderia as estribeiras, que a bebida nunca a afetaria. Assim, entre pequenas doses, ela abriu brechas. Foi se perdendo aos poucos, afundando-se em um vício que entrou sorrateiro e inofensivo. Assim como tudo o que pode nos destruir nunca começa grandioso.

Seu marido chegou a interná-la em uma clínica de reabilitação, e ali descobriram que o caso dela progredira para uma hepatite alcoólica. Ela chegou a ser transferida para um hospital de referência, fez os tratamentos médicos necessários, mas recusou-se a receber acompanhamento psicoterapêutico. Então, recebeu alta e foi para casa.

Baek ficou radiante em ter a mãe de volta. No entanto, meses depois a mulher começou a beber escondida. Charlie descobriu e ameaçou pedir o divórcio, porém, maior que a decepção que sentia em vê-la naquela situação, era o amor que o mantinha lutando por sua esposa, persistindo nos momentos em que ela desistia de si mesma.

Ele fez tudo o que estava ao seu alcance e lutou com tudo que possuía para ajudá-la. Mas, em uma noite de inverno, recebeu mais um diagnóstico médico: o quadro dela evoluíra para uma cirrose que comprometeu o funcionamento do fígado, do pâncreas e dos rins.

Nenhum tratamento poderia mudar seu quadro, a não ser que algum milagre ocorresse. Porém, a cura não veio. Após a formatura de Baek no ensino médio, Mi-suk partiu. Por isso, a dor do luto voltou com tanta força ao ver o pai internado. Baek estava sentado em uma das cadeiras da sala de espera do Saint Louis Hospital, quando uma voz familiar o chamou e o tirou desse poço de lembranças:

— Baek? Está me ouvindo? Estou falando com você.

Ele levantou a cabeça e deu de cara com uma garota loira de cabelos cacheados. Sempre que podia, Mackenzie ia para lá e ficava ao lado do rapaz. Ela se revezava com o pastor e os avós paternos de Baek, para não o deixar sozinho. Molinari o visitava com mais frequência por trabalhar ali, mas o garoto mal conversava. Ficava parado, ouvindo suas palavras de ânimo como se escutasse um programa de rádio.

— Posso ficar um pouquinho com você? — Mackenzie perguntou.

Ele apenas assentiu com a cabeça, confirmando. Ela tomou o assento perto dele, cruzou as pernas e abriu a bolsa, tirando de lá um caderno de capa lilás.

— Só hoje consegui abrir o presente que você me deu de aniversário, acredita? Acho que manchei a pintura de tanto chorar sobre ela. De aquarela, acabou se tornando lágrimas sobre tela. — Riu baixinho da própria piada. — Óleo sobre tela? Entendeu? — Manteve seu sorriso fraco, mas Baek não esboçou nenhuma reação, fechado em seu casulo. — Aí eu vi que atrás tinha uma coisa grudada e era isto... — estendeu o caderno a ele.

— Agora é seu — respondeu seco, ao continuar com as mãos abaixadas.

Mackenzie percebeu que ele estava exatamente como em épocas passadas. A mesma tristeza e vazio no olhar, como se não houvesse mais esperança para Charlie.

— Não posso aceitar, Baek, eu sei que você precisa dele. Pegue.

— O que eu vou fazer com isso agora? — indagou mal-humorado.

— Como você não consegue falar, escreva! — Pousou o objeto no colo dele.

Nesse instante, uma enfermeira se aproximou deles e mirou o rapaz.

— Com licença, você é o filho do senhor Fletcher?

— Sim! — Segurou firme o caderno e deu um pulo do assento.

— Você pode me acompanhar, por favor?

Tanto Baek quanto a garota tremeram, esperando, inconscientemente, *aquela* notícia. A pior coisa que se pode dar a um filho que aguarda o retorno do pai.

44

Quem muito ama, muito perdoa

— Eu posso ir também? Estou cadastrada como visitante e sou *quase* da família! — pediu Mackenzie. Baek virou o rosto e, confuso, mirou a brasileira.

— Claro, senhorita. Venham comigo.

Os dois a seguiram, e o rapaz caminhou ouvindo as batidas do seu coração nos ouvidos. Sentia que a cabeça iria explodir. Mas espantou-se por irem em direção aos leitos da enfermaria, não para a área da UTI onde seu pai foi internado.

— Por que estamos aqui? Ele foi transferido? — Baek perguntou com os olhos ardendo e a voz fraca.

— Sim, não é um milagre? O senhor Fletcher reagiu muito bem ao tratamento desta noite, o que surpreendeu a todos nós, e já informamos aos seus avós e eles estão a caminho! — A jovem parou em frente ao quarto. — Como ele ficou consciente após quatro dias entubado, pode estar desorientado, então converse com ele com calma.

A mulher os deixou e foi para o final do corredor, entrando em outra sala.

— Deixa eu ajudar com isso — Macky disse ao estender a mão para pegar o caderno e guardou na mochila dele. — Respira, tá bom? Seu pai está fora de perigo.

Ela o envolveu em um abraço e viu o rapaz se encolher.

Massageou suas costas e deixou que ele ficasse assim pelo tempo que precisasse para se restabelecer, nem que durasse uma eternidade.

— Você acha que consigo perdoá-lo? — ele inquiriu com a voz abafada.

— Acho que você já o perdoou, apenas não se deu conta disso.

— O quê? — Afastou-se do abraço o suficiente para mirá-la.

— Quem muito ama, muito perdoa, Baek, e se tem uma coisa que você demonstrou nesses últimos dias é que ama muito seu pai. É justamente esse amor que perdoa as falhas, reconstrói relacionamentos fracassados e renova alianças desfeitas. E se você não tivesse sido sensível ao Espírito Santo, ignorando as vozes ao redor, não teria chegado exatamente na hora em que o Charlie foi atacado. Você apareceu no momento certo! Consegue perceber agora como tudo faz sentido? Seu retorno para cá não foi sem razão. Havia um propósito e, no percurso, você ainda salvou o meu irmão. Nem consigo imaginar o que teria acontecido se você não tivesse voltado!

Como o garoto estava com as costas curvadas, Mackenzie conseguiu unir a sua testa à dele. Ficaram com os rostos próximos, dividindo a mesma respiração. Ela fechou os olhos e tomou coragem para dizer:

— Tenho muito orgulho do homem que você se tornou, Baek Fletcher. Talvez você tenha me dado o caderno para me fazer olhar para seu passado e, no fundo, me afastar por causa dos erros que cometeu, mas saiba logo de uma coisa, de uma vez por todas: mesmo se seu dia não estiver sorrindo, continuarei ao seu lado. Não vou embora. Até quando eu estiver em Stanford, meu coração permanecerá aqui.

— Você está dizendo que...

— *Shhh.* — Colocou o dedo indicador sobre os lábios dele. — Você precisa ver o seu pai. Entre logo nesse quarto, senhor Fletcher!

Mackenzie arrastou a porta de correr do quarto e deu um empurrãozinho para Baek entrar. Lágrimas banharam o rosto dele imediatamente, quando avistou o pai acordado, deitado no leito. O homem encarava-o fixamente e começou a balbuciar algo, porém, como tinha saído da intubação havia poucas horas, sua fala soou baixa e rouca.

— *Filho...* — sussurrou com lágrimas deslizando em sua face pálida. — Eu... — Seus lábios estavam trêmulos. — *Sinto muito. Eu realmente sinto muito.*

45

Os primeiros passos da reconstrução

— Me perdoe... Prometo que daqui para a frente tudo vai ser diferente. Eu vou me esforçar para ser o pai que você merece.

Com a visão turva, Baek acelerou seus passos para abraçá-lo com cuidado, por temer magoar os ferimentos que lutavam para serem sarados.

— Papai, eu já o perdoei! Nada mais do que aconteceu importa.

Sem conseguir segurar a enxurrada de lágrimas, chorou com a cabeça encostada no ombro de Charlie, como uma criança perdida que acabara de ser encontrada. Sentia falta daquela sensação de lar. Era como achar um brinquedo favorito do qual havia perdido as esperanças de ter outra vez.

As palavras de Jesus nunca fizeram tanto sentido. *Quem muito ama, muito perdoa.* Naquele momento era somente isso que tinha para oferecer ao homem que tanto o feriu: amor.

— Mas o senhor pode me contar uma coisa? Preciso que seja sincero. — Ergueu-se e passou as mangas do moletom no rosto para enxugá-lo. — Lembra-se do que nos disse antes de perder a consciência? De que pediu para o deixarmos morrer porque queria acabar com tudo?

— Sente-se, filho... Acho que vai demorar um pouco até que eu me explique.

Baek puxou a poltrona branca e acomodou-se de modo que pudesse ficar perto do pai.

Charlie contou que desde que Mi-suk falecera, sentia uma tristeza que nunca ia embora, uma angústia que tirava sua paz. Além disso, tinha pensamentos que apareciam de vez em quando. Pensamentos de que era melhor desistir porque, no fundo, não tinha mais razões para continuar. Havia anos sobrevivia sem um único propósito, e bastava se lembrar de suas perdas para a agonia aumentar.

— Se o senhor estava tão mal, por que me mandou embora?

— Porque se tornou doloroso demais olhar para você. Não que a culpa fosse sua, mas sempre que eu te via eu me lembrava da sua mãe, e qualquer coisa que você fazia ou dizia me deixava irritado. Toda vez que eu... — suspirou com dificuldade — ... te batia, aquilo doía em mim também. Eu percebia que estava agindo igual... igual ao meu pai. Então eu bebia, o que piorava a situação, pois me lembrava dela.

— Da minha mãe — Baek completou com o olhar triste.

Charlie concordou em silêncio.

— A única pessoa com quem consegui falar um pouco sobre isso foi a minha sogra. Ela aceitou quando eu pedi para você ir para Seul ficar um tempo com eles, pelo menos até que eu melhorasse. Mas aí, com o seu retorno, vi o quanto piorei porque fugi ao invés de me cuidar.

Baek o tomou pela mão.

— Nunca é tarde, pai. O senhor pode receber tratamento psicológico e aprender a conviver com a perda. Se na época a mamãe não tivesse se recusado a se tratar por causa de um preconceito idiota, talvez hoje ela estivesse com a gente.

Os olhos do jovem ardiam e seu nariz fungava. Era muito difícil conversar sobre o passado, mas necessário. Para ser curada, uma ferida emocional precisava ser exposta e tratada até a raiz.

— Também acredito nisso, filho. Sinto falta da Mi-suk e da sua irmã todos os dias! Não tem uma manhã que eu acorde e não pense que seria melhor ter morrido no lugar delas. — Nessa hora, o homem explodiu. Derramou tudo que estava represado em seu peito por anos.

Demorou alguns minutos para Charlie se acalmar, e quando os pais dele apareceram foram recebidos por Mackenzie, que continuava de pé lá fora, aguardando Baek. Os idosos comentaram, bastante aliviados, que os médicos lhes disseram que Charlie estava se recuperando bem, mas precisava com urgência começar a fazer psicoterapia, em razão do que tinha dito quando foi socorrido.

Prontamente o casal a convidou para entrar no quarto e ver com os próprios olhos o estado de Charlie, mas Mackenzie recusou o convite a fim de lhes dar mais privacidade. Baek notou a movimentação na frente do quarto e arrastou a porta para ver o que acontecia. Deparou com os avós tentando convencer sua amiga a entrar. Bastou repetir o que Macky disse mais cedo: sobre ser *quase* da família dele. Assim ela os seguiu, mas ficou em um canto e cumprimentou o senhor Fletcher de longe.

— Oh, senhorita Jonas. Poderia vir aqui? — Charlie pediu e acenou para ela.

— *Eu?* — Apontou para si mesma e, temerosa, aproximou-se dele.

— Senhorita, antes de qualquer coisa, muito obrigado por não ter me dado ouvidos. Se você não tivesse me socorrido naquela hora, meu filho estaria sem o pai. E peço que me perdoe por ter sido horrível com você e com toda a sua família durante esses últimos anos. Hoje entendo que Molinari fez tudo o que estava ao alcance dele pela Yoona. Talvez vocês não saibam, mas nos momentos em que o plano de saúde recusava o tratamento, ele pagava as sessões de quimioterapia do próprio bolso. Eu fingia não ver e por ser orgulhoso não agradecia. Mas se eu puder fazer alguma coisa, qualquer que seja, para compensar...

— *E-está t-tudo b-bem...* — ela gaguejou, desconcertada.

Aquilo realmente estava acontecendo? Para onde tinha ido o Charlie violento e amargo?

Tudo bem que ele havia passado por uma experiência de quase morte, e graças a Deus o criminoso que o esfaqueou tinha sido pego pela polícia. Ela até cogitou a hipótese de que Charlie o caçaria para se vingar, mas parecia que o homem havia mesmo sofrido uma transformação repentina. Obviamente, muitas coisas ainda seriam mudadas, pouco a pouco. Contudo, já era chocante o suficiente vê-lo pedir perdão e demonstrar arrependimento sincero.

— Fico feliz em saber que está se recuperando, e não se preocupe com o que aconteceu. Sei que meu pai fez tudo com muito amor. Ele também sofreu quando a Yoona se foi. Não tanto quanto a sua família, é claro...

— Perder uma filha e depois a esposa é... como posso dizer... — Ficou em silêncio procurando palavras. — Sentir que uma parte importante do seu corpo se foi e ser obrigado a aprender a lidar com essa falta.

— Se me permite, senhor, não consigo mensurar o tamanho da dor que carrega, mas acredito que Deus não nos deixaria desamparados nesses momentos, sabe? — Mackenzie, tomada por uma ousadia do próprio Espírito Santo e de uma compaixão súbita por aquele homem acamado, aproximou-se mais dele e continuou: — Antes de uma tempestade chegar, Deus já nos dá um abrigo para nos proteger, e ele permanece na tempestade conosco. Pois ele sabe o que é sofrer e nos carrega no colo quando é impossível caminhar.

— Isso é... — Piscou os olhos azuis e a fitou emocionado. — ... muito bonito, senhorita. Obrigado! O Baek tem muita sorte em ter alguém como você!

— Você ganhou na loteria, hein, Charlie? Uma *nora* dessas é difícil de se encontrar — brincou a mãe dele.

— *Mary!* — bradou seu marido. — Não vá constranger a moça, o pai dela é médico daqui e pode nos botar para fora.

Se alguém tivesse tido uma visão do futuro e dito a Baek que aquilo aconteceria, o rapaz jamais acreditaria, mas estava ali testemunhando uma obra grandiosa que somente Deus poderia trazer à existência.

— Aproveitando que o Baek e a Mackenzie estão aqui, acho que devemos contar a eles sobre o que a senhora me pediu no mês passado, mamãe.

— A respeito da herança? É uma ótima oportunidade — comentou a idosa.

— *Herança?* Do que vocês estão falando? — o rapaz perguntou confuso.

Para deixar os jovens mais chocados, Charlie contou que desde que sua esposa falecera, escondia um segredo de seu filho: a herança que a mulher deixou para o rapaz usufruir quando completasse vinte e um anos. O testamento lhe dava não somente o mercado Jeong's, mas também a casa de frente ao canal Howland, assim como uma conta no banco com dinheiro o suficiente para pagar seus tão sonhados estudos em Stanford.

— Charlie, acho que o carro também deveria ser dele — disse a vovó Fletcher. — Já que você só sairá deste hospital para vir morar conosco. Eu permiti que você vivesse uma vida bagunçada por tempo demais. Agora cuidarei de você em Los Angeles e o Baek poderá nos visitar nos feriados da faculdade. Já sabe quando fará a prova e entrevista de admissão, querido?

— Isso é sério?! — questionou boquiaberto ao encarar seus avós e depois mirar o pai. — Mas eu não fiz *nada!* Como posso ficar com *tudo?*

— O meu erro foi ter escondido isso de você, filho. Achei que não tinha maturidade suficiente para administrar o que sua mãe e seus avós maternos construíram, quando eu era o imaturo da história.

— Mas eu não mereço, pai! O senhor lutou muito para que tudo continuasse de pé... Como eu posso simplesmente receber as coisas pelas quais não fiz o menor esforço? Não posso aceitar. De jeito nenhum. — Ele negava com a cabeça.

O pobre Baek ficou desnorteado, como quando era uma criança perambulando pela praia, e andou de um lado para o outro do quarto privativo.

— Lá no Brasil nós temos uma frase para isso — Mackenzie se arriscou a falar.

— E qual seria, minha querida? — indagou a idosa curiosa.

— Aceita que doí menos — disse ao dar de ombros.

A vovó Fletcher riu batendo palmas, e seu marido também gargalhou alto. Aquele homem também tinha passado por um profundo processo de mudança. George havia sido um homem de coração ainda mais duro. Quantas vezes Charlie não tinha chegado na escola machucado das surras que recebia dele? A violência durou até o dia em que Mary se cansou. Ela foi embora para proteger os filhos e só aceitou voltar após ele provar que de fato havia mudado, quando contou que teve um encontro com Cristo ao ser evangelizado por um antigo amigo seu, agora chamado de pastor Park. O ministro falou para ele algo assim: que Deus era especialista em pegar vasos quebrados e mudar suas histórias conforme os reconstruía.

— Isso é a graça de Deus, meu querido. Apenas aceite, porque não é por merecimento. Se fosse por merecer, que *graça* teria? — Mary riu.

Baek encostou-se na enorme janela de vidro, que banhava o quarto com claridade. Respirou fundo e viu que não tinha para onde correr. Abaixou a cabeça, seus cabelos lisos caindo sobre o rosto, e mirou o par de tênis Vans. Então uma voz bradou em seu interior:

"Testemunhe acerca do meu perdão e da minha graça em sua vida".

Olhou para os lados como se mais alguém tivesse escutado a voz do Espírito Santo, mas, obviamente, só ele tinha ouvido. Aquilo só poderia significar uma coisa: estava pronto para dizer *sim* ao convite do pastor Park. Contudo, antes mesmo de dar a resposta ao homem, faria algo igualmente importante.

Baek levantou o olhar e o focou em Mackenzie.

46

Sou digna de receber amor?

Mackenzie Jones puxou uma cadeira e sentou-se, encostando os cotovelos na bancada da cozinha. A avó de Baek a arrastou para a casa dele após saírem do hospital. Mary deixou o marido para dormir com o filho e convidou a jovem para jantar. A brasileira só não sabia que seu amigo era quem cozinharia.

Ela observou atentamente o *chef* Baek Fletcher ligar o fogão, colocar uma panela sobre uma das bocas do eletrodoméstico e derramar um filete de azeite. O rapaz amassou alguns dentes de alho agilmente com a faca, picotou-os o máximo que pôde e os jogou em um recipiente de inox que aquecia. Um aroma agradável subiu com o vapor e o estômago da garota roncou.

— Acho que alguém está faminta — ele comentou com uma risadinha. — Não se preocupe, vai ficar pronto rapidinho.

— Nem estou com tanta fome assim! — Bastou dizer isso para que outro som ressoasse da barriga. Ela colocou a mão sobre o estômago e abriu um sorriso amarelo para Baek. — Que tal colocarmos uma música para tocar?

Ele puxou o celular do bolso, abriu um aplicativo, deu o play e entregou o aparelho para ela.

— Você já sabe a senha. — Deu uma piscadela e mordiscou o lábio inferior, que estava cicatrizando bem e quase curado, assim como seu coração. — Só quero ouvir essa, as próximas você escolhe.

Mackenzie recebeu o telefone e foi surpreendida por se tratar de uma versão em coreano de "Nosso General é Cristo", gravada pelo Agapao Worship. Baek entrou na sintonia da música e começou a mexer o corpo na melodia, entoando a letra com empolgação. Se era prazeroso vê-lo cozinhando, uma das paixões que ele tinha na vida, notar o quanto parecia feliz com aquilo enchia seu peito de um calorzinho especial. Ela foi tomada pela sensação de que o pior havia passado e de que poderiam voltar a respirar.

— Vovó, a senhora também vai querer a minha famosa carbonara ou prefere comer outra coisa? — perguntou Baek.

Mary virou-se no sofá para olhar para trás e visualizá-los na cozinha. Ela *torcia* tanto para aqueles dois ficarem juntos! A idosa levantou o polegar e falou mais alto que a música:

— Claro que quero, meu querido. Seu pai sempre falava da sua carbonara, que era a oitava maravilha do mundo. Vou até tirar uma foto e mandar para o George. Ele vai *morrer* de inveja.

— Também estou com saudade de comer essa oitava maravilha do mundo — Mackenzie falou ao pousar o celular sobre o granito cinza e piscar seus cílios longos.

Baek ficou mais animado e cantarolou a música inteira. A garota nem fez questão de distraí-lo com perguntas, pois seu deleite era assistir enquanto ele trabalhava naquele prato. Em menos de vinte minutos, a comida estava pronta e a casa inteira foi invadida pelo aroma delicioso. O rapaz serviu primeiro a sua avó, levando até a sala um pratão cheio de macarrão fumegante.

Mary comeria enquanto assistia a um k-drama que o rapaz havia recomendado. A idosa começaria com o maior clássico de todos os tempos: *Pousando no amor.*

— Nós vamos comer no jardim, vovó. Qualquer coisa de que a senhora precisar é só me chamar — disse o neto ao lhe entregar o prato sobre uma bandeja.

— Antes de ir, quero lhe falar uma coisa. — Ela acenou, chamando-o para perto. Ele se abaixou, ficando próximo ao rosto dela, e a mulher colocou a mão sobre o ombro do neto e confidenciou: — Não deixe essa garota escapar! Casem logo e me deem bisnetos coreaninhos!

— Vovó! — Baek exclamou e, para finalizar, a idosa deu um tapa nas costas dele.

— Seu pai não perdeu tempo com a sua mãe. Puxe dele pelo menos isso! Jesus está voltando e lá no céu ninguém vai se casar com o seu amor de infância. Somente a igreja com Cristo.

Mackenzie estava de pé perto da porta que dava para o jardim e não entendeu direito a conversa entre os dois, mas sentia que tinha alguma coisa a ver com ela. Riu ao se lembrar da vez que Baek dissera que achava que seus avós paternos não gostavam dele. Para ela, sempre foi óbvio que o menino era amado, mas as muitas feridas e o pouco contato com eles o fizeram acreditar no contrário.

Baek surgiu com o rosto vermelho, o que aumentou as suspeitas de que realmente estavam falando sobre os dois.

— Está tudo bem, *chef* Fletcher? — Ousadamente, ela colocou as costas das mãos nas bochechas dele. — Sua cara está bem quente! Está com febre, por acaso? Saiba que pode me contar qualquer sintoma, sou sua médica.

Obedecendo ao conselho de sua avó, o rapaz tomou as mãos dela com as suas e as levou ao peito, na altura de seu acelerado coração.

— Se eu estiver doente, a culpa é sua, pois você é o motivo do meu colapso, doutora. — Piscou e aproximou seu rosto do dela.

— Deixa de ser um criança! — Macky puxou as mãos, e foi a sua vez de ficar com o rosto vermelho.

Nem esperou pelo garoto. Arrastou a porta de correr e foi saudada pela brisa fria da noite. Sentou-se de pernas cruzadas na espreguiçadeira e avistou o riacho do outro lado da rua estreita, arbustos verdes e uma cerquinha de madeira gasta.

Baek voltou para a cozinha e demorou um pouco para segui-la.

— Tome aqui a sua comida, senhorita Jones. — Macky foi surpreendida pela imagem de Baek segurando dois pratos fundos que transbordavam de macarrão com queijo, bacon e molho branco. — Espero que goste.

Ela encarou aquilo com insegurança.

— Você colocou muito... Não vou conseguir comer tudo.

Baek passou um prato para as mãos dela, sentou-se na espreguiçadeira ao seu lado e, por alguns momentos, ambos permaneceram em silêncio, enquanto o vapor subia dos pratos.

— Não tem problema, Macky — disse ele. — Apenas tente.

Mackenzie respirou fundo, encarou a enorme quantidade de comida à sua frente e franziu a testa, como se aquele fosse um desafio pesado demais. Virou-se para fitar seu amigo, e ele a mirou com um olhar acolhedor. Não havia nenhum julgamento ou pressão ali. Para incentivá-la, ele deu a primeira abocanhada e emitiu sons de puro deleite.

— Não é porque fui eu que cozinhei, mas isso aqui está bom demais! — afirmou Baek, segurando um par de palitos de metal.

Afundou os talheres na comida e pegou mais uma porção da carbonara. O que deixou a garota com água na boca e fez seu estômago roncar alto.

— Vamos ver se está gostoso mesmo! — Ela deu a primeira garfada e arregalou os olhos verde-oliva. — *Caramba!* Isso aqui está divino!

Fazia anos que Mackenzie não comia algo com tanta vontade e satisfação. Não demorou muito para devorar todo o alimento e se recostar na espreguiçadeira, com o prato vazio sobre a barriga e os lábios oleosos.

— Fletcher, você se superou! Eu nem como muito, mas hoje me acabei. Sério, muito obrigada.

— Se você *casar comigo*, prometo cozinhar os seus pratos preferidos, todos os dias, só para te ver comendo com essa mesma alegria.

Baek pensou que Mackenzie responderia com algum comentário irônico ou daria um soco em seu braço, mas, para a sua total surpresa, ela cobriu os olhos com as mãos e simplesmente começou a chorar.

— M-me desculpe! — ele disparou, nervoso. — Eu não quis dizer que... que...

Na verdade, não fazia ideia de *pelo que* deveria se desculpar.

— Você não fez nada de errado, Baek. Eu que não estava preparada para me sentir tão *amada* assim através de um prato de macarrão. Lembra daquele dia que almoçamos com os meninos lá no píer de Santa Mônica? Você notou que eu mal toquei na comida. Essa se tornou a minha rotina desde que você foi embora.

Ele abriu a boca, assustado, mas antes que pudesse pensar em dizer qualquer coisa, Mackenzie continuou:

— Não é culpa sua. Eu estava com tantas coisas não resolvidas dentro de mim, e a sua partida foi apenas o estopim para que tudo explodisse.

Ele nem precisou perguntar nada, ela mesma se abriu. Mackenzie falou sobre a batalha contra a balança que tinha desde pequena, uma luta que ele acompanhou.

Baek sabia o quanto a menina era complexada com o próprio corpo e que as centenas de dietas mirabolantes e malsucedidas que já fizera só lhe rendiam mais baixa autoestima e uma vontade absurda de nascer de novo e retornar como outra pessoa. De preferência, uma mais parecida com quem gostaria de ser.

Para ela, olhar-se no espelho era uma verdadeira guerra. Nunca gostou do que via no reflexo. Bastava se contemplar por poucos segundos para encontrar algum defeito e pensar que nunca, *jamais*, seria amada por algum homem, porque se sentia *feia* demais.

Assim, seus medos e frustrações explodiram quando Baek Fletcher sumiu do mapa. Ele era o único com quem conseguia ser ela mesma e desabafar quando não estava bem. Porque morria de vergonha só de pensar em contar tais problemas para seus pais. Eles já tinham coisas demais para se preocupar, como o processo judicial de Charlie. Tinha medo de suas amigas, Liz e Thalita, não compreenderem.

Um dia, contudo, o nó nunca desatado virou um bolo em sua garganta e, no fim, estourou. Ela chorou por uma madrugada inteira, enquanto uma tempestade de verão caía do lado de fora do quarto e os trovões a faziam estremecer. No dia seguinte, seu corpo estava tão exausto que sua mãe notou que ela não estava bem. Saiu do quarto direto para a terapia.

Foram dois anos em um tratamento intenso, que a ajudaram bastante a lidar com o complexo de inferioridade e a se olhar com mais gentileza. Todavia, uma ferida tão profunda não seria curada tão facilmente.

Ela achou que estava bem e se deu alta. Porém, o seu último ano de *Pre-Med* mostrou que havia coisas escondidas, lá no fundo do baú, e que necessitavam de cuidado. O retorno de Baek e a declaração de que a amava mais do que como uma amiga, escancarou um fato incontestável: ela não se sentia boa o suficiente para ser amada. Em sua cabeça, não fazia o menor sentido que seu melhor amigo estivesse apaixonado por ela.

Afinal de contas, ela se perguntava: por que o merecia? Logo ele, que era tão atencioso e possuía uma beleza única, capaz de ressuscitar qualquer borboleta morta em seu estômago.

— Ei! Olha para mim! — Baek levantou-se do seu assento, pegou o prato dela e o colocou no chão, sobre a grama salpicada pelo sereno da noite. — Me perdoa por ter te deixado. — Pegou uma de suas mãos e ficou de cócoras, parado ao lado dela. — Me perdoa por não ter te ligado nem mandado sequer uma mensagem para perguntar se estava bem. Sei que fui um grande idiota e não mereço ser perdoado, mas eu *realmente* sou louco por você, Macky. Cada partezinha sua é como um fósforo que acende o que há de melhor em mim. *Eu te amo ardentemente* e você sempre foi perfeita para mim. Eu não mudaria nada em você.

— Você está tentando, por acaso, ser o Sr. Darcy de *Orgulho e preconceito*?

Ela riu em meio às lágrimas.

— Se isso fizer você sorrir, posso me arriscar a ser o Capitão Ri de *Pousando no amor*. Porque não há nada que eu não faria por você, Macky. É só me dizer *sim*.

Ela mirou os lábios de seu amigo, seu *melhor amigo*, e sentiu uma vontade absurda e esquisita de fazer como no dia em que o resgatou no mar: encostar os seus lábios nos dele e ver se os sentimentos que ela carregava eram reais.

— Dizer *sim* para o quê? — arriscou-se a perguntar.

Baek mudou sua posição, ficou de joelhos e segurou sua outra mão. Ele a encarou em silêncios por alguns segundos e respirou fundo antes de falar:

— Lembra que você perdeu uma aposta e eu não falei o que queria ganhar? Então, no último dia de verão, quer ir a um encontro comigo? Não como um passeio entre amigos de infância. Pense em mim como um homem, Macky. Como o cara que você desejaria ter ao lado pelo resto da vida, te fazendo uma comida gostosa e um cafuné até dormir.

A garganta de Mackenzie ficou seca. Sua boca também. E seu coração acelerou tanto que ela esperou a próxima parada: a cardíaca.

47

Não há o que temer, você é amada

Já eram duas da manhã quando Mackenzie desistiu de ficar rolando de um lado para o outro da cama. Chegou a mastigar dois comprimidos de melatonina, porém nem mesmo isso foi suficiente para fazê-la dormir. Diferentemente dela, o gatinho siamês, Mestre Yoda, ressonava tranquilo no colchão.

Macky massageou a barriguinha macia do animal e sentiu inveja daquele ser, que descansava sem quaisquer preocupações. Suspirando fundo, a garota se levantou, calçou seu par de pantufas de coelhinho e desceu até a cozinha na ponta dos pés, para não fazer nenhum barulho no percurso.

— Vou tomar um leite morno... — sussurrou para si mesma.

Abriu o micro-ondas e colocou ali sua caneca cuja estampa era o letreiro de Hollywood, um souvenir que havia ganhado da avó paterna. Ativou o eletrodoméstico e aguardou enquanto o líquido era aquecido.

— Agora deu para falar sozinha? Ou está fazendo seu clamor da madrugada? — Uma voz masculina soou detrás dela.

— *Jesus, Maria e José!* — exclamou em português com a mão sobre o peito. — Quer me matar de susto, pai?

— Foi só um teste, princesa. Queria saber se seu coração está bom mesmo. — Abraçou-a de lado e deu um rápido beijo no alto da cabeça dela.

— Eu já tive testes demais nessas últimas vinte e quatro horas. Chega.

— Sério? Então me conte a respeito dos outros testes enquanto esquenta um leitinho para mim.

Mackenzie constatou que havia andado nas pontas dos pés para nada. Deu a sua caneca de leite quente para Molinari e esquentou outra para ela. Os dois se sentaram em volta da ilha da cozinha e assopraram a superfície dos recipientes de porcelana. O homem a conhecia tão bem que mesmo se ela tivesse descido flutuando, ele ouviria o som de seus suspiros e acordaria. A garota se remexeu no assento, um tanto nervosa, mas sabia que precisava se abrir. Havia chegado o tempo de falar. Passou muito tempo escondida no fundo do poço que ela mesmo cavou.

— O senhor Fletcher pediu perdão por tudo que fez a nossa família e ainda prometeu ao Baek que vai ser um pai melhor daqui para a frente. Isso não é surreal? Não consigo parar de pensar em como as coisas mudaram drasticamente em questão de dias. É como se tivéssemos perdido o controle, mas essa perda fosse a melhor coisa que poderia nos ter acontecido.

— Charlie fez mesmo isso? Uau! — Molinari arregalou os olhos e tomou um gole do líquido morno. — Eu nunca tive coragem de visitá-lo no hospital, sabe? Fiquei com medo de que a minha presença o deixasse estressado.

— Papai, ele mudou. Até disse que o senhor chegou a pagar, do seu próprio bolso, algumas sessões de quimioterapia da Yoona, quando o plano recusava custear o tratamento. O que o senhor fez foi incrível! — Mackenzie bagunçou o cabelo loiro-grisalho do homem.

— Eu amava aquela menininha, Macky, ela também era como uma filha para mim. Lembra que ela me chamava de tio? Nossa, que saudade daquela pequena. — O médico suspirou, nostálgico. — Por isso, fiz tudo o que estava ao meu alcance para vê-la bem! Me doeu muito quando nada mais funcionou. E quando perdemos a Yoona, eu também perdi um grande amigo.

— Oh, pai... — Mackenzie massageou a barba rala do progenitor, sentindo os pelos picando seus dedos finos. — Ele não o culpa mais. Quando puder, dê uma passadinha no leito em que ele está internado. Tenho certeza de que será bom para os dois.

— Pode ser...

— Mas precisa se apressar. Tem que ser antes da alta. Depois disso ele vai para Los Angeles morar com os pais.

— O quê? Ele vai se mudar para lá? E o Baek também?

— Calma, homem! — A menina riu do pai, que era do tipo que se apegava rápido às pessoas. — Acho que ele vai ficar lá o tempo necessário para se cuidar. O Charlie precisa urgentemente de acompanhamento psicológico e do suporte emocional dos pais. Pelo que me contaram no hospital, um dos funcionários mais antigos do Jeong's vai assumir a gerência do mercado por enquanto e os lucros irão direto para o Baek, que ficará aqui até as aulas começarem no semestre que vem.

— Ah, que bom, filha. Isso me deixa feliz, muito mesmo. No meu próximo plantão vou visitar o Charlie, prometo. Agora a pergunta que não quer calar: Baek está pensando em ir para a Stanford ou outra universidade?

— Então... — Ela tomou o restante do leite, pousou a caneca na ilha e deu de ombros. — Acho que sim, pai.

— Posso fazer outra pergunta, filha? Uma mais... *sentimental*?

Mackenzie nem teve coragem de responder, apenas assentiu.

— Você gosta do Baek? Quer dizer, eu sei que você o ama como seu melhor amigo, mas acha que o ama como a sua mãe me ama?

— Seria muito estranho se eu dissesse que *sim*? Ainda mais com a nossa diferença de idade... isso não é ruim? A gente daria certo?

— Filha... — o homem tentou argumentar.

— Ele nem deve ligar para essas coisas, pois me convidou para um encontro, pai. *Um encontro!* O senhor sabe que eu nunca fui a nenhum. Mas o Baek cuida tão bem de mim, de um jeito que não pensei que fosse ser cuidada por um garoto algum dia. Quer dizer, eu sempre fui tratada como uma princesa pelo senhor, mas encontrar outro homem disposto a fazer isso, quando ele nem é meu parente... sei lá, isso é muito esquisito. Afinal de contas, o que o Baek vai ganhar com isso? Desde que ele voltou, parece que está fazendo de tudo para me conquistar.

— Mackenzie, deixa eu te dizer uma coisa: o amor não tem nada a ver com o que temos a oferecer, mas é sobre quem nós *somos*, e isso é o suficiente! O Baek te ama pelo que você é, não por causa daquilo que tem! Porém, é como eu disse a ele certa vez: se não permitir que seu coração seja curado, não importa quantas vezes alguém se declare, não vai conseguir acreditar. Você é incrível, minha princesinha, e digna de receber amor. Não por causa do que você faz, mas pelo que Jesus já fez! Ele nos amou primeiro, lembra?

— *Aff!* — Passou os dedos debaixo dos olhos — O senhor me fez chorar uma hora dessas — bufou. — Papai... eu... — Os lábios da garota tremeram. — Tenho mais uma coisa a dizer. Na verdade, é algo que eu deveria ter dito há muito tempo!

A garota abriu o coração para Molinari. Contou a ele sobre as crises que enfrentava, como a batalha contra o peso, o medo de engordar muito outra vez, o que a fazia sentir culpa ao comer. Quando tinha uma refeição ao lado de outras pessoas, disfarçava o máximo que podia, para que ninguém percebesse que comia pouquíssimo. Ou, como fazia com os pais, dizia que comeria em outro momento, para que não notassem seu prato quase vazio.

Molinari ficou inconsolável por não ter percebido nada disso.

— Como eu não vi isso antes, Macky? Diariamente cuido de tantas pessoas no hospital, mas não fui sensível à dor da minha própria filha.

— Pai, respira... — Afagou o ombro dele. — Vocês não são culpados de nada! Com a casa, o trabalho e os gêmeos para se preocuparem, eu só...

— Não, filha. Você nunca deveria ter se sentido negligenciada, principalmente a ponto de achar que estaria nos incomodando se falasse como está se sentindo. Você é preciosa demais para mim e para a sua mãe, entendeu? Nós deveríamos ter percebido. Nos perdoe, por favor.

— Claro que eu perdoo, né? Quero ir para o céu. — Brincou ao levantar da cadeira e ir abraçar o pai. — Agora estou me sentindo tão bem. Como se uma tonelada tivesse saído das minhas costas.

Molinari ajeitou a postura e recebeu a filha em seus braços. Novamente beijou o alto da cabeça da garota e apoiou o queixo ali, em seu cabelo loiro.

— O Baek é um homem de muita sorte.

— Tanta coisa para o senhor dizer neste momento de pai e filha, mas vem me falar uma coisa dessas?

— O quê? Eu disse alguma mentira? Óbvio que não! E aí, já sabe o que vai usar no encontro? Que tal um rolê pai e filha no shopping? Compro o que você quiser, minha princesa!

Mackenzie apertou os braços ao redor da cintura de Molinari e encostou o ouvido em seu peito, ouvindo sua respiração.

— Eu que sou uma garota muito sortuda por ter o senhor como pai.

48

O último dia de verão

Três dias depois, milhares de pessoas lotavam a praia de Santa Mônica, enquanto Baek Fletcher mal conseguia escrever uma frase sem riscá-la por completo. O rapaz encarava o papel à sua frente, balançava o lápis e tremia as pernas esticadas sobre a manta xadrez, na qual estava sentado ao lado de Mackenzie Jones, de frente para o mar calmo.

Segundo ele, aquele ainda não era o encontro.

— Não quero colocar pressão, mas o Aviv Movement já vai começar.

A garota olhou para trás, na direção da estrutura montada na areia, onde varais de lâmpadas com luzes quentes iluminavam o belo final de tarde. A multidão rodeava o palco composto por quatro colunas prateadas e um tablado coberto por um carpete escuro, no qual os músicos faziam a passagem de som.

— Isso está me enlouquecendo! — exclamou ao se deitar de barriga para cima na manta quadriculada. — Será que eu vou conseguir, Macky?

Apoiou a cabeça no antebraço e mirou o céu com poucas nuvens. O entardecer estava chegando e ele se sentia pequeno diante daquela imensidão, mas sabia que o Criador se importava com ele e queria apenas que testemunhasse o que havia feito em sua vida. Não era um pedido confuso ou impossível. Tudo o que ele precisava fazer era falar a respeito da nova chance recebida pela graça, a fim de mostrar a todos que Jesus continuava interessado em casos perdidos e buscava os improváveis.

— Já sei! Meu Deus, é isso! — Nem deu tempo de Mackenzie lhe dar um sermão. Bateu os pés na areia e se virou no pano, deitando-se de bruços.

Com o caderno na frente do rosto e o lápis ansioso para riscar as folhas, em menos de dez minutos fez um rascunho sobre o que falaria, organizado em três tópicos. Encheu uma página e um sorriso jubiloso mostrava sua satisfação.

Os dois jovens ouviram os acordes de uma canção entrarem em sincronia com o som das ondas do mar e o balançar das palmeiras. A melodia começou somente com um violão, que logo foi acompanhado por outros instrumentos e encheu o ambiente.

— Chegou a hora, querido missionário Fletcher da igreja da parede preta. Vamos? — anunciou ao bagunçar o cabelo do rapaz.

— Vou me expor na frente de tanta gente. Devo estar maluco mesmo! — O garoto se levantou e bateu na calça para remover a areia.

— Isso faz parte do seu processo, meu caro. Para uma pessoa que escondeu tanto o que sentia, falar abertamente a respeito do que te aconteceu trará muita cura e não será apenas para você. — Ela estendeu a mão para ele. — Ei, me ajude a levantar!

Baek enlaçou seus dedos nos dela e a puxou para si, o que fez seus corpos se chocarem. Ficaram com os rostos próximos, e ela tentou não encará-lo, mas o rapaz ergueu seu queixo, olhando no fundo de seus olhos. Logo estavam perdidos no olhar um do outro e esqueceram que o mundo ao redor existia. O rapaz atreveu-se a sussurrar, com uma voz grave e melodiosa:

— Você lembra que no ensino médio escreveu uma lista com as características do cara com quem queria se casar?

— Espere aí! Como você sabe dessa lista? E por que está falando disso agora? — Ela arqueou as sobrancelhas.

— O quê? — Baek franziu a testa. — Achei que não teria problema, você colocou dentro do caderno antes de me dar. Aí eu li e depois guardei no seu livro.

— Quer dizer que deixei aquela lista vergonhosa, o próprio constrangimento em forma de papel, dentro desse caderno aqui e te dei?

— Não se preocupe com isso. Eu só quero que você se lembre do que escreveu enquanto me vê naquele palco bem ali! — Aproximou mais o rosto e afagou as bochechas rosadas dela. — Porque me recordo claramente que nos itens havia características como, por exemplo, não ter medo de falar sobre Jesus em público, ter uma voz bonita, ser mais alto que você e gostar de cozinhar. Obviamente você deletou essas coisas da mente quando quis ir ao baile com o Nico, mas todo mundo erra, não é mesmo? Quem sou eu para julgar.

— Você está muito engraçadinho para o meu gosto. — Deu um empurrão no peito dele e o afastou.

Mackenzie abaixou-se na areia para organizar as coisas. Guardou tudo na ecobag, inclusive o caderno dele, e saiu apressada, deixando-o para trás de propósito. Baek riu da menina.

— Ei, sabe que estou brincando, né? Ou só você pode fazer piadinhas comigo? — Correu para alcançá-la.

— Para um pregador, você daria um ótimo comediante ou palhaço de circo.

— Sério que ficou chateada comigo? Ei, estou prestes a subir num palco para pregar. Preciso que me perdoe, *agassi*. — Baek a segurou pela mão e a fez parar.

A garota bufou antes de virar-se para ele e fulminá-lo.

— É assim que você quer que eu te aguente pelo resto da vida? Se eu ganhasse um dólar por cada vez que te perdoasse, estaria na *Forbes* como uma das jovens mais ricas do mundo! Mas Jesus manda a gente perdoar setenta vezes sete, né? Fazer o quê se eu quero ir para o céu. — Piscou os enormes cílios.

— Você fica tão linda quando está zangada. Vamos, *estressadinha*?

Baek a segurou mais firme e a puxou em direção à multidão. Os dois correram em sintonia, enquanto a brisa marítima dançava entre seus cabelos e agitava suas roupas. Mackenzie usava uma blusa listrada de mangas compridas e uma jardineira jeans com um ramo de lavanda bordado no bolso da frente, além de seus All Stars rosados. Baek estava de calça em lavagem clara e camiseta branca sob uma camisa xadrez que escondia as tatuagens em seus braços.

Atrás deles se projetava o majestoso píer de Santa Mônica, a silhueta da roda-gigante e o pôr do sol colorido. A equipe do Aviv Movement havia escolhido aquela hora para evidenciar o momento em que Deus descia para conversar com Adão e Eva no Jardim do Éden, na virada do dia.

Ao se aproximarem do evento, Mackenzie avistou as amigas, os pais e os gêmeos próximos ao palco, ao lado do pastor Park e de sua esposa. Suellen e as duas garotas riram ao verem os jovens de mãos dadas. Quando a menina percebeu que estavam sendo observados, largou Baek como tivesse formigas em seus dedos e disfarçou ao ir para junto deles, pegar Chris no colo e enchê-lo de beijos nas bochechas.

Os músicos abaixaram o volume da música. Ouvia-se somente o teclado e as distorções da guitarra. Por um segundo, tudo ficou calmo, até que Ivy Dantas, uma jovem brasileira que morava na Califórnia havia três meses, falou ao microfone:

— Boa tarde, Califórnia! Vocês estão felizes? — Ela tinha olhos amendoados vívidos, pele negra e cabelos cacheados. As pessoas responderam eufóricas. Baek se sentiu arrepiar. O clima sobrenatural era palpável, como a areia debaixo de seus pés.

— Gostei de ver! É com muita alegria que iniciamos este momento de adoração ao Senhor! Há meses vários pastores de diferentes denominações, missionários e ministros de louvor estão orando por essa celebração. Tivemos muitos empecilhos, mas olha a gente aqui. Milhares de pessoas, de várias igrejas da Califórnia, juntas para dizer que nós temos um único Senhor! Nós temos um *dono* que zela por sua *palavra* e cuida da sua *noiva*, a Igreja!

Novamente a multidão se animou ao expressar com gritos, palmas e pulos. Ivy fechou os olhos e levantou os braços, ao mexer seu corpo no ritmo da melodia.

— Jesus, nós não estamos reunidos somente em uma praia. Pela fé nós nos encontramos em volta da *sua* mesa, em um ambiente espiritual, compartilhando de um momento de íntima comunhão! Viemos aqui esta tarde para obedecermos a *sua palavra*, que nos manda para Jerusalém, Judeia, Samaria e até os confins da terra a fim de anunciar o *seu* plano de redenção para a humanidade! Sim, nós acreditamos que o Senhor é o caminho! *Sim!* Nós acreditamos que o Senhor é o único caminho! Esteja conosco neste lugar e nos inunde com a *sua glória!*

Quando ela encerrou, os músicos começaram a tocar a canção "Touch of Heaven". Foram vinte minutos da mais pura e genuína adoração declarando que queriam mais de Deus. Baek nem aguentou ficar de pé e ajoelhou-se na areia. As lágrimas caíam e ele não se importava com a multidão ao redor, desejava apenas tocar a eternidade. De repente, sentiu uma mão em seu ombro e uma voz falando mansa em seu ouvido:

— Filho, suba lá, este é *seu* momento.

Era o pastor Park. O pobre rapaz tremeu e sentiu as pernas fraquejarem. *O caderno!* Precisava pegá-lo antes. Porém, o pastor levantou-o e continuou a dizer:

— Não se preocupe com nada, filho, o Espírito Santo o preparou e chamou para um tempo como este. Suba lá e deixe fluir. Estamos muito orgulhosos de você. E vou mandar o link da transmissão para o seu pai, tenho certeza de que ele vai ficar muito orgulhoso também. — Deu dois tapinhas nas costas dele e o empurrou para a frente.

Baek cambaleou para o palco. Ivy entregou um microfone a ele enquanto permanecia cantando baixinho. O rapaz mirou a multidão ao redor e viu pessoas de braços levantados e joelhos na areia, exatamente como ele estava poucos segundos atrás. Muitas choravam, e Mackenzie era uma delas. Ele notou que a única coisa que realmente importava era a presença de Deus e não quem ministraria. Respirou fundo, ignorou as próprias mãos que tremiam muito, e começou com uma oração emocionante:

— Jesus, nós o amamos porque o Senhor nos amou primeiro! Estamos aqui sendo tocados por *sua* glória, porque, um dia, o Senhor se despiu dela. Jesus, nós só podemos ser chamados de filhos porque o Senhor conquistou a nossa adoção na cruz. O Senhor experimentou a solidão, a rejeição, o desamparo, a calúnia, os abusos físicos... tudo para que levasse sobre si as nossas dores, e por *suas* pisaduras fomos sarados. Quando eu estava totalmente sem rumo e me afundei no pecado, o Senhor olhou para mim e não me rejeitou! Eu estava tão bêbado em um bairro cheio de baladas na Coreia do Sul, quando o Senhor me encontrou.

49

Seus dias escuros não me assustam

Um ano antes

Fazia frio naquele sábado à noite. Uma chuva fina caía sobre a estreita rua de Itaewon e alguns rapazes bêbados sequer desviavam das poças. O frio também não era páreo para as garotas, principalmente as coreanas, que usavam minissaias e vestidos curtos com saltos altíssimos.

Ele havia acabado de sair da balada fugindo de duas mulheres estrangeiras, que lhe fizeram propostas que embrulharam seu estômago. A sua vontade foi de correr para o mais longe possível daquele lugar, contudo do lado de fora da casa noturna encontrou uma menina fumando na esquina e ela não parava de encará-lo. A verdade é que ela estava de olho nele havia horas, desde que Baek entrou na balada e começou a beber.

Porém, ele não a tinha notado antes, e a razão de não ter fugido dela na mesma hora foram as semelhanças com a moça que ele deixou na Califórnia, a milhares de quilômetros de distância. Ele foi fisgado por aquilo. O cabelo loiro e comprido e o sorriso doce por trás da espessa fumaça branca que saia de seus lábios pintados de rosa.

A gota d'água foram os olhos quase tão verdes quanto os de Mackenzie Jones.

— Quer um cigarro? — ela perguntou em inglês, do outro lado da rua.

Não era a única fumando ali. Havia dezenas de pessoas que saíram dos bares e boates somente para fazer isso na rua. Um verdadeiro mar de bitucas brancas cobria o asfalto cinzento e um amontoado de sacolas de lixo jazia nos muros, transbordando e sujando o chão ao redor.

Aquela era uma realidade que os k-dramas não mostravam.

— Ou você prefere que eu vá até aí? — disse em tom provocativo.

Baek engoliu em seco e não conseguiu desviar o olhar enquanto a loira andava em sua direção. Ela usava uma bota de salto e um vestido bordô. No percurso, jogou o cigarro no chão e pisou sobre ele, mas a fumaça ainda pairava ao redor de seus cabelos longos.

Em todos aqueles anos na Coreia do Sul, Baek não tinha ficado com nenhuma garota, e não lhe faltavam oportunidades nos lugares que frequentava. As meninas, sobretudo as estrangeiras, viviam tentando conquistá-lo, fosse com piadinhas bobas, pagando-lhe bebidas, fosse com o mais clássico: esbarrando nele *sem querer* e tentando beijá-lo por *mero acidente*.

Porém, não importava quão bêbado estivesse, seu coração conseguia ficar consciente o bastante para se lembrar da brasileira por quem havia se apaixonado, desde a primeira vez que a viu. Perdidamente. Continuava sendo fiel a ela, só não sabia por quanto tempo.

— Antes de tudo... qual é seu nome, gatinho? Estou de olho em você faz tempo, sabia? — a estranha perguntou ao estender a carteira de cigarro e puxar o isqueiro de uma bolsinha. — Moro perto daqui, quer conhecer o meu apartamento e comer um lámen? A noite está bem fria, né?

O coreano abriu a boca, mas não teve a oportunidade de responder. Foi salvo no último segundo, antes de fazer aquilo que no futuro consideraria um dos maiores erros de toda a sua vida.

— Eu encontrei o meu *tesouro!* Ei, cara! Você aí de boné branco e moletom azul-marinho com capuz! — Uma voz masculina, e extremamente animada, gritou as características de Baek Fletcher.

De súbito, ele colocou a mão sobre o peito e se virou à procura de quem quer que fosse o dono da voz. Avistou um rapaz que vestia um pesado sobretudo cinza sobre uma calça preta e um tênis Adidas branco. Uma franja espessa cobria sua testa, e ao seu lado havia uma garota de aparência curiosa. Ela era estrangeira, ele coreano, e a pele clara da moça era marcada por pequenas manchas escuras em seu rosto. Os dois pareciam ser um casal.

— Lee Kwan?! Você está maluco?! Vai assustar o garoto desse jeito! Você é o líder da equipe de evangelismo, cadê seus bons modos e anos de treinamento? — a menina o repreendeu.

— Como você queria que eu reagisse, Yarin? Eu estou procurando pelo meu *tesouro* a noite inteira! Já tinha perdido as esperanças. — O coreano correu até Baek sem tirar o sorriso do rosto e parou ao seu lado.

— Do que *diabos* ele está falando? — a loira comentou ao observar Lee Kwan de cima a baixo. — Você vem comigo ou não, gatinho? — questionou direcionando toda a sua atenção para Baek e piscando seus grandes olhos verdes.

— *Com você?* Ei, ele vem conosco! — Botou a mão no ombro de Baek. — Cara, eu *realmente* preciso conversar com você! Porque seu *pai* me mandou até aqui para te procurar. Tem uma coisa que ele sempre desejou falar, e eu fui a pessoa escolhida para repassar essa mensagem.

— Meu pai? — perguntou já sentindo os olhos arderem e a emoção querendo transbordar.

— Sim, ele mesmo. Vem com a gente? Podemos conversar naquela conveniência no final da rua! — propôs, animado.

Baek não sabia exatamente o porquê, mas como uma criança perdida em um parque de diversões lotado, estendeu o braço para aquele tal de Lee Kwan e se permitiu ser conduzido até uma lojinha vinte e quatro horas que ficava a menos de cem metros daquela barulheira.

A loira ficou chocada ao ser trocada por aquela dupla estranha. Ela foi abordada por Yarin, mas a ignorou e entrou de supetão na casa noturna onde estava anteriormente. Assim, os três jovens se sentaram nas cadeiras da varanda da conveniência, e depois que o casal se apresentou para o rapaz bêbado, Lee Kwan foi direto ao assunto:

— Esta foi a mensagem que *seu pai* me mandou. — Desbloqueou o celular e mostrou um pequeno texto escrito no bloco de notas. — Ele queria muito que você soubesse disso! Aliás, qual é o seu nome?

— Me chamo Baek Fletcher... — respondeu sentindo a vista embaçar e segurou o aparelho. Seus olhos passaram pela tela e leu o seguinte:

"Coreano, boné branco, moletom azul-marinho com capuz, cabelo comprido e escuro, brinco, piercing no lábio. Ele é um filho amado de um *Pai Bom*. Nunca foi esquecido, nem abandonado. Apenas precisa permitir que seu coração seja curado do luto."

— *O-o q-que é isso, cara?* — gaguejou desconcertado.

— Fez sentido para você? — Lee Kwan perguntou com expectativa.

— Você me conhece, por acaso? Me fala a verdade! Como o meu pai entrou em contato com você? Como ele sabia que eu estava aqui? — falou quase gritando e as pessoas que passavam por ali se espantaram.

— Ei, respira! — Lee Kwan pediu com uma enorme compaixão ardendo em seu peito por aquele garoto, que aparentava ser bem mais novo que ele. — Antes de vir para cá, nós oramos na igreja. Éramos ao todo doze jovens, divididos em seis duplas, e cada um de nós recebeu do Senhor, durante a oração, palavras específicas como pistas para encontrarmos as pessoas durante o evangelismo desta noite. Chamamos isso de *caça ao tesouro!* Eu ajudei a minha noiva, a Yarin, a encontrar o tesouro dela, e todos os outros do grupo também encontraram os seus, menos eu. Tanto que eles foram embora mais cedo e me recusei a ir enquanto não encontrasse. Bem, eu já estava para desistir quando vi você saindo daquela boate.

— *O quê?* Quer mesmo que eu acredite nisso? — Baek indagou incrédulo.

Lee Kwan respirou fundo e seu cérebro pensou em mil tipos diferentes de respostas que poderia dar para o rapaz. Não o julgava, pois se estivesse no lugar dele, bêbado, tendo acabado de sair de uma casa noturna e sendo abordado na rua por dois estranhos que dizem ter uma mensagem do pai dele, também não acreditaria de primeira. Talvez nem de segunda. Yarin Davies sentia em seu coração que uma grande batalha era travada no interior de Baek e ficou em silêncio, orando em espírito por ele para que Deus direcionasse Lee Kwan em cada palavra.

— Sei que parece loucura, mas horas antes de encontrarmos você aqui, Deus já havia falado a seu respeito para mim. Porém, como o tempo passava e eu não te encontrava, comecei a me questionar se não era coisa da minha cabeça. Talvez eu tivesse me confundido, porque, afinal de contas, sou humano. Mas quando te vi... uau! Era como se eu pudesse sentir o coração de Jesus explodindo de amores por você. Não sei se você tem um pai presente, se perdeu alguém que amava, mas de uma coisa tenho certeza: o Senhor te ama tanto a ponto de nos trazer aqui nesta noite fria para te falar que você é um filho amado.

— Então esse pai que você disse é... *Deus?* — Baek sussurrou e as lágrimas começaram a correr livremente por suas bochechas rosadas pela ingestão de álcool.

— Isso mesmo! Ele é o Pai que tem planos de paz para você, com muita esperança e um futuro com o coração sarado — Lee Kwan completou ao apoiar a mão no ombro do moço e tentar confortá-lo.

— Mas se ele é mesmo um Pai que se importa tanto assim comigo, por que deixou a minha irmãzinha e a minha mãe morrerem, hein? *Por quê?!* — gritou uma vez mais, e essas palavras cortaram o coração dos dois que o ouviam atentamente.

— Eu também perdi pessoas da minha família, das quais não me lembro, pois eu era muito pequeno na época. Também perguntei a Deus, milhares de vezes, por que essas coisas aconteceram comigo, e até agora tudo que obtive foi o silêncio *dele* a respeito disso. Mas o que posso te dizer é: embora não haja uma só pessoa neste mundo que não tenha sofrido algum tipo de perda, se o Senhor deixou que essas feridas fossem abertas em nosso coração é porque *ele* tem a cura! — a voz do coreano embargou, e ele se segurou para não chorar na frente de seu *tesouro*.

Yarin Davies sabia que o noivo havia exposto um de seus maiores traumas, dos quais ainda estava no processo de cura. Então, segurou a mão dele por baixo da mesinha redonda e sentiu que havia chegado o momento da pergunta mais importante de todas:

— Podemos orar por você, senhor Fletcher?

— Acho que sim... — Baek respirou fundo e enxugou as lágrimas.

— Você também deseja receber Jesus em seu coração, para ter uma intimidade de Pai e filho com Deus? E para ser perdoado de seus pecados? — disse com suavidade e expectativa em seus olhos brilhantes.

Passou um filme na mente de Baek Fletcher. Várias vezes, quando ia para o culto com a família Jones e alguém fazia aquele convite, ele prontamente respondia com um *não*. Contudo, naquela hora, a sobriedade veio e seu coração queimou. Mesmo não entendendo por que tantas dores o assolaram, um *amor* maior que seus problemas, traumas e feridas o abraçou de uma maneira que o fez se sentir profundamente aceito, como nunca havia acontecido.

— Sim... eu também quero, senhorita Davies... — Fechou os olhos, abaixou a cabeça e ficou a postos, esperando pelo momento que mudaria toda a sua história.

50

O primeiro encontro

Mackenzie Jones não sabia se o céu tinha descido ou se foram eles que ascenderam ao *paraíso*. A presença de Deus se tornou tão palpável naquele final de tarde, durante o Aviv Movement, que a menina viu o Espírito Santo tocar, de maneira especial, as vinte e oito pessoas que corajosamente saíram de todos os cantos de Santa Mônica e foram até o palco dizer *sim* para Jesus, aceitando-o em suas vidas.

Elas desejavam ter suas histórias transformadas para sempre, como aconteceu com Baek Fletcher. A própria Macky quase foi a frente para se consagrar ao Senhor outra vez, de tanto que o testemunho a confrontou e a fez chorar do início ao fim.

— Nós sabíamos que a sua maquiagem não resistiria ao peso da glória, minha irmã — brincou Liz quando o evento terminou e a multidão foi se dispersando. — Por isso, trouxemos reforços.

Ela abriu sua bolsa cor-de-rosa e tirou de lá uma nécessaire com maquiagem. Thalita foi mais rápida e fez Macky se sentar na beirada do palco. Pegou um óleo capilar na própria bolsa e tentou dar um jeitinho no frizz dos cachos loiros da amiga.

— Fiz o meu melhor! — Segurou a menina pelo queixo e a analisou. — Está perfeita, vai arrasar o coração do *boy*. Agora é a sua vez, Liz! Termine esta boa obra!

— Deixe comigo, Thalitinha! — A outra se aproximou e agilmente retocou a maquiagem da amiga, suavizando as olheiras, o nariz vermelho e as bochechas manchadas pelas lágrimas. — Se o Baek não te pedir em casamento hoje, eu não respondo por mim! Demos todas as dicas possíveis para aquele homem, se ele perder a oportunidade a culpa não é nossa, amiga.

— Ai de você, dona Mackenzie, se não nos chamar para sermos suas damas de honra! Eu apareço no casamento e faço um barraco! — Liz apontou o dedo na cara bela e maquiada da amiga.

— Espere aí! Do que vocês estão falando, suas malucas? Como assim vocês deram dicas de relacionamento para o Baek? E quem disse que serei pedida em casamento hoje? — Ela levantou de supetão e cruzou os braços, encarando as duas.

— Você deveria estar feliz e nos agradecendo, porque pelo menos uma do nosso trio vai desencalhar. — Thalita deu um abraço rápido em Macky. — Agora precisamos ir porque seu príncipe coreano está vindo aí! — Fez um bico apontando na direção do rapaz, que se aproximava com uma expressão de alívio.

Ele encontrou dificuldades para se despedir da enorme quantidade de pessoas que o rodearam após o evento encerrar. Muitos queriam tirar fotos e também contar os seus próprios testemunhos, de como Deus os alcançara naquela tarde enquanto andavam de skate, bicicleta ou pegavam uma onda no mar. O Amor sobrenatural buscou as ovelhas nos locais mais improváveis.

— *Fighting!* — exclamou Liz antes de sair às pressas com Thalita.

A família de Mackenzie tinha ido embora mais cedo, pois os gêmeos estavam faminots e exaustos de tanto ficar de pé, mas os pais dela escutaram a ministração até a hora que começou o apelo e ficaram muito emocionados.

— Todo mundo já foi? — Baek perguntou ao se aproximar dela.

— Sim... — respondeu ao desviar o olhar e mirar o chão arenoso.

— Está tudo bem, Macky? — Ele notou que ela parecia desconfortável.

— O quê? — Macky levantou o rosto, enfiou as mãos nos bolsos da jardineira e o fitou. — Tá tudo bem, sim! — Deu de ombros.

— Então podemos ir... ao nosso *encontro*? — Baek estendeu a mão para a garota e ela o observou desconfiada, ainda com os dedos guardados no jeans. — Ou você quer ir para casa? Se estiver cansada e...

— Não! Desculpa, é que nunca fiz isso. Não sei como agir... — Ela sentiu as bochechas queimando e a boca secar.

— Esta é também a minha primeira vez, Macky. Nunca chamei nenhuma outra garota para sair, porque eu queria viver esse momento somente com você.

Baek deu uma risadinha fofa, o que deixou marcas ao redor de seus olhos escuros, enquanto balançava a mão na frente dela. A garota suspirou, retirou os dedos do esconderijo e se permitiu ser conduzida por ele, através de uma estradinha cinza em meio à areia amarelada. Porém, durante o percurso, novamente se sentiu constrangida e, quando iria se afastar dele, o coreano parou e a mirou profundamente, ainda sem dizer nada.

— O que foi? Nunca me viu? — perguntou ela.

— É que estou com medo de ser mais romântico que isso e você sair correndo.

— *Aish!* Prometo que não vou fugir! — ela disse e voltou a segurá-lo firmemente.

Naquela noite, eles se permitiram viver todos os clichês de filmes adolescentes. Apesar de terem ido juntos centenas de vezes ao píer de Santa Mônica, um passeio que adoravam fazer desde crianças, aquela era a primeira vez que estavam ali de forma mais intencional e romântica.

Baek não perdeu a chance. Comprou cachorro-quente e algodão-doce para a garota, deu tudo de si atirando em uma barraquinha de tiro-ao-alvo e gastou quinze dólares em fichas até finalmente conquistar um enorme coelho branco de olhos azuis e nariz rosado. Orgulhoso, soprou a ponta da arma de pressão e recebeu, muito satisfeito, o objeto do dono da banquinha, e então o entregou a Mackenzie. Ela abraçou a pelúcia como se fosse a coisa mais preciosa do mundo e riu feito uma criança serelepe, com direito a gritos e pulinhos de alegria.

Depois, pegaram a fila para a roda-gigante. Por dentro, Baek estava tremendo. Fazia mais de uma década que não subia naquele brinquedo, seja na Califórnia ou no parque de qualquer outro lugar do planeta. Mas a garota estava tão animada para andar ali, que ele não quis ser um estraga-prazeres. Por isso, lutou consigo mesmo e contra cada trauma que tentava tirá-lo de lá.

— Próximos! — chamou o operador.

— Ei, acabei de lembrar de uma coisa! — Mackenzie virou-se para o amigo. — Você não tinha prometido que nunca mais andaria aqui nem na montanha-russa? Desculpa, Baek, é que na minha empolgação acabei me esquecendo!

— Macky, não tem problema! Eu quero construir novas memórias com você.

— Tem certeza? Porque não quero que faça isso por mim se isso, no fundo, estiver te fazendo mal! — Ela lhe lançou um olhar de preocupação e cuidado.

— Claro que tenho, Macky! — Deu uma piscadela e a puxou em direção ao brinquedo.

Entraram na cabine roxa de formato arredondado. Sobre os assentos havia uma espécie de guarda-sol, sustentado por um mastro escuro que dividia os dois lugares ao meio. Mackenzie colocou a ecobag no chão e a pelúcia no colo, abraçando-a com um sorrisinho de satisfação. Baek quis bancar o ciumento e disse:

— Você está abraçando esse troço pensando em mim, né? Porque dei a vida para conseguir esse coelho! — Deu um peteleco na orelha do bichinho.

Mackenzie virou a face devagar e o encarou com os olhos semicerrados.

— Quem te viu, quem te vê, hein, Baek Fletcher! Nunca pensei que debaixo daquele menino tímido havia um homem tão galanteador e ciumento. Don Juan deve ter tido umas aulas com você — comentou ao analisá-lo de cima a baixo.

— Já escutou aquela expressão de que quando um homem quer, ele não dá desculpas, mas dá um jeito? Passei três anos e meio distante de você, sem nenhum contato, porque nunca me senti bom o suficiente, mas agora as coisas mudaram e eu vou fazer diferente — disse, confiante e sem ao menos piscar.

— Você *realmente* gosta de mim, Baek? — Macky perguntou como se fosse difícil demais acreditar.

— Não, Macky, eu realmente *não gosto* de você — respondeu, irônico.

O brilho da garota foi sumindo e de súbito pegou o coelho, colocando-o do lado de fora da cabine, quase o arremessando dali.

— Repete e eu jogo o Sr. Coelho daqui! Serão os últimos segundos de vida dele — falou emburrada.

A roda-gigante girava devagar em seu próprio eixo, a noite já havia tomado toda aquela região e um verdadeiro show de luzes coloridas era emitido do centro daquele brinquedo. O mar debaixo do píer estava inquieto, mas não tanto quanto Mackenzie Jones ameaçando soltar a pobre pelúcia naquele precipício.

— *Agassi,* eu já perdi as contas de quantas vezes confessei o que sinto por você e ainda tem coragem de me fazer uma pergunta dessas? Queria que eu respondesse como, hein? — O rapaz enfiou os dedos nervosos nos cabelos lisos e os bagunçou, jogando-os para cima.

Os pelos dos braços de Macky se arrepiaram debaixo da blusa listrada. Raramente via Baek estressado daquele jeito. Somente ela tinha o poder de deixá-lo assim, soltando fogo pelos olhos.

— Era só ter dito que não gostava de mim, mas sim que me *amava!* E daí se eu sou insegura demais e quero ouvir isso milhares, *ou milhões de vezes?* Qual é o problema? Se eu disser *sim* para você, algum dia vai se cansar de falar isso?

— Diga *sim* para mim e eu vou te provar uma coisa.

— Primeiro me faça a pergunta devida, seu idiota!

Baek pegou a pelúcia, a colocou aos seus pés e se aproximou de Mackenzie, o máximo que a cabine e o mastro permitiram. Menos de quinze centímetros separavam seus rostos e as suas respirações se misturavam.

— Antes de te perguntar, quero dizer uma coisa: um ano atrás, depois de ter tido o meu encontro com Jesus, meus amigos da igreja me incentivaram a ingressar na faculdade de artes em Seul. Estudei muito e passei na Universidade Yeon, porém quanto mais eu orava sobre isso, mais sentia que *precisava* retornar para cá neste verão. Eu voltei não apenas para tentar me reconciliar com meu pai, Macky. Vim decidido a lutar por você! Quase te perdi, não sou louco de te deixar ir outra vez! E também decidi seguir o meu sonho. Vou me inscrever para uma vaga na Stanford e espero entrar no próximo semestre.

— Tem certeza disso, Baek? — sussurrou com a voz embargada e os olhos verde-oliva marejados.

— Infelizmente não posso te dar todas as confirmações que você deseja, Macky. Vai chegar alguma hora que simplesmente precisará confiar em mim. Sei que não sou grande coisa... você é uma mulher incrível e conseguiria um homem melhor para passar o resto da vida ao seu lado. Mas talvez nenhum vá te amar como eu amo, porque ninguém conhece você como eu conheço. Estou disposto a sacrificar a vida por você se preciso for, como Jesus fez por sua noiva, a Igreja. Por isso, isto aqui... agora... vai além de um pedido de namoro. Eu quero me *casar* com você. Já que vamos estudar no mesmo campus e nos ver praticamente todos os dias, morando longe dos nossos pais... bem, não acho prudente mantermos um namoro longo. Mas se você quiser esperar até a nossa faculdade acabar e...

Ela lançou as mãos ao redor do rosto de Baek, fechou os olhos e o puxou para si. Não tinha nenhuma experiência com beijos ou namorados, apesar dos seus vinte e cinco anos de idade, mas já tinha feito respiração boca a boca naquele rapaz e este foi o único jeito de calá-lo: envolvendo seus lábios nos dele.

51

Inverno lá fora, verão aqui dentro

Cinco meses depois

Nem em seus sonhos mais loucos, Mackenzie Jones imaginaria que estaria ao lado de seu melhor amigo de infância, Baek Fletcher, agora seu *noivo*, no meio de um apartamento novinho em Palo Alto, que eles ganharam de presente de *casamento* dos avós dele.

Acabavam de trazer suas coisas de Venice e a mudança estava um tanto caótica, como as mudanças realmente devem ser. Dezenas de caixas de papelão os rodeavam, a maioria ainda fechada, mas fizeram questão de desembrulhar logo o que consideraram um dos itens mais importantes de seu novo lar.

— Acho que está torto, Baek — Mackenzie comentou ao apontar para o quadro que ele pendurou na parede da sala de estar.

— Você e seu perfeccionismo! Para mim está ótimo, *amor!* — disse ao bater as mãos e contemplar a arte que fizera para ela de aniversário.

A obra do campo de lavandas era, por enquanto, o único item decorativo da casa, que só possuía os armários da cozinha e a ilha com o fogão embutido. Por isso, as suas vozes faziam um eco que reverberava em cada cômodo do apartamento.

— Qualquer pessoa que entrar aqui vai ver que esse quadro está torto. — Cruzou os braços, insatisfeita.

— *Aigoo!* — Baek subiu mais um degrau na escada de metal. — Vou tirar e colocar outra vez então. — Abriu os braços para remover o objeto, mas apenas tocou nas bordas. Desequilibrou-se e num segundo caiu de costas no chão.

— Meu Deus! — Mackenzie voou para cima do rapaz estirado no assoalho de madeira. — *Baby*, você está bem? Se machucou?

— Tudo em mim está doendo, amor — murmurou ao se contorcer, dramático. — Mas se você me der um beijo e disser que me ama fico bom rapidinho. — Fechou os olhos e fez um bico com os lábios finos.

— Você não tem jeito! — Deu um tapa na barriga dele. — Levanta logo daí e vamos terminar de arrumar. Daqui a pouco o caminhão com os nossos móveis vai chegar e ainda nem abrimos as caixas das panelas. — Estendeu a mão para ajudá-lo a se erguer.

Baek segurou-a e ela o puxou com dificuldade em sua direção. Seus corpos se chocaram e seus rostos ficaram próximos, com poucos centímetros os separando.

— Algumas coisas não mudam... — ele sussurrou ao tirar uma mecha de cabelo que cobria o rosto dela e escondê-la atrás da orelha. — Sou capaz de vivenciar os mesmos clichês com você, milhares de vezes, sem nunca me cansar.

— Definitivamente, a sua linguagem de amor são as palavras de afirmação, meu querido. — Sorriu tímida e tocou com o dedo indicador a pontinha do nariz dele.

— As suas são tempo de qualidade e atos de perturbação, né? — Envolveu a cintura de Mackenzie e a puxou para ainda mais perto.

— Corretíssimo! — Deu um beijinho na ponta do nariz dele. Sim, ela era fissurada pelo narizinho de Baek Fletcher. — Esta é a vantagem de me casar com meu melhor amigo, nem preciso ter o trabalho de me explicar, porque você me conhece bem até demais. Sabe todos os meus podres.

— E você conhece todos os meus lados escuros, *agassi,* mas não se assustou com nenhum deles! — Curvou as costas e encostou a sua testa na dela. — Graças a Deus, nosso casamento é daqui a quatro dias...

— Falando nisso, precisamos ensaiar a nossa dança. Não quero passar vergonha na frente dos nossos convidados. Lembra que no baile de formatura você pisou no meu pé e nós tropeçamos?

— Se bem me recordo foi você que pisou no meu. — Coçou a nuca.

— Deixa isso pra lá! Vamos aproveitar que por enquanto não tem nada na sala e... — A garota nem precisou terminar de dar os comandos.

Seu noivo envolveu novamente a sua cintura, a puxou para si e levantou seu braço, enquanto a outra mão descansava em suas costas.

— Ué, não vai colocar a música que escolhemos? — Ela franziu a testa.

— Quero cantá-la à capela para a minha noiva em nosso apartamento, posso?

Ela respondeu com seu típico sorriso de boba apaixonada e apoiou a cabeça em seu peito. Baek a conduziu lentamente pelo cômodo vazio de móveis, cheio de caixas de papelão, com a luz daquela manhã de inverno entrando pela porta aberta da varanda. O moço sussurrou em coreano a letra de "My You", a canção que resumia a história dos dois:

— *Todas as razões pelas quais eu posso rir... todas as razões pelas quais eu canto esta música... grato por estar ao seu lado agora... vou tentar brilhar mais forte...*

Poderia ser inverno do lado de fora daquele apartamento, mas enquanto dançavam o dia sorriu e se tornou verão. O calendário dizia que era o dia vinte e um de dezembro, contudo para Baek

Fletcher e Mackenzie Jones era uma bela manhã de quatro de julho. As paredes brancas da casa ganharam contornos em tons de lilás, laranja e amarelo à medida que a voz dele ecoava pelo aposento. Suas roupas não eram mais tão pesadas para aguentar o frio rigoroso e sentiram uma leveza gostosa.

Nem a ameaça de uma nevasca para a tarde do casamento os assombrou, pois, enquanto tivessem um ao outro, o dia continuaria sorrindo.

52

A senhorita Jones se tornou a senhora Fletcher

A ansiedade dominou Baek Fletcher. O rapaz tentava não tremer, mas era impossível. Apesar de estar de pé, com as mãos unidas na frente do corpo e vestido elegantemente com um blazer escuro ajustado em seus ombros largos e braços fortes, suas pernas balançavam e seus olhos queimavam, ameaçando derramar centenas de lágrimas a partir do momento que a visse.

Atrás dele, o pastor Park segurava uma Bíblia, e havia uma cruz de madeira decorada com rosas brancas e lavandas, além da luz de inverno entrando através da paredes de vidro, sustentadas com robustas colunas que iam até o teto triangular altíssimo. De uma ponta a outra dele, pontinhos de luz brilhavam entre os ramos de videira pendurados.

Era possível vislumbrar as montanhas californianas cobertas por uma espessa camada de neve e os pinheiros altos salpicados pela última nevasca. A meteorologia quis assustá-los, porém maior do que o inverno era o Senhor do tempo, e foi para *ele* que oraram incessantemente, pedindo que nenhuma tempestade os impedisse de realizar a tão sonhada cerimônia nas montanhas. Se fosse verão, a festa aconteceria na praia. Porém, escolheram o Natal para celebrar aquele amor que começou tímido, mas que para eles era tão antigo quanto o sol.

— Convido todos a ficarem de pé para recebermos a noiva — anunciou o pastor Park com a voz embargada. Se ele estava emocionado, o que esperar de Baek?

— Meu Deus! É agora! — exclamou Liz Meirelles.

A moça também estava de pé, ao lado de Thalita Smith, e ambas seguravam um ramo de lavanda, do lado oposto ao do noivo.

— Acho que vou desmaiar! — completou Liz.

— Respire fundo e não dê nenhum chilique! — Thalita a repreendeu entredentes, forçando um sorriso enquanto falava.

As damas de honra usavam longos vestidos em dois tons diferentes de lilás. Atrás delas os músicos começaram a clássica marcha nupcial. Mackenzie surgiu segurando um buquê com as mesmas flores que decoravam a cruz. Estava com o cotovelo sustentado no de seu pai, que por sua vez se segurava para não chorar feito uma criança.

Quando ela deu o primeiro passo, a canção mudou e os violinos, junto ao piano imponente, tocaram os acordes de "Amazing Grace", com Ivy Dantas cantando docemente. Todos os convidados se ergueram de seus assentos, enquanto Mackenzie deslizava no corredor que os dividia. Velas acesas, simbolizando o fogo da presença do Espírito Santo, iluminavam sua caminhada.

Baek tentou segurar as lágrimas, mas não conseguiu. Piscou dezenas de vezes ao contemplar sua noiva com um vestido branco ombro-a-ombro e decote coração.

A saia era estilo princesa com camadas para dar volume e elegância, demarcando a cintura fina e valorizando o quadril. Um delicado véu cobria o rosto dela e, por trás dele, a menina também chorava, porque vislumbrava à sua frente não apenas seu melhor amigo, mas o homem que ela havia escolhido para passar o resto de seus dias. O garoto por quem faria qualquer coisa, até mesmo se parecesse impossível, apenas para fazer o dia dele sorrir.

— Uau! A Macky está uma gata — comentou o animado Sebastian, um tanto alto demais, tirando risadinhas dos convidados. Entre eles estavam não somente os familiares de Mackenzie, vindos do Brasil e de toda parte dos Estados Unidos, mas também os parentes de Baek que vieram da Coreia e da Inglaterra especialmente para a ocasião. Até seus melhores amigos, aqueles que o encontraram em Itaewon e lhe apresentaram Jesus, estavam ali, com lágrimas nos olhos e um calorzinho no coração. Lee Kwan e Yarin Davies o enxergavam como um filho na fé. E o filho do pastor Park também se fez presente, e não tirava os olhos de Ivy Dantas, que louvava docemente.

— *Fiu, fiu* — Chris assobiou.

— Meninos, se comportem! — a mãe deles censurou.

Os três estavam sentados na fileira da frente, juntamente com o emocionado Charlie.

Tudo o que se passava na cabeça do homem era o quanto queria que a sua esposa, Mi-suk, estivesse ali com a pequena Yoona. Contudo, mesmo sem entender por que Deus havia permitido que elas partissem, era grato pelo presente que a mulher lhe deixou: seu filho, com as mesmas feições dela, o mesmo sorriso encantador, e praticamente os mesmos talentos para arte, e que tinha, assim como ela, a fidelidade como maior dom.

Ele sabia que Baek lutaria, dia após dia, para tornar real cada uma das promessas que fizera ou ainda faria para aquela garota.

Então, quando Mackenzie chegou ao altar, o pai dela disse ao noivo:

— Estou te entregando agora o meu bem mais precioso, rapaz. Cuide bem dela, por favor, senão... — pediu com um leve tom de ameaça, que Baek sabia que era brincadeira, ainda que houvesse algum fundo de verdade.

O rapaz recebeu sua noiva com as mãos trêmulas e beijou cada um dos dedos dela, em sinal do seu mais profundo respeito e compromisso. Os minutos que se seguiram a esse momento transcorreram com palavras sábias ditas pelo pastor Park, lágrimas sendo enxugadas e uma nuvem da glória de Deus pairando no ambiente. Pois se houve algo pelo qual oraram muito, era para que o Senhor estivesse presente na cerimônia. Jesus era o convidado de honra e o real motivo de existirem, se perdoarem e darem uma chance ao amor.

No momento de expressarem seus votos, Mackenzie e Baek seguravam um caderno artesanal. Ela pegou o microfone do pastor e fitou as páginas abertas através de seus olhos marejados.

— Quem diria que aquela garotinha loira um dia se casaria com o pequeno coreano que se mudou para a casa da frente, do outro lado do canal Howland? Se Deus me mostrasse essa cerimônia em um sonho, eu acordaria sorrindo, pensando que era brincadeira. Nem em meus maiores devaneios eu imaginaria que o amor estava tão perto de mim, a uma ponte de distância. Hoje eu recebo você, Baek Fletcher, meu melhor amigo, como meu marido e futuro pai dos meus filhos. Prometo tratá-lo com respeito, carinho, e fazer massagem nos seus pés quando chegar cansado em casa. — Baek riu ao enxugar os olhos angulares, que ficaram menores. — Sei que na nossa relação, como em qualquer outra, haverá altos e baixos, noites de chuva e manhãs ensolaradas, mas prometo que amarei você mesmo se o dia não estiver sorrindo, até a última batida do meu coração.

Baek respirou fundo enquanto encarava, em meio às lágrimas, a mulher que tanto amava.

Será que aquilo era um sonho?

— Macky... — suspirou. — Eu pertenço a você desde o dia em que pus meus pés no gramado daquela casa em Venice e te avistei me bisbilhotando da janela do seu quarto. — Deu uma risadinha e levantou o rosto do papel para encará-la brevemente. — Talvez você não saiba disso, porque não me lembro se contei alguma vez, mas quando perguntei à minha mãe quem era aquela vizinha bonita, ela brincou dizendo que seria a minha futura melhor amiga. Ela sempre gostava de dizer que nós estávamos destinados um ao outro e que nos conhecíamos de outras vidas, mas prefiro acreditar que Deus sabia o quanto eu precisaria de alguém como você e decidiu que seria bom sermos vizinhos, estudarmos juntos todos os semestres e nos apaixonarmos. Nunca me arrependi da minha decisão de te esperar, apesar dos dias escuros que enfrentei e de imaginar que você merecia um homem melhor. Essa espera foi meu norte e me ajudou a me reorientar. Sei que durante esse período de escuridão você orou por mim, e através das suas preces Deus me encontrou.

Nessa hora, enquanto lia os votos no caderninho pardo, a voz rouca de Baek falhou. Ele mirou o chão e, com a mão que segurava o microfone, secou o rosto, respirou fundo e reuniu forças para continuar seu discurso, que fizera cada pessoa naquele recinto se emocionar:

— Queria muito que a minha mãe e a Yoona estivessem aqui hoje, mas escolho confiar nos planos de Deus mesmo sem entender! Sei que *ele* continua sendo bom e faz infinitamente mais do que pedimos ou pensamos. A prova disso é que estou aqui, me casando com a minha melhor amiga, e vou repetir o que já te falei antes: prometo amá-la como Cristo amou a Igreja, darei a minha vida por você se preciso for e me esforçarei para que nunca se arrependa de ter me dito *sim!* — Ao finalizar seus votos, Baek devolveu o microfone ao pastor.

— Acho que quando terminarmos a cerimônia, todo mundo vai precisar tomar um soro por desidratação. Por favor, alguém me dê mais um lenço — pediu o ministro Park.

Liz pegou um lencinho do seu estoque, que já estava quase no fim, e entregou ao pastor.

— Obrigado, minha filha. Me deem um segundo! — O homem passou o lenço no rosto. — Agora que os noivos já trocaram alianças e nos fizeram chorar com os votos, iremos para um dos momentos mais aguardados, menos pelo pai da moça. — Fez mais uma piadinha antes do *grand finale*. — Eu os declaro marido e mulher. Pode beijar a noiva!

Os jovens se encararam em uma mistura de timidez e expectativa. O coreano deu um passo à frente e ficou mais perto da brasileira, levantou o véu que a cobria e primeiro deu um beijo terno na testa dela. Depois, segurou em sua cintura e fez algo bem ousado: inclinou-a para trás, deixando as costas dela rente ao chão, mantendo-a firme com uma mão em suas costas e outra próxima ao quadril. Ela esticou uma perna para ajudar a manter o equilíbrio.

Baek se inclinou sobre Macky e a beijou apaixonadamente, sem se importar com mais nada.

— Apresento a vocês o senhor e a senhora Fletcher!

Uma salva de palmas, gritos e assovios encheram o recinto, enquanto o beijo demorado e tão esperado continuava no altar.

Epílogo

3 de janeiro

— Nós temos que voltar aqui na primavera! — Mackenzie disse ao subir os degraus de madeira rumo ao topo da Namsan Tower, a famosa torre que fica sobre uma das principais montanhas em Seul.

Era final de tarde. Uma brisa gélida os envolvia, e o horizonte estava rosado com nuvens arroxeadas. A garota pensava que se no inverno aquele lugar conseguia ser tão lindo, apesar das árvores desnudas e do chão recoberto de neve, com um frio de bater os queixos mesmo usando várias camadas de roupa, cachecol e um sobretudo pesado, ficaria ainda mais espetacular durante a primavera, com o desabrochar das cerejeiras e o céu em seu tom mais azul.

— Eu te trago para a Coreia até nas costas se você quiser, meu amor, pois seu desejo é uma ordem — respondeu o marido.

A cada passo, ele balançava os braços de ambos, pois andavam de mãos dadas, assim como outros casais que faziam o mesmo percurso.

— Vou anotar isso, viu?

Macky deu um rápido beijo na bochecha gelada do esposo, até que a sua visão foi fisgada por uma paisagem exuberante, muito mostrada nos k-dramas que assistia com Baek. Ele nunca admitiu, mas era viciado nas novelas de sua terra natal.

Agradecimentos

Eu não poderia começar esta parte de uma forma diferente. Sempre será com *ele*, aquele que segurou em minhas mãos doloridas e não me deixou desistir, apesar do desgaste, das noites de insônia e dos períodos de muita ansiedade. Sim, primeiramente vou agradecer a Deus, o Amado da minha alma, o motivo de eu continuar e estar viva! Muito obrigada, Jesus, por me dizer de tantas formas diferentes que eu conseguiria chegar à última linha deste livro. Tive um medo absurdo de não conseguir concluir esta história, mas o Espírito Santo acreditou tanto em mim e, ouvindo a sua doce voz sussurrar em meu interior, fui escrevendo cada palavra até que, finalmente, *Se o dia não estiver sorrindo* nasceu!

Também sou profundamente grata às minhas queridas leitoras betas, que lá em 2023 toparam estar nessa jornada comigo. Através de seus surtos eu me senti mais motivada a finalizar esse projeto! Obrigada pela vida de vocês: Samira Reis, Débora Puzzine, Thalita Santana, Joana Sales e Dry Gomes! Agradeço também a Ana Paula, por sempre se preocupar comigo e perguntar como eu estava indo durante o processo de escrita; a Lizandra Paixão, por ter aberto a porta do seu dormitório estudantil para mim e feito com que eu me sentisse em casa e tão acolhida durante o nosso último ano na faculdade, e por ter inspirado tanto essa história (e uma personagem em específico). E a Camila Antunes, por me dizer certa noite, quando eu surtei por achar que não conseguiria terminar o livro: "Amiga, só escreva, não busque perfeição! Depois você verá que ficou bom!".

Muito obrigada também à minha família, em especial minha mãe, Otaciana Leal, por sempre dizer às pessoas: "Minha filha está muito ocupada trabalhando!" e por aguentar as pontas quando eu precisava me focar 100% nesta história! A senhora é incrível! Por fim, agradeço à editora Mundo Cristão por continuar acreditando em mim e por abrir as portas para a Mackenzie e o Baek!

E é claro que não poderia deixar de mencionar o meu amado Team! Vocês que sempre me mandavam mensagens e me perguntavam pessoalmente quando sairia este livro! Olha só! Ele deu super certo e cada um de vocês faz parte disso! Sério, o Team é demais!

Com amor, Tati <3

Sobre a autora

Tatielle Katluryn nasceu no interior do Maranhão. É formada em Psicologia pela Universidade Federal do Delta do Parnaíba. Apaixonada por Jesus e pelos dramas coreanos, decidiu unir suas duas paixões e escrever histórias edificantes relacionadas à cultura asiática. Pela Mundo Cristão, publicou em 2024 *O horizonte mora em um dia cinza*.

Esta obra foi composta com tipografia EB Garamond
e impressa em papel Pólen Natural 70 g/m² na gráfica Eskenazi